〔丹麦〕耶勒鲁普◎著
舒　莎◎译

明　娜

海峡出版发行集团 | 海峡文艺出版社
THE STRAITS PUBLISHING & DISTRIBUTING GROUP | Haixia Literature & Art Publishing House

图书在版编目(CIP)数据

明娜/(丹)耶勒鲁普著;舒莎译. —福州:海峡文艺出版社,2017.8(2023.9重印)
(诺贝尔文学奖大系)
ISBN 978-7-5550-1164-4

Ⅰ.①明… Ⅱ.①耶…②舒… Ⅲ.①长篇小说—丹麦—近代 Ⅳ.①I534.44

中国版本图书馆 CIP 数据核字(2017)第 144472 号

诺贝尔文学奖大系
明娜

[丹麦]耶勒鲁普 著 舒莎 译

责任编辑 李永远
出版发行 海峡文艺出版社
经　　销 福建新华发行(集团)有限责任公司
社　　址 福州市东水路 76 号 14 层
发 行 部 0591—87536797
印　　刷 福州俊丰彩印有限公司
地　　址 福州市晋安区鼓山镇鼓一村福光路 189 号
开　　本 889 毫米×1194 毫米 1/32
字　　数 214 千字
印　　张 9.5
版　　次 2017 年 8 月第 1 版
印　　次 2023 年 9 月第 3 次印刷
书　　号 ISBN 978-7-5550-1164-4
定　　价 55.00 元

颁奖辞

（因为正值第一次世界大战期间，所以1917年并未举办诺贝尔文学奖颁奖典礼。颁奖辞无。）

致答辞

（因为正值第一次世界大战期间，所以1917年并未举办诺贝尔文学奖颁奖典礼。致答辞无。）

目 录

明　娜

卷　一

1

在理工学院度过了令人格外疲惫的一个学期后，我将要到德勒斯登去度过一个十分燥热的暑期。而令我极为不满的是，我所居住的地方——旧城中的一条小街，即使还算干净，但总是太过阴暗、狭窄而密不透风。这时我会情不自禁地向往一个地方，用丹麦文念它“sund”（德文），南方，南方啊。在易北河的傍晚，这里虽然有如画一般的景色，但是总觉得它沉闷，难以缓解心头的燥热。当我忍受不了这难耐的燥热想出去透口气时，已是晚上9点多钟，可是温度计却仍停留在88℉[①]左右。换一种说法吧，这并非坏透了，我既然不能反抗这样一种闷热，那么在托尼亚蒙咖啡屋的走廊外吃上一杯冰激凌，舒舒服服地坐在柱子间，听着从“温纳花园”音乐厅断断续续传来的音乐也算得上是一种难得的享受了。

①约等于31.1℃，本书中的温度均为华氏度。

正是在这样的一个夜晚，我冒出了一个大胆的念头：这个暑假去乡间度过。这个念头对于我这种既有繁重的课业又惯于节俭的人来说是相当荒唐的。我的第一反应是去萨克森—瑞士，它以前是德国东部的一个州。可是就在我享用完最后一口冰激凌时，我已经做好决定了，我要去莱森，并且在那里租一个小屋住下。幽静的莱森让我备感亲切，它给我的印象是少见而温柔，就像一首田园诗。记得我首次路过那里时是在黄昏，刚从巴斯特下来，和众多的旅行者一样匆匆路过，未曾细细欣赏。

几天后的一个中午，我在一个小火车站下车后，步行穿过一片果园，前往渡口。沿途中只见易北河置身在耕地之间，像蛇一样蜿蜒而下，而那一排排的耕地呈梯形上升坐落在高低起伏的田野中。田野上面有茂密的黑松林，松林的上面是那悬在天边的岩石。“上莱森”便坐落在这里。“上莱森”附近分布着几片丰饶的农场，在玉米田和绿草地之间有些零散的果树。在河对岸，有一片连绵的山峦，只有中间有一个缺口，从远处看，“上莱森”小村就是从这山峦的缺口中呈现出来的。这个小村只有两家客栈依稀可见，新修建的客栈周围光秃秃的，而旧客栈却隐藏在层层叠叠的树木中。它们分别建在那条流向易北河的小溪的两边。

在山谷的左边，矗立着蓝灰色的巴斯特塔状岩石，在石麓上则布满了松林和山毛榉；从这往下看，就是那一连串高耸的黄色石壁，其中不乏有高达百英尺[①]的。然后可以看见耀眼的露天沙岩采石场，这是村子最美的地方。相比之下，那些沿着山脉分布的离村子更远

①1英尺≈0.3048米

的采石场就像是一座连绵的石壁，石壁上方的树木生长得非常茂盛，远远看去就像一阵碧涛翻滚着，而高高耸立在那片林海之间的百合岩，则像是巨大的军舰一般。

斜向前进的渡船活像泅水的狗，靠着水流的动力歪歪斜斜地向前航行。船由一根绳子牵引着，而绳子系在了浮筒上，绳子的两端被高高地拴在河岸上，船夫只需在那滑轮上的连接处拉一两次，就可以得到水流动力，朝着想要的方向前行。

即使是这样，船夫仍是大汗淋漓，不停地用衣襟揩拭着脸。他的那张脸令我非常吃惊，居然比我头一天晚上在动物园见到的西奥克斯印第安人的脸还要红。可是，在他的地盘中央，我已经无暇顾及他的肤色与汗水了，因为周边那波光粼粼的水面看起来很凉爽，其实正如一碗热汤，此时正热气腾腾，向南方铺散过去，整个河面犹如一面凹面镜，莱森的前方就是焦点。船夫也认为我选择去的地方并不凉爽。但是这个地方树木繁盛，特别幽静，关键是这里不是很偏僻，而且我是一个不会轻易改变自己决定的人。或许吧，这是天意弄人，但是这恰好证明了此事非同一般。不然的话，又怎么会令老天爷也插手进来呢？不管怎么样，在未来后悔为什么在此时偏让自己陷入酷热之中，这其中的原因并非是我想去与那酷热争斗。可是我真的会后悔吗？到了今天，已经五年了，我还是不能确定。

有位作家曾说："忧伤之时，没有比追忆往日的花样年华更令人伤心的了。"我不敢去质疑这句话，而且这句话太过出名，传播得很快，有成为真理的可能。可是我仍忍不住想说，如果在回忆中没有快乐的时光，那才是最大的悲哀啊！就是凭借着这样一种看法，我努力地追忆着在莱森以及之后的时光。

寻找一个栖身之所是我面临的首要问题，而那两家小旅馆剩下的都是些既差又贵的房间。我只得一家一家地跑，辗转于小溪前的台阶上，先后询问过鞋匠家、面包师家，最后又重返修表匠家，几乎跑遍了整条小溪前面的台阶。但是毫无例外，不是没有房间了，就是只有超出我承受能力的大房间。到最后，那所位于郊外松树林背后很远的乡村学校成了我全部的希望。

因为正值假期，所以我毫无拘束地敲开了校长的私人房间。一个小童打开了门，他说他也不清楚校长是不是在家；之后一转身就跑了，过一会儿，他又从我旁边飞一样地跑上楼梯，一瞬间又拿了一双靴子跑了下来；之后又跑开了，十分得意地拿了一件外套，不到一会儿，校长就穿着这些衣服出来了，仍旧是睡眼惺忪。他待我很和善，尽管他有两间房出租，但是只能一并租下，并且一个月的房租高达两个几尼[①]。我只能说抱歉，白白地扰了他的清梦，但是他还是宽慰了我，并建议我去附近新修的“别墅公寓”碰碰运气。

待我走进那别墅时，发现它看上去居然很漂亮：窗户是向里面敞开的，紫色的树藤攀附在墙壁上，树叶则稀稀疏疏地遮盖了阳台。房子坐落在高处，我经过那由梯形的土地衔接成的花园。这种豪华之地令我这种贫穷子弟感到震惊，但是我暗暗地下定决心，纵使只剩那最顶楼的小间，我也要定了。我不会再考虑价钱了，只要这豪华如宫殿一般的房子肯容纳我，因为我已经疲倦于奔波了，不想再四处询问了。

可是，令我没想到的是，一群淑女绅士突然出现在阳台上，并且我越看这房子越觉得这不像公寓，这一点马上就被证实了。

---

①英格兰旧时的金币。

一个女仆差点撞到了我，虽然她是用一种礼貌的口吻，但我还是听出了里面暗含着无尽的嘲讽，她说："真的，我们这里没有房间可供出租的，你要的房间应该就在那个小山顶上吧！"

我彻底晕了，折腾了大半天，我已毫无兴趣继续寻找下去了。当我再次打量眼前的建筑时，先前的好感已荡然无存。因为它是那样突兀地矗立在蓝天之下，周围也没有一丝草木。我觉得这个新建的建筑物也不适合居住。

我只好返下山谷，穿过溪流，爬上石板路，走向山边，近距离地打量起这座房子：周围的东西杂乱无章地堆放着，尚有许多未完成的窗子就那样直挺挺的在我视线中。进来之后，扑面而来的是一阵恐怖的过道风，只听门"砰"的一声，地下室便传来了女人谩骂的声音，这声音不仅粗哑，而且谩骂的内容低俗。我看到一个男人在打磨石阶，看上去他是第一次做这个事。一个年轻的女孩正在擦过道的地板，我进门的时候，她看了我一眼，我看到了她那漂亮白皙的脸蛋上有一道红印，就像刚刚被人狠狠地抽了一巴掌。当我问她房主人时，她迅速地光着脚往地下室跑，只见地板上留下了她的脚印。不久她带着一个粗壮的女人返回来，那女人有一张阔嘴，而这张阔嘴正是先前咒骂声的出处。她用围巾擦了下那笨拙的手掌，在我看来，那手掌必定和那女孩脸上的红印子脱不了干系。她那双弓形的腿和那肥胖扁平的脚丫就这样暴露在空气中。

"是您要房间吗，先生？"她说，"太好了，您来得正是时候，如果您要的是单间的话……"突然她又转过头恶狠狠地说："去擦你的地吧，小贱人，你的职责可不是给先生带路。"继而，她又转过来笑嘻嘻地对我说："房间就在二楼，您请。"

就这样，我们走进一间十分宽敞的房子，光线和空气充足，当然，这全是因为窗子的缘故。看着那没有刷漆的窗框，尽管这里通着风，我仍然觉得这里有股霉臭味。

可是在我还没就此做任何表示时，她已经在不遗余力地夸赞这间房子的好处了，居然还睁着眼睛说原来的住客有多满意，我们都明白，这里还从没住过人呢。而房租却是超出我所想给的，并且多了十先令。看我不满意，她马上说已经给我很大的优惠了，她的房子远胜于别家的。又列举了一系列优点，诸如，没有易北河扰人的河雾，并且不是很接近山谷；在这样的高度可以呼吸瑞士新鲜的空气和欣赏全村的风貌；而且这里还有专属客栈的林荫散步小道，如果你不想走远，还可以在这附近走走。她一边强调口中的“专属的林荫散步小道”，努力地把两只胳膊摊开，来证明它们有多宽，又一边反复念叨着“da’ rim und dort’ nim[①]”。

我们最终还是达成了协议，我先付给她半个克朗当作订金，她则在我暑假开始前的一周内把房子里的一切给安置好。然后，我们欢快地道别。

令我惊喜的是，随着我渐渐地走远，我发现那女人的夸赞还是挺有道理的。从右边看，那茂盛的树林聚集在山岭之间；向前直视，一条小径把市区与锯木厂紧紧地连在一起；再仔细一看，便会发现锯木厂周围长着青翠的枞树，并且还布满了灰色的岩石。整体看去，发现这地方正是“黑鸟幽谷”的入口处，几种颜色在河水的反射下交相辉映，河上有几艘小船正在漂流着。在岩石壁下，人们在这里聚居，一

①德语：“这里到那里。”

座座民房建造得别具一格。你会看到有些房子都是由木头建造的，而有一些是用木头作为墙壁，用附近的茅草作为屋顶，当然啦，这里大部分房子还是由树木的藤蔓来覆盖的。幸运的是，这地方没有多余的设施，除了那两个客栈，就只有一座别墅了，而且别墅并不招摇，甚至是有点与世无争。一缕缕炊烟在空中缭绕，远远看去就像一簇簇花团，在山谷上幻化成了一层薄薄的纱与下面的溪水遥相呼应，在泛着白色光芒的柳树、透着庄严气势的赤杨里，熠熠生辉。仿佛这是由一首田园诗构造出来的意境一般！这把德国的风格表现得淋漓尽致！我难以想象我居然有幸可以来这里度过美好的一个月，我情不自禁地唱起了“Guten Morgen，schone Millerin①”。

为了尽情地享受这令人清爽的气息，即特有的瑞士气息，我竟然忘了自己在什么时候停住了脚步—— 一想起那女人所说的“专属的美丽的林荫散步小道”时，我就忍不住笑出来，我在这个位置根本就没看到什么散步小道，除了那隆起的田地上分布着一些果树，其他的基本什么都没有；两棵桦树就在那有点倾斜的坡上，枝条伸展着，树叶随之抖动，在阳光下格外耀眼。

随后我去可以俯视易北河整体风貌的“埃布格西特”吃了点东西后，叫服务员时，居然看到他正和我认识的那个小学校长在交谈。那校长吸着烟，他那有着大穗子和鹿角尖的烟斗令他感到自豪，并且在现场也没有什么学生可以让他觉得吸烟是件令人羞耻的事。烟草是非常香的，后来他让我知道那才是正宗的老阿尔斯塔德；他喝的酒也是蒙肯啤酒，他的这些爱好表明他是一个高尚的人，至少从

①德语：“梅丽莲，早上好。”

口味与习惯中表现出来了。他立刻同我打招呼，并且为我找到住处而表示祝贺。他告诉我，即使把整个萨克森找遍，也找不到比这更好的地方；这里有许多人们几乎不去的好地方，如果我有兴趣的话，尽管找他；当他知道我在1864年曾在丹麦住过，为了缓解尴尬，他转移了话题。没想到他正好说中了，因为我也是无话可说了，我对他口中的科尔丁一带特别熟悉，他说他曾在那里驻防了很长一段时间。见我感兴趣，他显得很高兴，不停地问我还记不记得那里的一切，他用那烟嘴在彩色的桌布上描绘着房屋、森林等不同地点的位置。他很想知道，那壮硕的老拉尔森还是不是用石头做的廊房和用篱笆围成的农场的主人，那么他的儿子又是不是已经继承了他的财产。因为这位小学校长曾经和老拉尔森的儿子在弗兰斯堡的医院中一起住过。后来他向我谈起了他曾负过伤的那场战役。

我不敢确定这场谈话是否愉快，只不过这其中有一些吸引人的内容，很有德国人在谈论往事时那种直率的感觉。虽然我觉得这一切不应该是这样，但战争的幸存者们早已没有了怨恨之心，这倒也令人感到欣慰。

就在他停歇的片刻，我询问了他那栋豪华的房子的主人是谁。

“那是国王侍从冯·齐德利兹的。每年夏天，当他不用再伺候皮尼兹国王时，他就会来到这里。这种人虽然富贵，但是生活很低调，不过，他给学校捐献了很多的钱财。喔，记起来了，他们有一个特别美丽的家庭教师，我和她说起来勉强还算是亲戚吧，不过我不是很了解她，因为她不常跟人交流，我希望她能够热情点。”

就在此时，汽船开始鸣笛，我向校长告别后，便急匆匆地走下桥去。

2

一周之后，我在早晨八点钟就动身起程了。

像平时一样，在开船前一分钟，我才登上船。等我把行李放好坐稳，准备四处闲看的时候，我们已经抵达亚尔伯桥了。我看到的是德勒斯登一如既往的侧影：建在水上的堡垒高高挺拔着，在蓝天的衬托下十分赏心悦目，而我们头顶却是雾蒙蒙的，深谷中一片漆黑。因为天气有些寒冷，我披上了花格子的旅行披衣。船驶过那三座城堡之后，德勒斯登变得逐渐模糊起来。当我们抵达洛希维兹的时候，下起了毛毛细雨。严格地说，还算不上雨，只是……

“只是有点毛毛雨。”一个肥胖的德勒斯登人这样回答他的妻子——他的妻子正把头伸出船舱而四处张望。

船在对岸的布莱斯维兹停泊时，一批新上来的人急匆匆地进入了客舱里面，而那湿漉漉的甲板上也不见了女士们的踪影；接着，男士们也相继走了。令人沮丧的事情还是发生了——突然下起了大雨。

我点了根雪茄，来到吸烟室，吸烟室里挤满了人，烟雾缭绕。在这里，大家谈论的唯一话题就是天气。一个在喝午餐啤酒的长发教授的观点脱颖而出，他说，这么热的天撞上这个时节，偏偏又下起雨来，不到九月份，天气是不会转晴的。此时，甲板上正响起雨点击打的声音。没多久，居然下起了倾盆大雨。光线突然之间被这声势浩大的狂风暴雨吞噬了，周围一片漆黑。如果你顺着不断流淌雨水的窗口望去，几乎看不清两岸的葡萄园与花园。

抽完雪茄后，我又返回到客舱，不幸的是这里已经没有了座位。这里的空气很不好，我感觉非常气闷，所以我也就不想把折叠的小凳拿出来坐。我去了门廊，那里有梯子通向甲板。我看到一位年轻女子坐在那里，她带着两个小女孩。我从架子上拿了个小凳子，坐在梯子的对面，这时我整个身子都缩进了披风里。

甲板上的空气清新而湿润，即使伴着阵雨打进来也令人愉快；我的羊毛皮衣上沾着的雨水还没有干，覆盖在甲板行李上的防水黑布积满了水，水花不断从上面喷溅出来。

在客舱的另一端，那个年轻的女人从包里拿出一本书，很快便沉浸在书中。

但是没过多久，这种安静便被打破了，她的一个最小的、穿着倒是比较多的孩子哭了起来，尽管在这样的天气，小孩子哭也是情有可原的，但那位女家庭教师还是得哄她。比较大的一个说："丽丝贝丝希望多听一些。"小的用哭声补充道："我还要听彼得的故事！我还要听彼得的故事！"

"哎，这怎么好啊，丽丝贝丝，这位先生我们又不认识，被他看到你哭羞不羞啊？"那女子嘀咕道，"你觉得'那人'是不是也想听彼得的故事呢？"

小女孩含着食指抽泣着，睁着大眼睛不乐意地看着我。仿佛在说："你怎么不走开呢？"我觉得自己碍事，心里有点过意不去，我想我给这位女老师添麻烦了，她一定想和她的学生们单独相处。

然而令我想不到的是，正当我准备离开时，她看了我一眼——多么有趣啊，她肯定没注意到自己的表情，但我还是从中明白了含义，她不但希望我留在这里，而且还为我的存在而心存感激，尽管理由不是那么令人愉快：她不愿意"再讲彼得"了。我为了让她明白我已经知道她的用意，便对她微微一笑，不顾小女孩充满仇视的目光继续舒坦地坐着。因为在我看来，能够为这么好的邻居效劳是一件非常美妙的事情。

就在这时我发现了她的美丽，说成美丽并不显得夸张。她有一张棱角分明的方形脸，整体上是很清晰的，她的头发、皮肤、眼睛都是褐色的，我第一次看时还以为她是南方女人。而她的鼻子是地道的日耳曼鼻子，短而直，展现出一种亲和的姿态。她的嘴唇很完美，仿佛是大自然亲手塑造成的，它们如此完美地搭配在一起，没有一点不足。她堪称是完美级别的美女，下巴是圆的，配上了那张面孔的轮廓，在我看来，没有什么能比这更好看了。她身材很棒，中等个子，纤细的身材。虽然她的穿着不是很时尚，不过我欣赏的恰恰就是这一点。她的头饰不随波逐流，很有自己的风格，这点也让我大开眼界，使我重新反省自己的审美观。她戴着一顶窄边上翻的小草帽，上面装饰着几块可爱的银灰色纱巾。

在当时，纱巾并非流行，不过她的这番打扮更体现出她的与众不同。显然，在我眼里她已经成为美丽的化身了，她的每一处都成了我判断美丽的准则。这么夸奖她似乎表示我对她一见钟情，但事实上还没到这个份上。在我们男人眼中有两种女人：一种是我们会彼此倾心，姑且不论倾心的程度有多少；另一种则会让我们不由自主地忽视她们的性别，毫无疑问，她属于这两种人中的第一种。

在得出这些结论之前，我们已经相距较远，因为我只敢在远距离的地方偷偷地多看她几眼，她把红通通的脸埋在那本小书上。不过书太小了，所以她那张俏丽的脸露出了一大半，这正好被我欣赏到了。

她那本小厚书引起了我的兴趣，这种好奇是真真切切的，在这下雨的旅途中可以被所有的事物勾起好奇心。库柏和华尔特 · 史考特以前翻译的德文书通常都是那种小开本，我甚至已经可以肯定她看的那本书就是这种类型。然而不巧的是，一阵风吹来，书页随之翻动，这是一本比正经书还要正经的书——这是一本非常小的字典。这令我感到好奇，我想，她一定是迫于生活压力才会接受这种要求极为苛刻的家庭教师职务的，或许一有空余时间，她就会如饥似渴地努力地去获取知识。虽然困难想刁难她，但这反而使她变得更坚强!

这么漂亮的一位年轻女孩，如果是以艰难阴暗的生活为背景，只会更增加她的亮度，使她的形象更加鲜明。如果她是那种追求物质时尚或被宠坏的女孩，她想通过看一些普通的书籍来解除枯燥，那么我对她的好感将大打折扣。

虽然我对她的兴趣不该含有某种目的，但是我的确有，我感到很惭愧。我忍不住想和她聊会儿，所以我在扶梯上下了两次，我很期望她能借机问问我天气情况，很遗憾，她没有，我只有束手无策了。

正当我碍于面子说不出自己精心准备的那几套自我介绍时，那个小一点的女孩开始抱怨起冷来，那位女教师只得脱了自己的披衣把那小女孩裹着，我觉得她很可怜。因为我也怕冷，所以我能体会到那种温暖被剥夺的感觉，尤其看到小女孩很享受那件披风的温暖时，我的同情心泛滥到了一个极点。此刻我感觉时机到了，我脱下了我的披衣很有礼貌地递给她。

但是，不出我所料，她婉言拒绝了。“你自己也需要这件衣服，”她说，“不然你会着凉的。”

的确如此，就在这时，我的头开始受寒了，我忍不住打了两个很响的喷嚏，没想到把那个小的女孩吓了一跳，稍大的那个就在一旁强忍着笑。为了解围，我就说我去吸烟室，在那里不需要披衣的。

女教师委婉地表达了她不想妨碍我抽烟的意思，但我还是宽慰她我不会因为这件事给她带来困扰的。破天荒头一次，我表现出了一种体贴。我接着说我得去那边了，天气越来越冷了。就这样我全身告退，成功地留下了我的披衣——与约瑟夫留下他的外套的方式有着异曲同工之妙；当然啦，我跟约瑟夫这种大人物是不能相提并论的。

在那令人窒息的吸烟室里，我坐在一张蒙油布的凳子上，吸着雪茄，喝着叫来的啤酒，一种难以欺骗自己的感觉证明刚才我借机搭讪是不成功的。因为我不是自愿来到这里的。如果我再有勇气些，我应该提出共用我的披衣，纵使不行，我也应该要那小女孩到我旁边来，我来用披衣遮着她。不管怎么说，我太蠢了，更令我烦躁的是，我开始坐的那地方要比此时坐的好多了，而且我的头已经开始疼了。

船身晃动了一下，然后停了下来，人们在甲板上拖着行李。我们已经到达了皮尔纳。我无精打采地看着眼前的景物：镇子里的小房子，还有那一排排的绿树，而教堂的屋顶高高耸起，就像一个大帐篷。我比较感兴趣的是它的卫城和日光岩。以前，它是一座城堡，但现在它已经是一座很大的精神病医院了。卡纳莱多用他的画笔使这个地方出了名，但是他画的那些景物一般要比现实光彩动人。好像是上天想解除它的枯燥，突然一束光芒照耀在这座城堡的塔尖上。

直到现在，当我再回想起那一幕，我觉得像是有一根手指从天而落，特意强调出那城堡，好让我以后能记起它。我微微闭着眼用心去感悟，直到泪水模糊了我的双眼，我只得停笔。在那时，我只想到了天气即将变晴，其他的什么暗示我也没有感受到。当我看到城墙与那塔尖慢慢地落在了我的后面，太阳光开始变得强了，视线再开阔些，我仿佛看到了一片蔚蓝的天空。在那斜屋顶尚未消失在我的视线中时，我能目睹出那铅色的厚重。没多久，雨还是倾盆而下。

当我们快进入沙岩区时，雨越下越小了。吸烟室的旅客们都不见了，只听到陆续从甲板上传来的脚步声。

我也上了甲板，雨依然像砸下来似的，下得很大，在雾光下，雨滴就像珠子一样闪烁着。头顶上的乌云已经逐渐散去，但我不明白为什么还在继续下雨。

那比较低的旧采石场的石壁，在此时呈现出了棕红色，好像打了蜡；而右边起伏的岸上，绿色森林顶上泛着白光，并在雨雾里闪烁。不到一会，刚停的雨又下起来了，且越来越大，尽管此时天上云的空隙中已经显现出了蓝天的模样。

我从舱梯走了下来，有一小部分人依然在门廊里。那位女教师已经停止了看书，但是也没有在讲故事，因为那个小麻烦已经睡着了。这次我没有准备等她问我“天已经放晴了吗”，就直接告诉她天气马上就要变好了。她微笑着表示答复，并且感谢我借披衣给她，而且她还准备折好它，可是它太大了，所以我便在旁边帮忙，我笨手笨脚的样子让她笑了。在门廊有足够的空间让我们把衣服扯平，我们很客气地一起折叠披风，最后我们不小心碰到了对方的手。我还没来得及说一句话，她一句匆匆的“谢谢”打断了我，然后就跑上楼梯，把叫醒小女孩的任务留给了大一点的小孩。

在布满水雾的甲板上，很快站满了人，因为凳子是潮湿的，所以只能站着。向远处看去，几滴水珠自空中坠下，湿润的空气很暖和；向上看去，一片蔚蓝的天空，水汽缠绕着河谷，小烟囱似的树木生长在岩石梯地上；向前方看去，令人眼花的河水奔腾着。从巴斯特的垂直岩石脚边看，有几处房子。房屋的后面，则是堆甘姆瑞格岩石在那崎岖的坡上，一个星期前，这番景物我在旅馆里看到过。

我从油布下找到我的一包行李，它没有被淋湿。由于注意力全部放在此事上，我没有顾及那位美丽的旅伴。当我听到“莱森，船靠岸了”，我拿着行李向船尾走去。当我到那时，令我惊喜的是，我看到在旅客排成的长队的最前端飘着那银灰色的纱巾。很快，那位女教师带着那两个小孩穿过舷门下了船。

我还没来得及叫人来帮我搬行李时，她和那两个孩子便消失在我的视线中。

3

假如按照我的想法，我想在最显眼的位置上立下一个碑，以此去惩罚那个把这地方命名为“萨克森—瑞士”的人。现在，旅客们来这里，不是去怀念瑞士，就是对它有着无限的遐想。而到了这里，对比之下便不满意了，他们对这个地方不屑一顾，甚至会嗤之以鼻地说他们见过比这大的地方多了去了——他们的这种态度，令这个可怜的小地方始料未及。

我会毫不犹豫地尊重它原有的样子，当然这是在不怀有希望的情形下。如果是不做看客，就此住下，没有吵闹，仅仅享受这份宁静而已，那么你便会发现这神奇的大自然会让你觉得自己是多么的富有，享受着无限的风光！在这有不同的参照物，相比之下总有许多不同之处，但是在这有着田园风味的环境中又会显得非常和谐。荒芜与繁荣并存，荒野与田地为邻；在炎日的暴晒下，你可以寄身于凉爽的树荫下。还有什么地方能比这更令人心旷神怡的呢？

为了更具体地领略这里的乡土风情，你得仔细地观赏并体会一番。这时你才会明白这里并不属于山地，而是台地。在洪水的作用下，岩石裸露了出来，有时候呈现出裂缝的状态，有时呈现出断了的石头，所以，凹岩比高兀的岩要多。因为这些因素，在一些崎岖的岩石表面密布着一些植物，仿佛是在大象背上的一种用天鹅毛做成的鞍；更夸张的是，在犹如波涛滚滚的麦田上，向悬崖看去，在一堆杂石间有着巉岩和山峰，并且还有高达百英尺的沙岩柱。

乍看之下，一种巨大的反差让人极为不爽，但待久了也就习惯了。此处往下可以通向那像山似的土地的最上面，远远一看，这种挺拔如塔的岩石就像地上长的一个瘤子。当你远距离观赏时，那些帝王岩或者教皇岩还有百合岩等通通都像那种庞大的树瘤，包括席尼堡岩，尽管它高达两千英尺，其中的缝隙不但深而且长。当然也有例外，如远在边界的冬山岩。等你到了波希米亚时，你则会发现眼前都是一些普通的山川了。严格地说，席尼堡的位置处在波希米亚境内，但是划分国界不像区分咖啡那么容易。当你来到波希米亚，最开始出现在你眼前的农舍就会让你觉得这里的咖啡是多么的美妙了，宛如身在卡尔斯巴德。但是在萨克森就不同了，你喝的是很有名气的“布莱明汉咖啡”，之所以这样称呼，是因为杯底有一朵用彩色刻印上的小花。

在我可以去享受这好东西时，已经到了下午，我喝得不多，所以对心脏没有坏影响。在我试着喝波希米亚咖啡的前一天，那时候我在普里比斯希托。虽然经过几番奔波，但是我觉得自己还是能适应的。此时，我在窗边昏昏欲睡，心里还在计算着自己的体力能不能支撑到黑鸟幽谷。天气热而静，天空上的云绽放着奇异的色彩，树叶在阳光中不是很耀眼，但显得特别有生机；岩石模糊不清，但层次分明。山谷中杜鹃的叫声营造出一种令人昏睡的氛围……我不知道该做什么，不想睡，也不想看书，更不想写信。

在我一筹莫展时，脑海里突然回荡着“专属的林荫散步小道”。没想到的是，这不仅为女房东所利用，对我也是有好处的。我无意间看到了一条差不多五十英尺的小道，它穿过桦树林，面对着我的窗户。这条小道一个急转弯便消失在山边，那陡峭的山坡下面形成了一个山谷。我起初以为这条小道是公寓专有的，公寓的土地与它没有什么东西从中阻挡。这公寓周围的地上种植着马铃薯、莴苣和豆子，还有一块草地。小道通到草地时就没有继续延伸下去了，小道的另一边靠近山上的灌木丛。所以从陡坡开始的那部分是归房东太太的，至于那被阻隔下来的小道就只有等到土地耕完才会连接上屋子旁边的小道。因此，我觉得“林荫散步小道”就在坡下吧。

由于之前我曾暗自怀疑过那女人，现在我感到很抱歉。我以客人的身份去四处走走。

我没有直接走向那片桦树林，而是绕过了榛树和山楂矮林。那里遍地都是雏菊，还有长着毛茛的草地，在灌木丛中很容易被看见，挨着满是碎石的小路。小路的另一边，陡坡挨着小谷，小谷里面都是些枞树和桦树。

我没走几步，就来到了一个小岩洞前。这里石头完全裸露，其他地方都是沙石，其中稀稀疏疏地长着几根细草。在洞穴的上方，那高悬的岩石就像是从泥土里冒出来的，岩石两边就像一对肩膀。这里很阴暗,没有阳光。在岩石凹进去的部分里有张桌子和两张凳子，石壁上写着“苏菲安休息的地方”。

此处令我欣喜，我停住脚步久久站在那里，我没想到黎希特妈妈还有这等好手段。接着，我坐了下来，但我坐在这里的时候却又感觉不妥，因为我很怀疑自己是否有资格坐下。就在这时，凳子上的一本小书吸引了我。我拿起来一看，居然是“德语－丹麦语”字典。在我看来，这所“食住公寓”（我所住的旅舍）不仅简陋，而且有名无实，在这里只提供住，不提供食物的，但是人们却称呼为“食住公寓”。在德国是没有多少人会对丹麦文感兴趣的，是什么人会有这样的雅兴来学习丹麦文？我感觉对这破旧的封面似曾相识。

这时，一阵轻快的脚步声传来，我抬头看去，只见一个女孩沿着小路走来，来人正是那天在船上碰到的那位漂亮的女教师。

最近，在这里我一直四处欣赏风景，没有时间去追忆那天跟她相识的画面，到了现在差不多都快忘了。这时我想起那天那位小学校长曾提过在那别墅里有一位美丽的女教师。

她没想到会有人在，显得有点惊慌，而我马上起来致歉，我说我误以为女房东说的林荫散步小道就是这里，她不好意思地笑了。

“这很正常，我不介意的。”

当她看到那本小书时，我一阵慌乱，她的脸忽然红了。

“是你的书吗？”

“我只是随便看看。”

“很抱歉，由于我是丹麦人，所以我就打开了它。”

“我知道，”她答道，“在船上我一听你说话就知道了。”

这并不让我感到自豪，因为我以为我的发音已经接近德国标准了。“你一定认识很多丹麦人吧？”我问道。

“是的，我的确认识几个。”她说，但瞬间她那欢乐的神情突然消失了。

“是他们帮你学习丹麦语言的吗？”

“嗯。”她停顿一下，回答的语气听起来让人觉得她特别想停止谈话。

“我可能会帮得上你哦……”

“谢谢你的好意，曾经有人说我有到丹麦去当家庭教师的可能，但现在是不可能了。”

我很吃惊地发现这和我的话题已经不相干了。而当我正想把这谈话继续下去时，她却非常含蓄地说：“很抱歉，打扰了你舒服地坐着。在这里，这个时候一般是没人来的，所以当我发现这里坐着一个人时我很吃惊，是我神经过敏了，再见。”

因为这里没有其他人，我想要她待在这里，可是我发现她的眼睛湿润了，并且在躲闪着我的目光，她的嘴唇颤抖着，她应该是要哭了，我顿时慌了手脚。我吞吞吐吐地说我知道她很善良，但我还是忍不住想说，假如她有空的话……

可是她已经走了。

我站在那里，为这次意外的相遇感到很困惑，我很想留住她的身影，这身影，在这次的相遇中令我难忘。现在我已经可以肯定了，在我眼中，她是最可爱的女孩子，因为在这次的相遇中，我记得她戴着帽子，所以我可以看到她那美丽的额头。更令我欣赏的是她那双深邃的眼睛，张开时，眉毛与睫毛完美连在一起，眉毛与睫毛不是重点，重点是她的眼睛，虽然不大，但是清澈明亮；那双眼睛很奇妙地在不同的事物中停留。她眼中绽放的光芒有如那天上的彩虹色彩斑斓，令人觉得就像置身在布满树丛的峭壁上看到反射着阳光的溪水；她的表情转变之快，就如这流水中的树叶一般，瞬间而过。

我想这些已经深深地印在我的脑海中了。

关于这本字典，这次和它的相遇很凑巧，似乎是命运给我的一种暗示，总而言之，它具有非凡的意义，并不仅仅是一部字典。她说去丹麦做教师的事很可疑，因为她完全没必要说，并且她居然无缘无故地落泪了。

我一直在想着这些问题，一路走过了枞树林，来到了波伦兹河谷，我去了威尔泽道夫米尔吃晚餐。到了下午，上午时的燥热没了，随之而来的是令人舒适的凉爽。

然而，我并未像平常那样平静地来欣赏大自然，而是带着一种类似饮酒后的亢奋来感悟着大自然的神奇。这种感觉一点也不让人讨厌，因为它在使感觉器官接受外在影响的同时，也让周围的事物变得那么朦胧。因而，也使得这种"甜蜜萦绕于心的思念"能够和其他思想进行融合。

假如我去俯视那时而奔腾时而慢行的波伦兹河，那么她的眼睛就像在午后那闪闪发光的河水。在一朵美丽的鲜花映入我的眼帘时，我想："假如我们现在在一起，我就可以送花给她了。"我躺在陡坡上，风吹着枞树，发出的声音仿佛在诉说："假如我是一个诗人，眼前的情景一定会唤醒我的创作灵感，我将写一首诗去赢得她的赞美，并且我将把我的感情从中悄然流露。"我甚至还为这首诗想到了一个主题。她就好像一道难题令我费解，"就好像"——我认为这几个字很有诗意——如果我能解开这难题，我就可以开启那“生命的宝藏”。可是，我却不会为我的语言押韵，也不能够组成一段有韵味的文字。

在我准备回莱森之前，天已经黑了。山坡别墅上方的月亮若隐若现。在灌木花园中，以及小溪旁边的丛林中，可以看到萤火虫在飞舞。点点光亮温柔地在空中舞动，向上盘旋，盘旋，回落，仿佛有一只无形的精灵在打着灯。有时萤火虫的光照亮了周围灌木丛的叶子，有时一些萤火虫飞得很高，就像天空的星星。此时却是没有星星，天空漆黑一片，营造出一种沉寂的氛围。

就在前一天晚上，我也领略了这大自然的神奇之处。但今晚却又是另一番说不出的感受。我不想继续追究我此时的感受。这样刻意去想象意义何在？现代作家一定要这样吗？何必把水说成一氧化二氢呢？就算人们听得懂，但也没必要这么麻烦，且令人费神。神创造了水，所以有资格了解它。我只能肯定的是，在登山时，我的心脏会剧烈地跳动。我停下来去看下面的山谷，看到一些飘忽的小光点，挨着窗灯的树叶清晰可见。此时，我突然感到周围都是一些陡峭的岩石，它们似乎与我处于同等距离上。

在可以直通房门的石阶上，有一个绽放出磷火的小光点。当我划亮火柴时，原来那是一只灰色的毛毛虫。等火柴熄了，它就发出了光。我不想打扰这神秘的小虫。除了白天，连续三个晚上，它一直现身在这地下室窗口边的石阶上。究竟是什么东西在左右着这小虫子，令它一直停息此处？又或者它是在耐心等待那不可能出现的配偶？为了引起对象的注意，它把心中无限的爱意燃烧成光……而我们是不是也如此呢？——虽然，我们的心里也藏着这样一种热情，不像那虫子让人“透过表面看到热情如火的心”。

也许，我也很需要这种神奇的力量！因为，当我在床上（总是感到有点潮湿）翻来覆去睡不着的时候，那个小发光体在我脑海里挥之不去，在我一些乱糟糟的梦中总有它的身影。

4

第二天早上，我特意去看了小虫出现的位置，果然它们已经不在了。我想，如果它今晚再来，那么它一定是在暗示我和那位美丽的邻居有缘来进一步发展。

我去拜访了那位小学校长，他曾答应为我介绍一些当地的美景，更关键的是，他和那位美丽的女教师有一点亲戚关系。

正值假日，我看到他戴着帽子在菜园子里劳作，我的到来令他很高兴。我们寒暄了几句，他带我去了一条比较模糊的小路，一路上，他特别兴奋，除了用德文 Kreuzfidel[①]以外，再也找不到合适的词语来形容他此时的状态了。在交流中得知他曾花了不少时间研究学问——很可能在酒馆里花的时间要比在学院里多——而那段得意的时光令他终生难忘。他不停地唱着《学生歌曲集》里的小曲。有很多歌能证明他品味不高，如——

“在大厅，
墙上，
有一只老甲虫，
你看它多么得意，

①德语：莫名兴奋。

你看它翩翩起舞。”

紧接着，他又借机唱了一些战争年代的老歌。爬山时，我加快了速度，当我超过了他时，他在后面总是脱口唱出1813年萨克森地区流行的讽刺诗歌——

“且慢行进，
且慢行进，
给奥地利一个施展攻击的机会。”

但是，假如我慢下来，他就会唱——

“你，汉尼曼，
你走在前面，
你的厚皮靴，能挡住正面攻击。”

这是1864年的纪念歌曲，“汉尼曼”这个名称在丹麦人耳朵里听起来并不那么舒服，可是这个反应迟钝的德国人未能周全地考虑到这一点；可是看到他的心情非常好，我只能在内心里表现出自己的爱国，而没有真正生他的气。在我们歇息的时候，他一般会讲他学生时代或战争时候的故事，在谈及后者时，他很淡定，语气也很平和。

“你说得很对，这烟草相当不错。”吃完晚餐后，他抽着烟斗时说，“你知道我碰上了什么巧事吗？这种烟草的品质曾经多好啊，在整个德国都很有名气的——阿尔斯塔德－泽吉尔烟草。嗯，我曾经对你说过，因为肩膀中弹，躺在弗兰斯堡的军医院里，等我逐渐恢复时，医生同意我抽一小杆烟。首先我得强调，我出生在阿尔斯塔德，那时我母亲还在那里，她会时常邮寄些东西给我，因为不用付运费，她常在有盖子的大篮子里放一包烟草寄给我。再说说我吧，刚点好烟，还没来得及吸上一口。我旁边有个人——是个丹麦人，在杜培尔被抓起来，在监狱里差点丧生在刺刀下——他从枕头上抬起头来开始用鼻子吸气，从他那很享受的表情中，我可以肯定他对这烟味很感兴趣。所以我刻意喷出更多的烟，他则在一旁努力地吸着。'我担保。'他说。'什么？'我反问道。'有股硫黄的味道。''错了。'他说着一口标准的德语：'我以性命担保，你抽的烟肯定是阿尔斯塔德－泽吉尔的烟草。''你猜对了。'我说，'那我问你，你凭什么确定这就是阿尔斯塔德－泽吉尔的烟草？''这我肯定知道啦，因为，当我四处做生意时，我曾在阿尔斯塔德卖过两年的火柴。从那以后我就再没接触过这种好烟了，可是此时一闻到这股熟悉的味道，我就有一种错觉，仿佛自己又在天鹅广场与斯密特街转角的地方跟着我那好心的师傅一起做事了。''你说什么？'我很激动地叫，烟斗都拿不稳了。'我没有说谎。'他说。'如果你说的是真的，那么你以前是跟着我爸爸干活的了！'——你想啊，这太巧了！说到这里，我逐渐地回忆起了他曾经的模样——虽然他此时满脸长着一把真正的汉尼曼式的大胡子……最后，我递了一杆烟给他，也许我应该给他一颗滚烫的子弹。"

在他讲的故事结束之余，我赶紧把握时机，问他亲戚的情况，等他说了半天的家族故事后，我终于得到了回报，听到了明娜·杰格曼的名字——“房·齐德利兹家那位可爱的小女家庭教师，我想你应该见过她。”

刚开始谈论她时，校长说的都是些无关紧要的东西。

她父亲曾经在公立中学当老师，一年前过世了。她母亲把空余的房间腾出来出租，这女孩为了给家里增加点收入就教外国人德文和开设口语班等。而现在就不同了，为了多赚点，她就去给人当家庭教师了，一般她是跟母亲在德勒斯登的一条小街上住着的。

校长所讲的都很平凡，这个事实打破了我对她浪漫的遐想。

“我觉得她一个女孩子去和外国人打交道总是不太好的。”他一边说，一边弹出烟斗里的烟灰。

“为什么？”我突然有点害怕地问道，“你的意思是？”

“哼，因为你不知道和你交往的是些什么人，而这有可能会发生一些糟糕的事。”

“那杰格曼小姐有过这种糟糕的经历吗？”

“还真有。有一个也是来自丹麦的年轻画家，他非常靠不住。他遗弃了她，她太无辜了。”

“你这不是在开玩笑吧？他们订过婚了？”

“订婚？这我倒不知道。我也没有追究过这一点，关于她的事我都是听苏菲阿姨说的。你应该还记得我曾经对你说过，她很无辜的，不应该受到这样的对待……但无论如何，她和他之间是有过感情的。如果他们要结婚，这在大家看来是很正常的。可是没有，最后，他选择了不辞而别。但我觉得很正常，因为他要去巴黎学画画，那里可不像这里这么平静啊，那地方太可怕了，那地方仇视德国人，不能容忍有德国人在那里居住。不过，他们需要我们的啤酒，因为他们不会自己酿造！就在前几天，法国人在边界附近又关了一家德国人开的工厂。但是没办法！不到几年我们必须去那里。相信我吧，你记得俾斯麦那天说过什么吗？”

现在他又专注于政治去了。

我承认，当时，我非常迫切地想去知道接下来她和那丹麦画家的故事，而不是去追究德国人将要侵占巴黎的那些事情。我又打听了一下那画家的名字，但是他却没有回答我。

回去的途中，我一直很沉默，因为我一直在想着那位校长告诉我的故事。一方面他是满足了我的好奇心，也证实了我的猜想，我感到很欣慰；但另一方面，我不喜欢这个插曲，虽然，这跟我没什么干系，完全没任何关系——不过……我突然记起那本很小的字典，杰格曼小姐应该很在意它，就连旅行和散步的时候也随身带着。我觉得 Postillon d’amour[①]在驾驶着这辆语言的马车，掌控着全局，在那里最华丽的单词和最平凡的单词比肩而坐。当她学习那画家的母语时，她是不是依然怀恋着那份珍贵的回忆？抑或是在将来的某天把这语言当成终身语言？也许，连她自己都不清楚吧。

我联想到，那发光的小虫子每个夜晚都在同一地虔诚地守候，在黑暗中发出光芒去寻找自己的伴侣。

当我走近台阶时，发现那光点仍然在那角落里。

①意为“爱的使者”。

5

对于喜欢德国音乐的人来说，既阴凉又多河流的山谷有着更深层次的意义，因为这也只有用音乐才能表达出来。当夜幕悄然降临时，似舒曼的男声合唱流泻而来与冷杉树桩的声音相遇；清澈见底的磨坊溪水用颤音唱出舒伯特的旋律，鱼儿在其中欢快地畅游着；韦伯的猎号则在岩石的迷阵中回响，从“狼坑”至“鹰峰”，这些似乎是为伟大的弹手准备的绝好之地。但瓦格纳心目中的胜地是更加迷人的莱茵河畔乡村的美丽风景。

在一个天气晴朗的日子，我驻足在一个小岩洞外时有了意外的发现：山洞里有木板长凳，这个木板长凳的木板搭在两根柱子上，在凹凸不平的石壁上写着“吴坦休息处”。

这名字是由天真得有些过分的瓦格纳爱好者写的，还是由恶意的瓦格纳反对者写的?

我向杰格曼小姐正式提出过这个问题。

她没有坐过这个凳子，因为除了体态轻盈的神，任何人都是不可以坐的。杰格曼小姐有自知之明，她坐在小溪另一边的一块大石头上。

由于有一条窄沟在小路与岩石的中间，所以，岩石就像溪水中的小岛一样。又因为小路挨着岩石的一侧长着些灌木，所以当她经过时,我可能没有发觉,而且我当时还是背对着她看“吴坦休息处”的。

不知道到底是故意的还是很自然的，当我情不自禁发出笑声的时候，她也很配合地发出一阵轻笑。“的确好笑，”她说，“谁写了这么有趣的名字？”

她把一只胳膊倚着岩石坐在草地上，另一只手平放在裙兜里，手上拿着一束花，花是在附近摘的。

她把穿着的粉色常礼服的袖子卷起，一直卷到了她的手肘处，似乎这样就可以令自己的心里更为舒坦，又似乎只是让自己在这炎热的天气下能清爽些。她把裙兜中的胳膊裸露了出来，一只展现出洁白的色彩，另一只则被周围的绿草映成了绿色，它的外缘现出了一抹棕色，在阳光的照耀下，可以看见绒绒的细毛发着光，晶莹剔透，胳膊显现出的温润更是给人一种婴儿般的感觉，散发出女人独有的魅力。

她旁边有两个小姑娘在坐着做草链，她们一路上很高兴地把越橘的果汁弄得满脸都是。杰格曼小姐的嘴唇上也残留着果汁，她笑起来时就可以看到她的牙齿上也染上了果汁的颜色。

“你说得也太夸张了吧，杰格曼小姐。”我回答，“因为你不知道我是否会支持瓦格纳。”

“那不重要，就算你反对，你也不会计较一个女孩子随便笑笑吧。但是，你来自丹麦，据说丹麦人不是很了解瓦格纳的。”

她说这话的时候，脸上欢乐的神情转为有点黯然，而我则能从她的神情中察觉到她此时内心里的不悦。

这种内心深处的不悦——虽然她不会知道我已经感受到了，但是已经让我也感到不愉快了，于是和她一样沉默不语。

突然，我发现她正在很吃惊地看着我，那神情就像说：“怎么他也不说话了，为什么他看起来也不高兴了呢？”此时，我已经感觉自己在无意之中流露出了不满。因为她的眼神明确地告诉我，我就是这样的。这种想法太奇怪了，我不能自欺欺人，我发现自己居然有点忌妒的感觉。没有人比我更傻的了——为了一个陌生女子，且在以后也不会有多大可能去为认识的女孩而吃醋。

如此一想，我变得活跃起来。我对她说，我在德勒斯登待过很久，所以可以肯定地说我很熟悉瓦格纳的作品，并且丹麦人很喜欢他的作品，这是因为他的《尼伯龙根的指环》这一类的歌剧中有我们丹麦的传说。

我马上又开始说起了丹麦的文学，我问她丹麦文水平怎么样，是否可以看丹麦的作品。

"当然可以，我看过《阿拉丁》，厄伦斯莱格[①]的作品。"她回答道，"当我只能看懂很少的字、懂得极少数文法的时候，我就已经勉强地把它看完了。"

"这样的话，你阅读时一定比较痛苦吧？"

"还真是的，我读了很多遍，特别是那些我觉得非常精彩的部分。但是到最后我反而不高兴了，因为无所事事的无业游民居然好运连连——这令我对他极为不感冒。"

接着就谈了一些关于《阿拉丁》和《浮士德》这类的作品以及对丹麦与德国民族典型性格的评论。我谈了几句话——有一些概念是从我曾经看过的文章中引用过来的，有一些就纯属临场发挥的没有价值的观点。

"你刚才那番话，有点不太尊重你的同胞吧？"她回应道。

我有点不解，因为我没料到我的话中还有这么一层意思。

"好吧，老实说，你真以为浮士德该被赞扬吗？我想表达的是，假如站在道德家的立场来评价他。出卖自己的灵魂，引诱天真的少女，在疑点重重的决斗中杀死了她哥哥……"

"这些我都懂，不过还是……你是新教徒，对吗？"她得意地笑了，

①厄伦斯莱格（1779—1850），丹麦诗人，剧作家。

好像她已抓住了重要的把柄。

“那又如何？”

“那你应该明白人类不单只依照他们的行为来作为评价的标准。”

“那标准是什么呢？我真心觉得浮士德不算一个很正直的圣人，即使他曾经翻译了《圣经》。”

“也许你说得没错，不过再怎么说浮士德也比这个阿拉丁先生令人敬佩得多！”她这样说道。她显得很快乐，因为“先生”这个词用得太妙了，不仅具有讽刺意味，还显得合理——不过，根本用不着争论什么，因为我内心的看法与她基本一致。

“同样，玛格丽特要比葛莱尔更值得敬佩。”我说道。

当然啦，提到玛格丽特的时候，我心里想到的是“她”，虽然从表面看，她的样子并不像那传说中的德国少女，特别是在一个外国人看来。我哑然失笑，因为我突然想起在我们理工学院有一个矮小的法兰西同学，他只要一看到美女，便会用手肘碰碰我，说“葛丽卿[①]”！无论她是矮冬瓜或者巨无霸，开放的或保守的女孩，永远都是那句“瞧啊，葛丽卿！”，而那个“卿”字的发音常模糊不清。

如果说“她”不像玛格丽特，那么我与浮士德更没的比了——这是我立刻就能明白的事，因为我没有勇气主动提出当她的护花使者。

对于她而言，好像是乐在其中。可是我却遇到了困难，因为虽然我们隔得很近，但谈论这样严肃的话题中的分歧看起来很荒唐。但是我知道我是没有资格在她旁边坐下的。以至于我刚想提出这要求时，我的想法马上就被旁边那个较小女孩的呼叫打断了——

“既然他十分渴望和你说说话，那么他怎么不过来呢？”

---

①玛格丽特的昵称。

她既然已经说出这种话，我只能假装我该回家了。所以我祝她散步愉快，并且同时自我安慰道：很快我就能再见到她了。

可惜，我的这个愿望并没有实现。接连几天，我就像追寻猎物似的四处寻找，甚至多次来到“吴坦休息处”，不过这一切都是白费力气。

我绞尽脑汁、想尽一切办法试图去和她之间建立交集，但终究还是一无所获。这不可能了！——如同写不出来小说一样。

6

我不喜欢远距离的徒步旅行，我每天大概在中午一点都会到“埃布格西特”饭店吃饭。这家饭店位于十分壮观的岩石台地上，从这里可以俯视河谷，这里枫树成荫，令人赏心悦目，光线充足，桌上阳光成点点片状。

一天，我来得比平时晚一些，好像没有位置了。当我四处环顾的时候，令我惊讶的是，我听到有人在叫我。一对老夫妻坐在一张桌子旁并且在向我打招呼。我曾经在德勒斯登与他们相识，而且我们很谈得来。我很高兴，因为他们为我解了围。所以我毫不犹豫地坐在那对老夫妻坐的桌子旁，他们前面摆着一杯啤酒。

老人给人的第一印象就是他看起来像犹太人。他的钩形鼻是一个很明显的特征。他嘴唇边的胡须稀疏，但看起来很直硬。他的嘴唇很厚实，没有被胡须遮掩；他的下唇有点下垂，当他开口说话时，让人觉得他在吸吮一样。这唇形也与他的发音有很大关系，语速慢且有点咬舌的感觉。眼睛上面灰色的眉毛很粗，眼眉下长着两个皱皱的眼袋。就眼睛本身而言，它是清澈的，很有活力，同时也显出这个人的性格很好。他的太太端庄大方，与其说样子像犹太人，倒不如说像南方人；她的脸很红润，常挂着微笑，而那微笑，就像是帝国时代绘画中的微笑——她脸两边的头发紧紧地贴着灰色的鬓发，贴得太紧了，感觉好像是由金属丝编织而成的。

我和他们认识，是由他们的儿子介绍的。他们的儿子是我在理工学院的学长，现在他已经在莱比锡的一家工厂上班了。我们兴趣相投，所以老人对我也是格外青睐。老人是一名珍藏家，特别热衷收集伟人的自传。他收藏了很多珍品，从路德时期算起一直到现在——我觉得，假如舍鲁斯克部落首领赫尔曼留有一些作品的话，他肯定会努力得到的。他把所有资料整理得一丝不乱，用文件夹装订好，且每份上都标记号码；又在每一个文件夹中补充了一些信息，是用鹅翎笔蘸特制的墨水写的，这样写在纸上便于保存，那些信息都是很有根据的；还有传记类的作品和书信集的参考目录，他都会写上自己的一些见解。这样一个对工作十分认真的人没有局限于收藏，他只要一拿到手稿，就会仔细地研究且考证稿子的时代，不容许自己出一点的纰漏，不然他就茶饭不思、坐立难安；如果这个问题已经被解决，他就会继续研究人名、环境，并且要仔细无误地做一些注解。最终，他会很认真地把所有的结论详细地列出来。

通过这种方式，他将自己的热情专注于考证手稿的源头，简而言之，考证文学的历史。而为了完成这项伟业，首先你得有丰富的研究资金作为基本保障，一旦你有充足的资金作为保障，你将得到丰厚的利润。许多人的癖好是不能给自己带来经济上的回报的，不过他是一个例外，那不仅体现了他生命的价值，而且也挖掘出了他在商业上的天赋，这很符合他追求完美的精神境界。

大概在十年前吧，赫兹先生退休后便不再经商，现今在德勒斯登的定息区[1]过着退休生活，定息区这个名称不是毫无根据的。他出生在哥尼斯堡，也曾经在那里经商，完全可以这么说，他的家庭在当地商人阶层中达到了中产阶级级别。家乡对他的成长有着不可估量的影响作用。

作为商业城镇的哥尼斯堡，因为一位杰出的名人，凭借自己的智慧赋予了全镇一种特别的气质——这对于缺少名人的小镇子来说是一种幸运；这是因为有一些无所事事的镇民，可以为自己本镇名人的过去而感到自豪。伊拉斯谟[2]对于鹿特丹来说就是这样的，康德对于哥尼斯堡那就更不用说了：第一，他比伊拉斯谟更伟大，其次，他更接近现代；现今哥尼斯堡的老一辈，已经是康德那时候常去探望的人的孩子了。

赫兹的情形就是这样的。大哲学家康德很乐意和本镇商会的人打交道，所以商会的人士就有了一股强大的力量，这样才能捍卫他所赠予他们的精神财富。从整体上来说，这群商人具有宽广的心灵，给他们一个避难的地方，以便避开当时虔信派教徒那嚣张的气焰。毫无疑问，在老人看来最伟大的英雄就是康德。康德的哲学对他们有多大的影响，我说不清楚；但是当这位老人谈到康德时所表现出来的那份深深的敬重则令人感动。

他之所以决定在德勒斯登享受晚年，除了亲戚朋友的原因以及为了他儿子就读的很有名气的理工学院之外，在我看来，还有就是

①定息区是指靠着地租、利息等固定收入生活的人群。

②伊拉斯谟（1466—1536），荷兰哲学家，16世纪初欧洲人文主义运动主要代表人物。

因为在德国，德勒斯登是最漂亮的城市。但他对于它的内涵不是很满意。不管是从商业方面还是文化方面来看，他都瞧不上这个不仅缺乏科学，而且杂乱无章，完全没有企业化的、被无足轻重的贵族所统治的城市。他老是说，席勒早就说过德勒斯登地区的精神极度贫乏，犹如沙漠一般，更不用说那时还有科纳尔①居住在这里——可是今天还有谁在呢？所以，这位来自哥尼斯堡的老人便只有在孤独中度过了，唯一有个可以走动的人也只有残废的葛斯塔夫了。葛斯塔夫是“年轻日耳曼②”里的一名退伍老兵，不过这个阵营里的高层，赫兹差不多全部认识。关于这个称呼我为朋友的怪老头，我知道的也就只有这么多了。我发现这对夫妇很喜欢年轻人，而且比起我们这代人对老年人尊重的程度来说，他们好像更受我们这些年轻人尊重一些。或许，这是因为他们的态度谦和，甚至是因为他们表现得好像怕妨碍别人一样。

我本来觉得他们是在旅行的途中路过莱森而已，其实他们早已经在易北河边租了一间小屋并且住了两天了，还打算住上六个星期。

因为我常出远门，或者是吃饭的时间不同，之前彼此间竟然从没碰到过；到了此时，我只得许诺改天再来拜访他们，那时再一起喝咖啡。

“你和两个老人在一起一定不会觉得无聊的。”

“没错，你还会觉得时间过得很快。”

“不过就算如此，你们也用不着这样说吧。”

“按常理来说，我们占用你的时间是不对的，特别是有许多好地

①科纳尔（1791—1813），日耳曼抒情与戏剧诗人。

②合唱团的名字。

方值得让你们年轻人为之奔波。但是有位女士要来，我想假如你能来，我们会很高兴的。”

“认识她你会感到高兴的——至少我觉得是。”老妇人最后这句话别有意味。

“她是本地人吗？”我不假思索地问。

赫兹太太显然误会了，她笑出声来。

“不是，你不用怕，她不是村姑。她不是莱森人。”

“也不是哥尼斯堡人。”

“她可能不是很了解康德。告诉我，赫兹先生，你真以为哥尼斯堡的全体女士都看过《纯粹理性批判》吗？”

“遗憾的是，我年轻的朋友啊，她们就连《判断力批判》都没有看过——虽然她们非常有必要去看看。不过说到这儿，我反而想起我曾经给妇女们上过这类的课……”

之前我之所以提出那个有点不满的问题，是因为想表达自己对目前的话题毫无兴趣，同时想创造点空间；因为在开始时我抱有一种希望，但是害怕它变成了失望。不过老妇人明白我的用意。

“老实说，芬格先生，你现在很好奇，你是在迫不及待地想听关于那位年轻女士的事，而非愿意听我丈夫讲的事。”

她丈夫笑了。

“你瞧他；脸红成什么样了！没错，我太太对于人性还是有点见解的，她算得上个相面师了。”

为了掩饰我的心虚，我把啤酒喝干。

“我承认，她漂亮吗？”我问。

“漂亮？哦，亲爱的，她简直称得上是美女啊！不错，不过并非一般的美女。不要想错了，她是来自中产之家的德克拉，是个萝蒂，是个芙烈德莉卡·布利昂，虽然这样表达不全对。她虽然不是乡村牧师的女儿，但非常擅长田园诗。她是小凯蒂，没错，她最像小凯蒂了！”

“但是，我亲爱的丈夫，你想把所有的德国的美妙诗句都用来形容她吗？这样的话你可能会让他期望太高的。”

“这还不止呢！哪怕是德国的诗都不足以用来赞美她！只能用一种比德国诗更好的东西！”

“是康德的《批判》吗？”

“错了，我在说德国的女人，即她们处在良好的状态时。但是，玩笑之余，她真的是一个非常不错的女孩。”

“嗯，你会看到她本人的。她是我的一个远亲。我应该曾经向你提起过吧，德勒斯登是我未出嫁时的家。”

最后这几句话令我兴趣索然。这样一来，他们口中的肯定不是杰格曼小姐了。一方面她的样子不像犹太人，另一方面，从那老师的话中我可以确定她真的不是。我仍旧礼貌性地面带着笑容听着，不过我已经不关心赫兹太太口中的家谱了。

就像做梦一样令我吃惊的是我听到她说，“我可能忘了你们可能曾经碰过面，因为从你的话中，我可以肯定她是你的邻居。她现在是一名家庭教师！”

我感觉自己一阵冷汗。不可思议啊，在那一瞬间，与其说我有种兴奋的感觉，不如说是一种命中注定的感觉。因为，这一切就是命运啊！在激动之余，我说可能不是那个人吧，我觉得这话很有用。但话刚说出口，就觉得这谎言一定会被揭穿的，到时候自己会更不好收场。我很想当自己没说过，可是又不能下定决心，这令我心不在焉，以至于完全误解了赫兹太太的下一个问题。

幸好服务员这时把账单给我，在六神无主中，我付给了他二十五芬尼格[1]当作小费，因此他向我很有礼貌地鞠了一个躬，赫兹先生像慈父一样建议我对这种人不该太破费。

7

我该怎么办呢？去向杰格曼小姐老实交待，并央求她假装不认识我，这样做会不会显得太愚蠢呢？首先，我认为这个想法不行，但随着时间的流逝，我就有点左右摇摆了，到了最后，这种想法竟然完全占据了我的大脑，甚至我都无暇考虑它的不足之处了。

我想在路上很容易就能等到她；在打招呼时，我则说我觉得我们此行目的是一致的。接着我就说赫兹夫妇邀请我去他们那里，她兴奋地说——

“不错啊，可能有人要把我们介绍给彼此认识了。”

“是的。”我回答道，“就因为这个，我有一个请求，你能假装我们是陌生人吗？也就是说，你能不能假装我们之前从没碰过面？”

“很简单，但是你能告诉我为什么要这么做吗？”

我老实交待了中午所发生的一切，她则被我逗笑了。

“你经常开小差吗？”

“不是经常。不过当我弄明白要见的那人是你时，我顿时慌了手脚。”

她注视着我，天真的表情中充满了疑惑，接着，脸上突然绽放

①芬尼格，德国的小铜币，值百分之一马克。

出红彩，立马不好意思地转移目光，就凭这，我感到一种说不出的满足。

“这样的话，先再见啦。我得重新上山去拿钥匙；我们可以不同时到达。”我说。

易北河岸的岩石附近有三栋小屋，老夫妇租的是那一栋。河岸与小屋之间有一条很长的石阶，当我快爬到时，发现他们三个已经在凉亭里了，那木造建筑被粉刷得很白，藤蔓缠绕着整个屋顶。午后的太阳光非常强烈，整个屋顶都处于暴晒之中，不过在角落的上方有棵果树投下了浓荫，浓荫下的桌布是洁白的，水壶由于太阳光的反射显得特别耀眼，这两者因处在醒目的位置而成为焦点。明娜则在忙着煮咖啡。

在老夫妻给我们相互介绍时，我们假装很陌生地客套了一番；但当她递给我一杯咖啡时，从她那别有深意的笑容中我知道，我们都在为这场无伤大雅的骗局而感到兴奋。就在我如此想时——也许她也是这么想的——我们之间这种互信虽然很小但不可小瞧，耳边仿佛在响彻着一种诺言：我们之间将还有更大、更甜蜜的秘密，不仅可以守住，而且还期待着它将成事实。

“我记起来了，你既然能说一些丹麦话，现在不妨练习一下。”赫兹太太说。

听到这句话时，我装作很吃惊。

明娜只能再次把“原本打算去丹麦做家庭教师”的话讲述了一遍。但她快乐的神情很快转变成了紧张的神色，这让我明显觉得她心虚。而同时，我认为赫兹太太明白她说此话的用意。

“那么，杰格曼小姐，你对我们国家的文学有所了解吗？”我问道。

这个问题显得很好应付且比较容易开展后面一系列的话题，

所以，我们差不多完全照搬那天我们在“吴坦休息处”关于阿拉丁与浮士德的谈话。不过一切进展得太顺利了，像在观看老地方一般，而年轻人追求快乐的细胞会发挥作用，不时地会让你觉得这一切还别有一番滋味。一个人滔滔不绝地演讲总会刺激另一个人的表达欲望，而另一个人并不服输，很有意味地一笑，表示“你不要嚣张”，换一种角度诉说这事。这样一来，讨论的内容早已超越了先前，内容更充实也更具有深度——虽然这题材其实是无关紧要，只是拿来活跃气氛而已。不过，在一旁听我们谈话的这对老夫妻却显得很惊讶。赫兹先生对我说：“你瞧明娜此时多么健谈啊，她平时可是比较沉默寡言的。”后来，明娜对我说她自己也是那么认为的，赫兹太太曾经也对她说：“这下可好了，你终于找到可以说话的人了。”

这些话好像透露出一种肯定，我在想，这次聚会使两位老人的想法不谋而合，这想法显得有点过早：我们是天造地设的一对，非常相配。因为他们在意我们，所以我能体谅他们期待我们可以更进一步发展的心态，更关键的是他们觉得明娜应该重新振作起来，重新面对一些虽然曾经美好但现在已经令人痛苦的往事，并且能够看开。那时，我就已经猜测到了这层意思，后来也证明我的猜测的确是对的。所以，在接下来的日子里我每周总会抽出几天在易北河岸的小屋子里聚在一起。晚上明娜则无拘无束的，很空闲，而我，和她在一起则是我最开心的事情。

除了我与明娜的关系变得越来越亲密外，我们的每一次见面都没什么不同，不过偶尔却因为天气炎热，我们不得不去那些比较凉快些的山谷。如往常一样，我们来到河谷附近，因为这对老夫妇到这地方很方便。当阳光悄然照到亭子时，这便是我们开始散步的时间。百合岩高原投下的阴影慢慢地遮住了我们头上的阳光，留下一片阴凉，巨石的边缘高耸着，在河面上投下一道长长的波动的影子。在下边，采石场上的黄色长石板上，所有的裂隙都露出深浅不一的紫色，仿佛是用楔形文字在书写着工业文明的辉煌过去。这时，可以很清楚地看到河中的倒影。在河的中心处，一只长长的木筏在水中央漂荡，它向左右摇摆顺流而下，而它那长短一致的四五只船桨动作一致地划着。一对如纵帆式帆船那么大的沉重驳船——慢慢地顺流漂着，船身是乌黑的，好像一只巨型甲虫。就在船身消失在视线外后，仍然可以看到船帆那挺拔的身影。接着，一艘链船“噗噗”地放桨而来，逆流而上，拖着五六只驳船缓缓前行；而水下的链子缠绕着船首转动的时候，发出震耳欲聋的咯咯声，但是在远处听来仿佛是一阵动人的乐章。

夜幕降临之时，木筏上亮起了点点耀眼的火光，远看就如灯火在水中曼舞，它的光芒有时可能照亮一两张多毛发的脸；或凭借灯光可以看到有人把竿子倾斜放着，而弯着腰的人在湖面投下了侧影。接着，水上露出整支船队，如巨型灯饰，在靠近巴斯特岩石的地方，绕岬角而行，看似直立的水桶，桶顶端镶着巨大的金球，由红玉或翡翠的水桶领队。

河对岸也热闹非凡，火车不断驶过，各种鸣笛声。直到九点半，这种状态才会改变。那时，飞奔去布拉格和维也纳的快车在树林中一闪而过，犹如电火石光，这常提醒我们要回家了。不能没有这种提醒，正如席勒曾说“在快乐的房子里，感受不到时间的流逝”。

再说，不只我一个人欢快。快乐已经渐渐驱赶了明娜脸上的忧愁。不过忧愁残留的影子还在，因为她的眼神还是会出现黯然的色彩。我很有资格说，在这种变化中我起到了一定的作用。那对慈祥的老夫妇给予我们的关心，对明娜来说非常有好处；与其说是同情倒不如说是一种怜爱，是一种鼓励重归健康的人热爱生命般的怜爱。这种怜爱，对我来说虽然有些不爽，不过明娜却很享受。

就这样，我们看着奔流不息的小溪，就好像在目睹生命在快乐中消亡后，人们已经别无所求。

还有，河流也引发了我们一些谈话。她给我讲述了船夫的经历，特别是在山区河流中的船夫；他们要在激流中搏斗，没靠岸时根本没有时间去吃一口饭。为了感谢她的描述，我不遗余力地去为她描述大船的样子，在海港上船只络绎不绝，或者朴实无华的海岸渔村生活。我们还聊到了那采石场。我们谈到，石矿区对德勒斯登的沙岩镇有多么重要。石造的美丽大厦似乎吸取了岩石给予的特质，以至这洛可可风格的城镇适应了沙岩，正像希腊建筑适应了尖角形高贵的大理石山，埃及的巨柱神殿适应了广袤的平野与沉厚的岩石台地。这种想法，对她来说肯定很新奇，因为她对于建筑还没有什么概念，而我却沉迷此道；假如环境允许，我愿为这项艺术付出一切。

8

一天，喝了咖啡后，我们坐在凉亭中时，明娜递给我一个本子，要我画一座城，并为那座城命名，那城得有多利斯和爱奥尼亚一样的柱头，在柱子上还得加上钩子，因为她认为这些太神奇了。当正在我削铅笔的时候，本子被风打开，从中我看到了她画过的一幅画，不过没有完成。

“不要，真的不要看。”她红着脸央求着，并夺回了本子，“让你见笑了！我画得不好。肯定不好，就连名字我也忘了。”

我答应不看她的，只画自己的，但是，我说，假如用建筑师的眼光来看我画的，我画得同样不好。不过说真的，我很快被迷住了，因为，分辨轩绿以及竖形纹饰和方形墙面虽然简单，但是要你第一次把它们画出来，就会有许多瑕疵难以避免了。所以，当赫兹太太要她去帮忙整理桌子，清洗咖啡杯的时候，我的确有种如释重负的感觉；她原本是挨着我坐的，很明显她在一旁观看，并没想到会提前走开。这个要求让她有点为难，在答应帮忙时她欲言又止，从她忧虑的神情中我明白，她想要我别偷看本子，而本子布面的字样非常笨拙，绣着“诗”，我笑了笑表示她尽可放心吧。

我咬着笔头冥思，多利斯柱头的栏杆到底是不是分开的，而风撩动开纸页，这已经是好几次了。我看到了里面的散文与诗了。我以为那是明娜的摘抄，从没想过那是她自己写的，所以我也就只是想看看她喜欢什么样的美句和摘抄，这样的话我可以进一步了解她的性格和知识。我曾两次压制自己想偷窥的冲动，但当我看到一段还算长的散文在我面前展开时，强烈的好奇心促使我看了几行文字。

在确定没人在旁边时，下面一段德文映入眼帘。是相当好看且特别倾斜的齐德体抄写的——

“对于一对天造地设的年轻人而言，最能为一场快乐的交谈锦上添花的莫过于那女孩求知若渴，而那青年乐意教导。这使得他们之间会建立浓厚并愉快的关系。她会觉得自己的精神寄托在他身上，而他则觉得她身上留有自己的影子，这令人欢喜的结果不是一个人能产生的，这需要两个人意见统一；而这种完美的统一，足已令两人生出感情：既可快乐也可痛苦——不过对于这不用追究。因为从阿拉伯尔[①]时代起，这种快乐都不曾中断过。”

快读完时，我就听到一阵楼上关门的声音，紧接着是迅速下楼的脚步声。我赶紧翻回到原来那一页，很果断地画了一根横梁：仅用一条分线，因为手抖的原因，线条有点模糊，至于雨珠饰物，则忘得彻底。而我那剧烈的心跳不知是心虚还是因未能从所读的内容中缓过神来，则已经分不清了。

明娜在我旁边坐着织毛线，好像对于我的认真感到很满意。一整天都是阴沉沉的，天空中布满了乌云。就在我快画完两根柱子时，突然一声霹雳，紧接着豆大的雨点重重地打在石阶上。我拿着桌布和她一起到楼上老夫妇的房间。我们很少在下午茶前去他们的客厅，因为客厅位于房角处，这间房西侧和南侧各有一扇窗，天气晴朗时，屋内会闷热难耐。

一个小且硬的沙发和一张桌子位于两扇窗户之间。在桌子上方的墙上，可以看到一幅很普通的仿油画，画中是德皇和他的皇储，在这张画像的下面，赫兹先生挂了一张他的特别珍藏之一—— 一张康德的小肖像，这张画像从没离开过他，画像是康德尚在人世时哥

①阿拉伯尔（1079—1142年），法国人，中世纪哲学家中最有个性和传奇色彩的人物之一。他因与女弟子爱洛依丝的爱情悲剧而闻名于世，他们的爱情故事还被好莱坞拍成题为《天堂窃情》的电影。

尼斯堡的印刷品，颜色淡雅。画中，康德站在一张长腿桌边，他弯腰弓背，让你觉得好像有一只无形的手把他的脸贴向纸张；一条辫子从他灰色的假发中垂下来，紧挨在咖啡色的高领上。这幅古韵犹存的画因为年久而生出了小霉点，那用桃木制成的扁平的画框，使得这间小屋有一种舒适感；再加上一个小窗，还有在那小屋子里显得庞大的火炉，则使得舒适感更加突出明显了。

明娜挨着火炉边看到窗外闪电不时地照亮了棕色的河流。每当电闪雷鸣时，她就会受到一阵惊吓，甚至还会忍不住发出惊呼。赫兹太太从沙上发起来像妈妈一样安慰着明娜，尽管明娜那苍白的脸上写满了恐惧，但她还是强装微笑。老赫兹则因为闪电打扰他阅读报纸，所以一脸同情地望着她。

而我则挨着窗口坐着，尽管窗外大雨滂沱，但我的心思一直停留在刚才阅读的那段话中。虽然我不确定那段话出自谁手，但是我能感受到康德的韵味在其中。我最近在读歌德的自传《诗和真》一书中，看到他与葛丽卿那令人欢喜的插曲时读到了这些有名的句子，我心里掀起了滔天巨浪！我不得不停止往下读，只想记录此时发生的一切，只有这样我才能抚平自己那既痛又甜的情绪。不过我这段记忆也只是符合“诗与真”中的第二个字而已。

但是我并未深入去追究那段文字的作者是谁，不过我对它所表达的意思感到灰心丧气。从明娜的言谈举止我可以看出她似乎具有艺术方面的知识，而这些她是不可能通过上学或自学获得的。除此之外，她好像对于我这种困惑了然于胸。那段文字是她以前摘抄的，还是最近摘抄的？后面没有具体日期。不过这段文字离我画画的那张纸相隔很远，我发现它比前面的一段文字的墨水要新，前面写明的日期大概在两年之前。我认为这对我是有好处的，可是从另外一方面来说，也许我是竹篮打水一场空。

快喝下午茶时，雨停了，明娜马上变得欢快起来。她随手拿起灰色的石罐要下去取水，我则在一旁陪着。在这里取水很有趣，没有水井，也没有引水的通道，他们所用的水是离房子不远的易北河岸的泉水。在草地的尽头，离易北河仅几码远的地方有一片沙石地，而那里正好有一个泉涌处，泉水源源不断地从那里涌出来，并且还汇聚成一股溪流冲击着沉沙，不仔细看，还以为水里面有微生物在游动。我们曾开玩笑说这是青春之泉，之所以这么称呼，是因为某天晚上老赫兹先生给我们讲了一个关于这里的童话故事。

扑面而来的是一阵沁人心脾的清风，风里夹杂着泥土的芳香，还有一股绿色植物特有的生命气息，以及花的幽香——特别是那种香味较浓的金银花。努力地吸上一口气，那种香味宛如深入肺中，就像是饮了一口极佳的美酒令人生醉。天上的愁云逐渐散开，有些犹如一缕炊烟飘然而散，有些如一道水雾凭空蒸发。天空此时如染了淡蓝色的墨，往前走，呈现出了一抹绿彩；继续前行，西方宛若有祥瑞笼盖，缕缕金光溢出。在浅铅色与赤色红的低云深处隐约可以看到高空云层涌动，且顶端色彩斑斓。一道彩虹在百合岩附近高高悬挂，如出水芙蓉顿时令人眼前一亮。这座山最高地方的平坦处，有一朵小云飘忽在树林之间，仿佛是缠绕在孩子发间的烟雾。仅有一束微弱的光芒照射在那采石场上方的小山上。而附近的悬崖则处在一片蓝雾之中。至于易北河，依旧显现出一片红棕色，不远处，河面如镜。而时而出现的闪电如幽灵一般在辽阔的乡野里一闪而逝；山谷中雷声阵阵。

“瞧！”明娜呼道，“这颜色！简直就是普桑[①]啊！”

她这话深深地刺痛了我。天啊！她怎么会知道普桑啊，并且可以不假思索地脱口而出？不过，这也太巧合了吧。假如她说，“样子很像在画廊里普桑的画”，这倒还好；但偏偏她说的却是，“简直就是普桑啊！”我感到一种突如其来的愤怒。我希望我能抓住她大声质问：“你跟谁学的这话？我们这种普通人怎么会说出这种话，这只能是‘画家’才能做的！”

不过她已经跑下那湿漉漉闪烁着光芒的长石梯离开了。也许是我的表情出卖了自己，或许是她觉得借用别人的话是一件很羞耻的事，具体是因为什么，我不得而知了。但很明显的是她在回避“普桑”这个词。

在水池边的石阶上，她没有立即打水，而是放下了石罐，回过身和一个12岁左右的可爱的小男孩说话。小男孩的爸爸正是房东，他投资了一个大采石场。那个采石场非常大，其石头分布到了岩石脚下。其中最大的一个高耸入云，与蓝天相连，与那有着厚重岁月痕迹的松林遥相呼应，好像紧挨着云端，小男孩很夸张地向上指着他家的采石场。

小男孩捣鼓着自己的玩具：一架建在泉水出水口的水车。他把一根小棍子穿进一个生苹果里作为轴子，把树叶放入苹果表面的切口上。他在水中建造了一个坝，水则汇聚成了一个小水池，这样能保证有充足的流水冲击着水车。水车不断地转着，不过也没什么用。不管是在凉亭，抑或是在窗户边，我总可以看到这个有趣的小玩意

①普桑（1564—1665），17世纪法国巴洛克时期重要画家，也是17世纪法国古典主义绘画的奠基人。

一直在转。不幸的是，洪水把堤坝冲毁了，那小孩试图修复它，不过要想使轮轴停下来而又不被卡住则非常的难。

“我好想赶在我爸回来前把它弄好。”小孩一本正经地对着明娜说，“如果我爸知道我有这份心，他会很欣慰的。只要他今晚高兴，我就可以央求他破例带我去观看他放炸药炸矿石的场景了。”

“他明天会用炸药开采矿石？”

“是的，他们要把一整块岩石壁炸掉。”

“你觉得，他们会允许我们在一旁观看吗？”明娜问。

“那得问我爸爸了。”

“太巧了，我的学生们明天要跟她们的妈妈一块去看望她们的阿姨。你是不是也想去看？”

我自然不会反对。

小男孩突然发出一声长长的“喔——”，使我们的目光离开了采石场，回过头来，突然发现彩虹倒映在水中，其下段十分清楚，但它的轮廓模糊且断断续续。不久，整个倒影都变得清晰可见了，宛如一条紫罗兰色的彩带被拉成了弯弓。彩虹桥下弧形的区域内比彩虹桥上方的天空暗淡许多。百合岩突兀地耸入苍穹，在五颜六色的彩虹下，沐浴在阳光之中。而此时山间依然云雾缭绕，此时的百合岩好像一座祭坛，正在冒着缕缕青烟。小男孩已经被眼前的景象震惊了，不由得赞叹道：“这简直和我们老师那本带画的《圣经》里面的诺亚祭神一样。”

明娜这时提起了石罐，这让我联想到——上一辈的日耳曼画家们会不假思索地给蕾碧的手中塞进这样一个平淡无奇的罐子。但是明娜此时正扯着自己的蓝裙，一看就知道这裙子不适合妇女出游放牧。明娜低下身子开始取水，她那不合时宜的鞋子在湿漉漉的石板上打滑，差点落入水中，幸好我在旁边拉稳了她。她把罐子放在水面上漂浮着，水面则影出了她那调皮的笑脸；但是石罐马上就沉了下去，并引发了一圈圈波纹，水中的映象也变得支离破碎起来。她已经站稳，不过我仍然担心她会滑倒，好像这水池就像是绝壁似的，不肯就这么放手了；这么好的一个机会，我应该顺手揽住她的，去感受两人静谧的世界，可是我却害怕几步之遥外的小观众和不远处的窗口看见。

“谢谢你，我已经站稳了。”她一边说着一边跳到了岸边，又说，“不过，这水罐该如何是好呢？”

我从水池底把注满的水罐拿了上来，跟随在她后面。喝完午茶后，我们碰到了房东，我一脸急迫地去问他关于用炸药开采矿石的事情。他告诉我们，第二天会进行，同时也答应了我们前去参观的请求。房东也同意了小汉斯去观看，所以我们就要他来给我们带路。

在河的对岸，月亮高悬在丛林上面散发出皎洁的光芒。月光如水，起伏于河间并奔腾于沙石间。天空近乎纯净，除了“百合岩”附近的山边隐约有一些迷雾在飘动。与之相对的巨石也变得清晰可见；生命的气息在其中弥漫；在月光下，岩石的投影立体感十分强，采石场宛若披上了一层微光。在“埃布格西特”的台地上，篝火拥簇；巴斯特的顶部也燃起篝火，忽明忽暗；高处隐隐约约传来华尔兹的乐章。

赫兹夫妇也被这美丽的夜景迷住了，不顾草地潮湿，他们依然走了下来。我们驻足在屋子前面的台阶上，和房东夫妇畅快地聊天。那长相俏丽却有力气的女人抱着婴儿轻轻地晃着，小汉斯则很悠闲地坐在台阶上，拿着小刀为他的水磨制作新扇叶；房东坐在栏杆上吸着大烟，清新湿润的空气让他格外气爽。这种氛围在采石场应该是非常受欢迎的，中午酷热时气温会达到 130℉，即使这样，他们还得在那里挥汗如雨地工作着。老赫兹夫妇则关心地问他们采石场的生意情况，女房东说，春季发大水时，采石场就遭殃了。

突然，一阵汽笛声从山谷中传来，对岸有道光在树林里一闪而过，这时我们散会了。按照习惯，我送明娜回去了。

老实说，整个晚上，我都有点紧张地期盼着和她一起漫步在月光下。从到泉水边开始，仿佛有一件不可预料的事情将要发生，不过此时我仍然不知道那件事究竟会在何时发生。

此时，在这无人的荒野中，月光照亮了小溪，而小溪旁边的山谷与树丛都是一派庄严的气势，令人触景伤情。明娜却丝毫不受眼前景物感染，她一反往常的沉默，大大咧咧地说了很多，对爱情却避而不谈，显得无比单纯。当我别有深意地提起那个小水池时，没想到她绕过了话题而去同情人们在洪水期取水的不便，还费心思想帮他们找到更便捷的取水地方。

“好像在老客栈中有一口井在地势较高的位置，对了，我想起来了，确实有！”

总而言之，我们的谈话相当正式，至于她取水时候差点摔倒还有那口泉水，好像不曾有过。

9

第二天下午，我和明娜还有小汉斯三个人在众人善意的提醒中出发了。小汉斯非常兴奋，他给我们引路，还帮我们提着装有食物的篮子。

我们沿着易北河往前走，还没走多久就走到了右岸，我们得经过一道长坡。长坡是由碎石堆砌而成，有五十英尺高，看起来犹如一道城墙，蜿蜒伸向采石场，长坡下面有的石壁有一人余高。采石场周围的栈道都是用木头搭成的，木道通向了河岸，所以采石场开采的矿石都是用滑板通过木道运走的。在离卸货处不远的地方，有一只装了半船货物的驳船；驳船附近，有一些工人正在把手推车上的货物卸下，下一辆则按部就班地停在木道上面。

我们大概走了一英里多，此时汉斯停在一个靠着石壁的梯子上，我们很容易地就爬上了坡脚。不过，接下来我们就被眼前的景物惊呆了：我们接下来要走的路只能说是隐约可见，因为陡峭的小路看起来就像一条灰色的曲线。等我们走近时，发现还是有台阶的，当然只能勉强说它是台阶了，这些台阶非常粗糙，只是由凸起的石头筑成。汉斯一马当先，远远地把我们甩在后面，他回过头来很吃惊地看着我们，因为他想不通我们怎么被落下这么远。

“你先走吧！”明娜红着脸说。

“这怎么行呢，杰格曼小姐。万一你滑倒了，你在前面抓什么？如果我走后面，你不小心滑倒了，我在后面还可以拉你一把；你不要担心会把我也拖下去，不管怎么样——”

“那么就当我求你走在前面吧！”她打断我的话。

“没搞错吧，分得那么清干什么啊！难不成为了这点小事，你宁愿跌断自己的脖子？真是的，一定还有其他路可走！这些人太蠢了！听我的，你不会有危险的。你可不可以干脆点！”

说这些话时，我装出一脸的不耐烦。不过出于保护自己喜欢的人的目的而表现出对她霸道，我感到很满足，也很喜欢这样的角色。

“我明白你的一番好意，我不会在意你用这霸道的语气。”她十分认真地看着我，接着说，“假如我真的扭捏，你这么说我完全正确。但是我真的感觉自己爬坡的样子很别扭，所以非要等到我们一起坠下去才开心吗？如果你走前面那情况就不一样了，我可以很自然，不必担心你看到我那尴尬的一面，那么最惨也不过就是擦破点皮而已，假如你认为我太任性了，你就自我安慰吧。等上去后，我就不会任性了。”

她以坚决的口吻说出这么幽默的话来，这让我感到非常惭愧，我恨不得从地缝钻进去。所以我只得爬坡，但是我仍然担心我后面的明娜，所以我的这种担心也算是对自己的一种惩罚。

幸运的是，一路上并没有发生什么不测，我们顺利地爬上了坡顶。

首先映入眼帘的是白色石面，它与被炸的岩石相连，眼前这番景象，我不由自主地联想到了神殿的废墟。一排排磨石展列，犹如一节节柱子散落。另外还有切得整齐的石块和边石，好像被毁坏的地基。有些路面被铺满了沙石，还有些则生长着许多矮小的树木，其中还有美洲接骨木，此时，果实的红色与石块的白色交织一起。而另一边，袅袅炊烟从一个屋顶上的烟囱中升起，那是打铁铺——在每个采石场中都是必不可少的。

在走过一段河堤后，我来到采石场最后的部分，采石场场主和工人们在岩石前面。房东看到我们，马上放下烟管向我们打招呼，他说我们来得巧，他们正准备工作了。一位穿着格子裤且很干净的大个子男人正在面对着石壁，像在检查什么。他转过头面对着我们，那长着红胡子的脸挂着友善的笑容，而另一个穿着破烂的小个子男人则在搬东西，并不时地偷偷瞪向我们。不远处，两个工人正忙着把一根楔形的铁棍敲进将被炸开的大石头里面。远方传来他们在劳作时发出的敲打声。

那个穿格子裤子的男人从石头堆中走回来，这时我们注意到有一根非常粗的绳子悬挂在那里，就像动物的尾巴，它离地面上的岩石差不多有四英尺。岩石足足有二十英尺高，很明显，待会儿这岩石将会被炸掉。岩石上有条很深的口子，这使它与岩壁之间产生了缝隙。裸露的部分已经泛黄并且有一百多英尺高，天逐渐转暗，岩石的表面布满了小树丛，远远一看，这座大山活像一棵被剥了树皮、上面长满了苔藓的大树。

房东建议我们爬上附近的石堤，这石堤紧挨着爆破区。这时，有一个人肩膀上扛着两把鹤嘴锄正朝这边走来，房东看见后马上不停地摇手示意那人走开，然后双掌环抱放在嘴前，向那人大喊："小心！"之后，他用手把烟灰抖落，大口吸着烟向炸石区走去，等走到那里时，他不慌不忙，用手把导火索的末端放进烟斗中，此时他仍然含着烟嘴。接着，他双手插在口袋里，然后惬意地吸着烟，不紧不慢地向我们走来。导火线绽放出了一股火花，紧接着又消失了，这时可以看到石头中冒出了一缕黑烟。我和明娜感到很紧张，但仍然笑了笑，期待接下来惊心动魄的爆炸。最后，一声闷响传来，几块碎石飞出，冒出了一点烟灰，那牢固的石块并没有轰然倒塌，即使看起来它已经有点支离破碎的感觉了。房东感到很恼火，咒骂了几声，那穿着格子裤的男人拿锄头挖了几块碎石。透过石缝，可以看到火药爆炸时遗留下的痕迹。

"再凿一次吧！"他对房东大声喊道。

我们走近刚才的炸石区，那里的人正在重新物色一个好的爆破点。我拿了一把锄头不费力气就凿了块岩石。突然我感觉自己像是被绳索绊住了，周围则响起一片笑声，那长着红胡子的男人把脸凑过来。我很尴尬地笑了笑，我想对他表示这个玩笑开大了。绊住我的那个人用他欢快的语言向我解释了一番，不过他那浓重的萨克森口音，让我听得一头雾水。

看着我被人玩弄于股掌之间，明娜居然在一旁幸灾乐祸，而且还发出特别爽朗的笑声，我想她一定在笑我此时的囧样，我的脸一定写着："到底是怎么一回事，谁能告诉我？"最后，她总算是控制住了那可恶的笑声。

"你必须给他钱作为补偿，因为这是应该的。"她继续说，"这是我们的习俗，假如有人冒昧闯入禁地，他可以像现在一样绑住你。"

她用丹麦语说，咬字很慢且在颤抖，其中也会冒出一点德语。我以前从没听她用我的母语对我说话，这使我又惊又喜，因为外国人通常对我们这生僻的语言不感兴趣。更令我开心的是，她最近应该特意学习过丹麦语，虽然她没有提起过。

因为明娜在旁边，我有种豪气大发的感觉，所以不仅给了那红胡子索取的通行费，还给了其他人一些小费。那个幽默的捕捉者礼貌地说了一声"谢谢"，拿到钱后放了我，开始寻找新的凿口，并且显得特别兴奋。至于那身材短小如侏儒的男人，人们都觉得他那身破烂的衣服随时会被吹走，但他却毫不在意，拿着大锤子把铁棍敲入石头里。

准备好新的爆破点是一件耗时的工作，所以我们四处转转并且去看了之前被炸过的岩石。没逛多久，我们想到了一个更好的消遣点子，去摘生长于岩石缝中的花朵；不过当明娜发现了晶莹透彻的彩色石头后，她一高兴就什么都不顾了，她把那美丽的小石头铺在地面上，欢喜地看着，就好像发现了一个宝藏。我则吸着雪茄，坐在被灌木丛遮住的石头上。

“好看吗？”明娜拿着一颗淡紫色的石头伸到我面前问。此时光线很强烈，非常刺眼，所以她只能眯着眼看我。

“太美了。不过你要它们有什么用处？”

“嗯，我想把它们送给小艾米莉亚。老实说吧，我挺想据为己有……我是不是很幼稚啊！这是因为它勾起了我对童年的回忆，童年虽然没什么值得留恋的，但是我还是忍不住去想。它很奇怪，不过岁月是个神奇的雕刻家，再怎么平凡的过去也会被雕刻出美丽的回忆。到最后所有的回忆被雕刻的得美丽无比，这一切多么令人欣慰啊！”

“没错”，我继续说道，“你说得很对。或许在将来人们都会后悔自己没有珍惜眼前的美丽，并且怪罪自己，可是我觉得这种怪罪是不恰当的。”明娜则继续弯着身子捡石子放到她的手帕里。

“我小时候非常喜欢这些漂亮的小石头，老爱把自己幻想成公主，把小石子幻想成宝石。我刚才说我要把它们给小艾米莉亚，不过她可能不会喜欢这样的礼物的，她父亲可能已经盲目地给她真正的宝石了。”

“要你给这些被宠坏的孩子做家教，可真是辛苦！我可以十分肯定地说，你小时候受的教育要比小艾米莉亚明智得多。”

“你太抬举我了。”她略带苦涩地说，同时拨开了挡住视线的碎发，“明智？其实也算不上明智！”

“你的家庭肯定十分单纯。”

“假如只是单纯的话，那还好，不过它很单调乏味。我们虽然穷，但穷并不是妨碍我们享受快乐的理由。你也许想象不到，我直到 14 岁时才去过洛希维兹，我已经 14 岁了。不过有时候我们会到那台地上走走。父亲有时带我和哥哥到普劳安，他偶尔会喝一杯啤酒，对于当时的我们来说，那天简直是一个节日，我们非常开心。那时还没有现在如此多的工厂。威塞瑞兹附近有个十分迷人的小山谷，就是在那里，我捡到这种小圆石的。到了晚上，父亲会带上母亲去酒吧，他们以此来缅怀美好的过去，母亲则会在每一个晚上都陪伴着他。当你来到小镇上，假如你在晚上八点左右来到城堡街的‘雄猫’，你可能会看到和我有几分相似的老妇人，她会在屋里拿啤酒坐着。当有人在她身旁坐下时，她会饱含深情地讲述她和她丈夫曾经的流金岁月。在‘雄猫’居然有我美好的家庭回忆，你不难想象我和我哥过着什么样的生活！那时我们上学的那所学校很好，不过我们的学习也是在那里终止的。父亲对我们的学习漠不关心，这非常可惜，因为他自己不仅受过良好的教育，而且还受人尊敬。可是，当我知道这些时，我已经长大了；对于他，我只有零零星星的记忆，因为他对我们非常沉默寡言。他与母亲之间的话题只局限于天气，不过他会因为读了报纸后而与母亲在政治上有所争论。父亲是保皇派，母亲则站在萨克森这一边，她憎恶普鲁士人；她认为大联合没什么用，只会带来重税。关于这一点，我同意母亲的观点，作为女儿，我深受母亲的影响。而且他们砍光了奥斯特拉街上所有的树；也是因为这，当我看到目中无人、耀武扬威的军队时，我就非常恼火。我父亲与母亲的交流仅限于此。当我逐渐长大时，我更加明白了他们之间的感情，我想假如父亲娶的那人不是我母亲，或许就不同了，他会是一个称职的父亲。并且我也觉得，他们之间之所以是这样一种状态，是因为父亲太过优秀，没有人能够理解他，他找不到可以和自己交流的人，因此他越发沉默，而沉默却得不到别人的理解，反而被认为是一个怪异的人。用‘怪异’来形容他十分贴切，作为他的子女，我们的感受实在太深了。让人无法忍受的是，一旦他看到家里来了陌生人，就立刻发怒。只要他在家里，我就不敢带朋友到我家。有一次，我过 11 岁生日——我母亲准许我在楼下院子里举办生日聚会，那天父亲正好要上课，不幸的是学校突然停课。母亲在街上恰巧看到父亲正往回走，她立刻疾奔回来给我们报信，并且脸上写满了恐惧。最后我们也只有不欢而散。你能想象得到，我们有多怕他。我们非常支持母亲，因为母亲给予我们的关怀远远超过了父亲。母亲常要我们有事瞒着父亲，因为她知道父亲会阻止我们。他的阻止让我们觉得他脾气不好，所以总是躲着他。很抱歉，我居然说了这么多往事来打搅你。”

“你知道我不会烦的，相反，我很乐意听你说这些。我的童年过得很快乐，所以对于你的不幸我深感同情。不过，你现在应该振作，等待你的生活会很美好的。”

明娜沉默着没有回答，低头认真地看着她刚搜集的一堆小圆石。

“我之前并没有听你说过还有个哥哥，他现在离开德勒斯登了吗？”

“两年前他就已经离开了人世。”

“真不幸，这悲惨的遭遇对你的打击一定非常大吧？”

明娜摇摇头。

“不，其实我对他没有太多的感情，因为他小时候老欺负我，这使我的童年变得更灰暗。后来，当他长大了，他也想用一些积极的行动来补偿他曾经的过失，可是他带给我的只有无尽的悲伤。”

她用一种叛逆的目光盯着我，流露出的神情好像在说：“你一定觉得我这人很冷血无情吧，随你怎么想我都不在乎，凭什么因为他是我哥哥，我就得毫无理由地去爱他？他真的不值得我去爱，我不是一个善良的姑娘。”

“你还跟其他亲戚有来往吗？”为了避免尴尬，我转移了话题。

“我有一个姑婆，同时她也是我的教母，由于这层关系，她觉得照顾我是她的责任。但她照顾我的方式很特别，完全是按自己的意愿，这令我有点反感。她喜欢不停地抱怨，每天都在我身上指指点点，甚至对我留有鬈发她都感到不满意，她觉得自己永远是对的。她身上有我父亲的影子，不过她真的很关心我。遗憾的是直到过去很久，我才体会到他们的爱，她的爱隐藏在平时对我的严厉之中，而父亲虽然表面对我不冷不热，其实他也是爱着我的。她和父亲都是怪人，她很欣赏我的父亲；可是看不起我母亲，所以她很讨厌我身上有母亲的影子。当她对我好时，她会恐吓我。例如，她准许我订阅古典文学期刊，而且她会很早就把看书的钱给我，她做事总是很爽快。那是一套系列的书，差不多有一百本。她把钱给我时会说：‘不管怎么样，假如你把这些书弄丢了，或者被你卖了，就算我死了，我做鬼都不会放过你！’我十分相信她是说到做到的人。当然我并不怕她的警告，因为我对这些书爱不释手，从没冷落过它们，而且这是她送给我的生日礼物，我很感激她。我有许多名著，因为我不像其他女孩那样生活丰富多彩，我只有享受阅读的乐趣，这种乐趣是她们体会不到的。老实说，当时我所读的书籍并不适合那个年龄段的我。不过，有趣的是，好为人师的姑婆觉得经典文学没有什么内容是十四岁姑娘不能看的。我追看那些书时，我还小。不知道她是记错了还是认为德国文学完美无瑕，总之她完全没有考虑其中的内容对我到底合不合适。我在那时候就开始读《奥伯龙》[①]，恐怕你都没看过这本书吧，但我真的认为这并没什么不好。晚上，每当母亲睡着后，我就会爬起来坐着品读名著，这是我最幸福的时刻了。通过阅读，我感到很快乐，当然阅读并非十全十美，虽然我看到了作者积极的一面，我也因此而看到了自己消极的一面。我能感受到另一个世界，这个世界指的是我的内心，它能够辨别是非，不过它的判断力常被我母亲打搅，她用极其不靠谱的规矩给我蒙上了一层网，并且还盖上莫名其妙的抱怨，这让我的判断力很模糊，变得很犹豫。”

明娜停顿了下，又接着往下说：“也许你不明白我为什么只有在阅读中才有这种发现，因为我从小时候就接受过基督教的教育；这种清规戒律并不适合我，我需要的是真正的生活，在我生活的环境中，没有人配得上高贵纯洁，更不要说涵养了。在我们的记忆中，亲戚都是母亲那边的。母亲的兄弟姐妹，还有她的一些表亲。在这些人中，母亲是最优秀的。父亲却很讨厌他们，所以他们只有趁着父亲不在的时候才会来我们家，或者偷偷摸摸地跑进厨房与母亲闲谈几句。一想起这些，我就感到恶心。给我说教的那位牧师在社会上不怎么受欢迎，母亲却极为推崇他，甚至被他的说教感动得落泪，我觉得这些因素对我有很大的消极影响。向我布道的牧师只得由歌德与席勒来做，他们并非最坏的先知。但对我来说，这种改变简直

①德国作曲家卡尔·冯·韦伯作曲的三幕歌剧，其内容根据法国古老的浪漫传奇故事改编而成。

就是革命，挣扎与怀疑同在，这对我的影响太深了。因为要做家务，所以我每天都很早就要起床，熬夜读书令我付出的代价就是每天我无精打采的。而家境的贫寒，使得生活十分拮据，我几乎没有一天是吃饱的。在这种环境中成长，我贫血且敏感，那些年，我每一天都是病恹恹的，过得十分艰难。我在街上走动时，常感到头晕眼花，且有种莫名的恐惧令我心惊胆战。有时我觉得自己特别没用，甚至是一无是处，我常担心自己癫狂。我以为父亲在心理健康方面能帮助我，可是他除了对我冷冰冰的之外，便是喜怒无常，令我无法接近。直到他在一年前去世，我都没有走近他；当然我自己也需要对此负责。因为他不走进我的精神世界，我也对他不理不问，我想是我让他在我的生活中被忽略的吧。我曾经多次鼓起勇气对他坦诚相待，并且怀着一颗爱戴的心，可是在最后关头我总是难以克服内心的恐惧，我害怕这一切太困难。直到最后一次，我走进他的房间，他亲了我，他的声音中饱含着父亲对女儿的爱，'你要永远坚强，不要懦弱'。我几乎忍不住痛哭，可是心里的阴影又在作祟，我仿佛听到一种声音在说，'你凭什么要我坚强？你为我付出过吗？你知道我是什么样的人吗？你了解我吗'？所以我依然用不冷不淡的语气答应了他，并且给了他一个平淡的拥抱。几个小时后，当我下课回来时，我发现他已经不在人世了。"

此时，明娜神情憔悴，接下来便是一直默默不语。看到她那悲伤的表情，我害怕她会忍不住流泪。可是她没有，反而突然抬起头来注视着我，似乎是在看我听完这个故事后会有什么感慨。我想她一定在心里说："你一定觉得我很讨厌，我也迫切希望自己可以变得更好，但是我肯定不会为此来强迫自己改变的。"她一脸忧伤，但我可以肯定，她之所以如此忧伤，并非是因为过去那段痛苦的回忆，而是因为深陷于此刻的想法而不能自拔。

我深受感动，恨不得一把拉住她的手，可是我们相隔较远，并且旁边还有工人。千言万语也不如我那双温暖人心的双手，在这一刻，所有的表达都显得那么苍白无力，我只有在一旁羞愧难当。我对她说："一直以来，我都在猜想是不是过去某些不愉快的事深深埋在你的心底，使你一直沉浸于悲伤中。但是令我没想到的是，那些痛苦的过去竟然从你的童年时期开始就伴随你左右了。"

听我说完这话，她脸上的表情变成了我所熟悉的，怪异、猜忌，差不多是嘲讽的表情。

"可你怎么总是想着生活的阴暗面？"我扯开了话题，"说说赫兹夫妇吧，那时候他们应该也在德勒斯登吧？"

"是的，我是在父亲的葬礼上认识他们的，因为我跟蒂亚姑婆的关系一点都不好，就像陌生人一样！……赫兹家在我心中就像自己的家一样，甚至比自己家还要好。你听完这故事后，应该能明白这对夫妇是多么好的人了，他们对我是多么的重要……"

她说话时有点漫不经心，也许是说久了感到有点疲惫吧，又或许是在责怪自己说得太多了。

这时房东来了，他叫我们返回刚才的安全落脚点，因为新的爆破任务即将开始。

我差不多忘了我们原来的落脚点在哪里。她的话中带有忧郁，听在心里让人觉得十分苦涩，此刻我仍然沉浸在她的诉说中。直至今日，我对于她当时说的每句话都记得清清楚楚，甚至我记的比她给我讲的还要完整。当然啦，记忆中的零星片段可能是在后来的日子里听她说过，不过这点瑕疵还不足以影响整体上的记忆。让我感动的是她在讲述往事时所持有的那种批判而清醒的态度。很明显，她会常考虑不同的细节，并且思考它们之间存在的某种联系，还会去想象它们的由来，以及产生的后果。因此凭这我可以明白她的忧郁比我想象的要更严重。因为我常被她表面上的轻松与活泼所迷惑。

再次的爆破依然和上次一样，岩石还是屹立着，虽然它的基础已经被震损，整个身子好像要散架了。红胡子跑过去认真地检查，他用锄头去挖开没有被炸碎的石块。那石块背后仍然有碎石在苦苦支撑着。房东和那穿着破烂的工人小心盯着那大石头，若感到不好便会发出警报，而那位勇士则卖力地敲打着那些支点。刚开始敲打的时候，他的每一锤都会显得十分谨慎。可是到了后来，他敲得越来越起劲，便逐渐放开了手，大胆地敲起来。碎石四处飞溅，而他也因为石头的顽固而变得更为愤怒。情势变得十分紧张。人们的双眼随着他动作的起伏而变得疲倦，但人们仍然死死盯着不放，他们一直在留意岩石边缘的动静。总共发出了两次警报，他停顿了下，可是仍然没有动静，这让人感到失望，他又继续凿，并且不断加大力度，这一来，情况更加危险了。

明娜紧咬着嘴唇，脸色也变得苍白。我因为在一旁观看了一段时间，胆子也变得大了一些，于是我向前走几步，想更仔细地看看他的卖力会带来什么结果。这时明娜突然上来一把拉住我，二话不说就把我拽了回去。这时正好传来了一声尖叫，我可以感受到头上被笼罩着一块巨大的阴影，紧接着那阴影掠过，与此同时，一声巨响炸开。我看到那块巨石已经轰然倒塌，周围都是些零碎的石子。

我首先想到的是那个红胡子男人。他毫发无损地站在那块巨石旁边，好像在守候着自己的战利品，他对我们笑了笑，似乎在说“太险了，差点就出事了”。我扶着明娜在一块石头上坐下，她显然是受惊了，整个身子都在颤抖。

10

午后，阳光直射岩石，但是岩石之上仍有乌云。突然下起了倾盆大雨，那雨似乎是在咆哮，让人心惊。于是我们只有一路疾奔来到铁匠铺避雨。一分钟前，明娜还被吓得几乎站不起来，经过这番奔跑，明娜缓过神来，跑完最后几个石阶后，她似乎已经忘记了刚才所发生的一切。

刚才户外的开阔明亮与此时的拥挤昏暗形成了一个鲜明的对比。在铁匠铺,空气中充满着黑煤烟。一位长相惊艳的少年站在铁炉旁边，他用自己强壮的手臂借着一根绳子带动一根长棍，从而使风箱运转。等煤堆燃放出灿烂的火来，他拿棍子在煤堆里拨弄了几下，随后又往煤堆上添了些煤，并且把一把生锈的锄头放进火堆里，把一把烧红的铁尖拿出来。那人往手指上啐了口水，然后用那根手指把铁尖上的灰质弄掉，接着就把铁尖泡在水槽里，发出了一阵嗞嗞声，冒出一股股白烟。

明娜笑了。

“方才我们见证西格夫里德大战了一条龙，在这里我们又目睹他活生生地出现在森林铁匠铺了。”她再次用丹麦话与我交流，而工人们则一脸惊奇地看着我们。那铁匠则没什么反应，他开始锻打那把烧过的锄头，随着他的击打，火花四射，我们向后退了几步。明娜看向那人时，流露出赞赏的神情，这令我感觉不爽。

“难道你不觉得这人很英俊吗？”她问，“他站在那里工作的时候，简直就是一幅美丽的画，如果古德浩斯能像他这么英俊，那该多好啊！”

“他长得的确不错，可你在大庭广众之下赞美他，会让他变得很自负，从而会看不上那些可怜的乡村少女们。”

“他专注于工作，不会留意到我们的谈话。”

“就算如此，别人也会转告他的。”

“可是，看到如此英俊的人，我就是忍不住去称赞他！”

就算她的话很客观，但我还是不会赞同的。

“他应该是萨克森人吧？”没多久，她又说道。

“不是，小姐，我是席莱斯维克人。”那工人很平静地用丹麦语回答她，同时把锄头放在一边，开始拉起了风箱。

人们能够感觉得到，明娜因为他满脸通红，周围响起了一片笑声，好像都看懂了这是怎么一回事。刚开始我也在一旁幸灾乐祸，但不久我就开始同情她了，因为她始终低着头。不过令我高兴的是，雨马上就停了。我们跟热情的房东和红胡子巨人挥手告别。那位身材短小的矮人在角落里瞪着我们，而那铁匠铺的英俊少年则用丹麦语欢快地说了声“再见”。

我们都不愿意再次去体验来时那种心惊肉跳的感觉，因此小汉斯按照他父亲的吩咐带我们从附近的采石场下去，我则马上告诉这位小向导我们自己能够找到路，不劳烦他带路，最终我如愿以偿地摆脱了他。

大部分采石场都很荒凉，清一色都是白色地面与围墙，还有被灌木挡住的河堤，一排排被凿过的石头让人联想到这废墟里面的巨石是何等巨大，随处可见的碎石则让人联想到冬季时，工人们经常用炸药在这里开采矿石，并且飞溅的碎石常会造成河流阻塞。我们挨着岩壁前行，这里常冒出较好的小路。不同的采石场之间是一片废墟，在废墟下面，石块不稳定地被分布在地面上，走在上面摇摇晃晃，这就为我创造了很多机会，我则可以趁机扶她一把，明娜则惊叫与笑声不断，她会伸出手要我拉稳她，或者有时候她觉得我站不稳就要摔倒时，也会来扶住我。她痛苦的记忆，以及炸石时的害怕与惊喜，还有在铁匠铺里的尴尬，这些东西都只能暂时地阻挡住她心中欢快的河流，而此刻，她心中欢快的河流已经声势浩大地奔腾了。有一次，我们都不小心摔倒了，她倒在我身上。幸好我只是感受到一点痛，明娜笑着起来拉我，丝毫不觉得尴尬。假如这时我们必须爬坡，她也不会在意我们谁先前行了。她此刻除了欢乐，什么都抛诸脑后了，或许她在意着我，抑或是这美丽的大自然。

山坡上，雨后的鲜花在阳光的照耀下散发出诱人的香味。飞鸟显然也陶醉于花香之中，兴高采烈地歌唱着。太阳在滑落地平线之前，仍然在枞树林间洒下耀眼的光芒，闪闪发光的枝叶宛若悬在天际的星辰。在下方，透过树缝，小河如一条彩带在飘动。往上看，树尖上面是一块龟裂的岩石，而岩石上面则生长着参天的枞树，它们耸入云霄。

有时候突然一阵卷风，树林里则像下着漫天大雨，明娜的裙角飞扬。她的羚羊色腰带有点褶皱，并且松松的。在爬坡的时候，她很谨慎，因为就算地面干燥，路面也会因为一些球状的果实和树叶而打滑。当她打滑时，随着一声惊叫，她会反应迅速地伸出右手，而她的宽袖子则滑落到手肘窝的位置，那只没戴手套、晒黑的左手则抓在斜坡的苔藓上。

我突然笑出声来，明娜掉过头疑惑地看着我，我指着一块屹立的岩石，只见明娜的影子在上面显得十分滑稽；她看到后觉得非常有趣，也大笑起来，她也指向我的影子，影子的双腿很长，足已令鹤自叹不如。我们行动非常缓慢，因此影子很配合似的不断做出搞笑的形状。最后，我们终于走到了一个布满树木的缓坡，此时影子好像又开始调皮了，只见它们好动异常，一会儿躺在草地上，一会儿又在树丛间上下跳跃。

“我告诉你哦，”明娜说，“假如你是彼得·席勒米尔，你就会被发现的。”

“但我的确是啊，怎么了？”

“这样的话，嗯，我特别不喜欢。”

由于我们背对太阳，看到她小巧的耳朵变得通红，我感到很高兴。我想她肯定在想书中的情节：无影子的可怜人席勒米尔在晚上与他的爱人在花园中漫步，当月光洒在他们的眼前时，他只看到爱人的影子在前面。明娜则马上想到我那句唐突愚蠢的“怎么了？”因为那本书正是不久前明娜借给我的。那本书是明娜以前阅读的古典文学中的一本。

如果我也是一个没有影子的人，明娜会被吓晕，到时候我们就永远都见不了面了。但是此时的我，血肉丰满，夕阳西下，我与她的影子在森林里玩捉迷藏，在这条路上，我又能遇到什么困难呢？虽然我没有堆积如山的财富，但是我有一个健全的影子。现在它正在石面上，黑白分明，这充分说明我是一个善良的人。眼前这小巧如玫瑰一般红的小耳朵不正是对我有所倾心的女人拥有的吗？我没有理由不为此感到欢欣鼓舞。

“你是不是也口渴了？”明娜突然问。

“我的确很渴。”

“那好，我们就不要浪费了那边的果子了。”

我很赞同她的提议，于是我们开始在灌木丛中大肆搜刮。不过弯腰久了又不舒服，于是我们便在灌木丛中爬行。没过多久，又觉得一颗一颗地吃不过瘾，于是干脆连枝折断，一大把的果实落入嘴中。我们不曾有这种过瘾的解渴体验。明娜双手环抱，像个小动物一样很满足地发出咕噜声，我被明娜那可爱的样子逗笑了。明娜见我被逗笑后则更夸张，她双手撑在地面上，好像爬行动物，然后抬头用嘴从树枝上咬下一颗果实。接着，她用挑逗的目光看了一下我，同时发出动物的咕噜声，她摇着头，小发卷则在眉头上下跳动。她一笑，蓝色嘴唇露出来的是一排蓝色的牙齿。她的唇在此时比平时更显得动人，也许是这童真乐趣的游戏让我放开了拘束，到底是什么原因我不清楚。只是此时我情不自禁地想去吻她。也就在这时，我们同时发现了有樱桃那么大的果实，我们的头碰在一起。我用手揉了一下头，笑了笑，而明娜却趁此机会用嘴咬住了果实，随即我的嘴唇贴上了她的嘴唇，我们接吻了。我饱含深情地看着她，她则慢慢地闭上了双眼，眼睛深处闪现出神奇的光芒。我们的嘴唇虽然连在一起，但仍然保持着趴在地上的状态，就像动物一样趴着。所以我想发挥人类的本能，我用手揽过她的肩，就在我陶醉在初吻中时，如梦迷离，明娜突然跳起来跑开了。我还没来得及追上她，她就已经跑到了一条小路上。小路十分狭窄，所以我们不能并肩而行，但是斜坡仍然陡峭。她也考虑到了这点，所以走得很小心。

“明娜！”我的声音虽然温柔，但还是有点心虚。

她无动于衷，似乎没有听到。

“我的影子在你面前，你看到了没？”有点尴尬，我半开玩笑地说，“你怎么突然就跑开了呢？你回头看看，影子依然存在，虽然有点模糊不清，可你的也是。”

她依旧没有反应。

“你肯定生我的气了。”

她摇头否定，但始终没有回头，而且脚步也未曾停下。不过，她一摇头，我就平静了。我不知道从何说起，也怕自己打扰了她，所以一路上我们都很沉默，这种状态让我很痛苦。最后我们来到了那条小山路旁，枞树依然屹立在山路的两旁，翻过这个坡，到了草地后就可以马上到达莱森了。不管怎样，我一定要在分别之前看到她脸上的表情。

她回过头看我，就像一只受伤的小鹿。

“我们就此分别吧，你不要再跟着我，我就要到家了。”

“为什么你要这样说？”

“你让我冷静下，我唯一的要求就是你让我自己一个人回去吧，因为我让你，因为你……”

“但是无论如何你得告诉我为什么吧……”

“再见吧，再见！”

她几乎逃跑似的跑下石坡，等她跑到了草地上时我已经听不到她的脚步声了，只有她的腰带在奔跑时因撞击发出“嘎吱嘎吱”的声音，就好像马鞍上的皮带，又好像她在灌木丛中爬行时发出的声音。

等那声音消失后，留给我的只有无尽的悲伤。

我一动不动地站在那里目送她离去，直到她的影子从我的视线中消失。

卷 二

1

我出神地在河岸边久久徘徊，心中的蜜糖愈发甜蜜，而脑海中的一个念头不断闪现出来：她从始至终都是自由的，也许我比她更能体会到心痛。我居然有点妒忌铁匠铺里面的那个少年，更离谱的是，我同样忌妒那所谓的“丹麦画家”。很明显那些故事都是由无聊的大妈编造的，正如校长所说“别人不应该对她那样”，而且明娜自己也常提到她那些三姑六婆爱嚼舌头。

她是属于我的，我的嘴唇上还残留着她的气味，可是她为什么会突然离开，并且不愿意理我？女人的心永远我是琢磨不透的，虽然她们就像一个谜，但她们始终是我们生命中不可或缺的一部分。

夜幕即将降临，最后一抹余晖是如此耀眼，远处的景物渐趋模糊。此时岩石边缘也披上了一层微暗的光，河对岸的草地上仿佛笼罩了一张灰色的蜘蛛网。

我闻声抬头，看见一个男人和一个小孩正朝这边走来，他们是从采石场归来的房东和他的孩子。小男孩看到我后跑过来递给我一个白色的东西。

“这封信应该是你的吧？”他喊道。

“我的信？”

“确切地说，这是一封你要寄出去的信，因为收信的地址写的是丹麦。”

“这是在采石场你们之前坐过的地方发现的。”汉斯说。

我接过已经湿透了的信，心里很恼火。

天色已经十分暗，借着一丝微弱的光，我费力地辨认着信封上的字，只见信封上写着“艺术家亚克塞尔·斯提芬逊先生”。我以为自己看花了眼，便再次确认了下，结果仍然是一样的。

“谢谢你们，这是我的，再见。”

看到这个丹麦艺术家的名字，我内心里涌出一股莫名的寒意，假如这时我面对一个鬼魂，我想我也不会这么害怕。

亚克塞尔·斯提芬逊正是那位年轻的丹麦画家。他在我国非常出名，作为一名年轻的画家，他虽然不是最负盛名的，但是仍然不是我这种小人物可以与之比肩的。但是我仍然得安慰自己，他还称不上天才。我曾经见到过他本人，那一次我正在咖啡厅里面。而且我还记得我们学校收藏了他的一幅风景画，人们对于他的评价褒贬不一，有些人说他桀骜不驯，也有人说他风华绝代。但让我没想到的是，当天我正好收到了表哥给我寄来的信，在信中表哥还拐弯抹角地批评了那位年轻的画家：说他爱慕虚荣，整天谄媚于一位阔小姐，而这位阔小姐的钱包要远比她本人的长相吸引人。他为那位阔小姐画了一幅十分谄媚的画像，并且那位阔小姐和她的家人显然对这幅画非常满意。而这幅画的唯一去处就是一位年轻海军军官的家——这位海军军官刚通过考试，而作为奖励，那位阔小姐宣布与他订婚。

显而易见，明娜的心目中有斯提芬逊的位置！从那位小学校长的话中推测，他们认识差不多有两年了，并且从没有中断联系，因为直到现在，他们依然有书信来往。我想他们之间一定还有感情存在，可是我和她之间又算什么呢？她对我表现的那般热情天真，对我说的那些知心话，并且当我吻她的时候，她并没有反抗。难道她本来就是一个轻浮的女子？否则这一切很难解释，这一切到底是为什么？我越想，脑子中越乱。

最后，链船上的一声长笛使我从沉思中醒来。

此时，天色已晚。

月亮开始撕开云雾露出脸来，但此时仍是漆黑一片，因此我看不到河上的船只，只隐隐约约看到黑色的影子在河水中行驶，点点灯光不时地闪烁。看着那一排排的灯光映在水中的光点，使人感觉那是一根镶嵌着宝石的权杖。

这些画面难免让我想起以前我们在这里的点点滴滴，如今却是我一个人在这形影相吊，无尽的悲伤宛如眼前的河流在我胸中流淌。

我拿着让我如坠冰窖的信回到了家。

回到家后，我点起灯开始仔细打量这封信。在我拿到这封信之前，胶水已经被水浸泡过，只有一点黏合着，即使我现在拆开它也不会被人看出来。

突然我觉得自己的想法很邪恶，我被自己吓了一跳，我在房间苦苦挣扎，在屋子里不停地踱来踱去，到底看还是不看这封信？

我再次拿起了信，我又检查了一下信封，我希望之前是我看走了眼，但令我失望的是，字迹的确是明娜的，收信人依然是那个画家。

但换个角度想，明娜之前抄写康德的文句也是用红色墨水写的，并且我认为那墨水应该是在莱森的小商店里买的，那么她摘抄的那段文字是因为我才写的，这样一想，我觉得可以坦然面对这封讨厌的信了。

我迅速地拿出纸笔给明娜写道："别人捡到了你的信，让我做主，我不想不经你的同意就将信寄出去，因为信封已经被磨损了，上面的地址也模糊不清，所以我觉得还是把它物归原主比较好。"

我拿了张纸，把她的信包裹好，并且在上面写上她的住处和姓名，然后将它投递到邮筒里面。在投递的那一刻，我所有的烦恼与诱惑也都随之消失。

整个小村沉睡在月光之中，不过只有在那些地势较高的房子里，透过窗户，才可以把月光迎进来。在更高处，那岩石有着近水楼台的优势，被月光完全笼罩着。至于远处的采石场，在河边泛着微弱的光芒，从中依稀可见我们共度一天的位置。

这种安谧的氛围抚平了我内心的波澜，于是我再次回到住处，一股倦意涌上来。

我想着那些"不久就要发生的事"很快进入了梦乡。

2

第二天早上我一觉醒来，马上一路狂奔到小商店，买了商店里的唯一一种瓶装墨水，我很好奇她所用的墨水是否与这相同。当我知道她摘抄的文句与信封上的字句都是用这种墨水书写的时候，我不再像之前那么悲观，相反我能以乐观的态度来面对这些事情。

我开始琢磨“不久就要发生的事”。我想她现在应该收到我寄给她的东西了，而且会向我解释，并且同样是以写信的方式。但她可能怕别人在背后说闲话，所以同样会寄过来。但她不可能这么快能把信写好并当天邮寄过来。我只有望眼欲穿，一整天陷入等待的煎熬之中。

但是我必须想方设法来消磨这无聊难耐的时间，一开始我想步行到很远的地方，但是我害怕自己在散步中会陷入问题的旋涡之中，所以最后我选择看一本德国小说，什么都不想，纯粹来享受阅读的乐趣，并且忘记时间的流逝。很显然，这一点我做到了，没多久我就叫人给我送午饭来了。

天气越来越热，窗户虽然开着，但是没有一丝风吹进来。我脱掉了不必要的衣服，最后就只剩一件衬衫，我躺在床上想，此时我这种姿势与小说里面描写的人物是格格不入的，小说里面的人是优雅的化身。我并不怕这时会有客人来访，因为老赫兹夫妇懒得爬坡。但接着又突然冒出了一个大胆的想法：如果是明娜来，那该怎么办？但是这种可能性不大，不过我仍然要做些准备以防紧急状况发生。

我马上穿得规规矩矩的，要不是因阳光刺眼，我还想把脸上的胡子清理掉。我看到枞树林边的小路时又想到“苏菲安休息处”的岩洞！我记得她曾经说过，在这个时间段，那里没人，所以我想她也许在那里等我，一想到这我恨不得插翅飞到那里，于是我一路狂奔下去。

为了平息内心的激动，我在不远处停了一会儿，可是一位留着德皇式的长胡子绅士出现在我的眼前，他表情有点不悦，似乎我打扰了他。

“不好意思，我怕……这不会是你私人的地方吧？”我口吃地说。

“你说对了，绝对是私人的！”那个留着德皇式胡子的绅士严肃地回答道，于是我在他高傲而愤怒的注视下逃跑似的离开了。

我有点意兴阑珊，又继续捧起那本小说，接着看第二册。不过突然我又冒出了一个想法：明娜会不会和赫兹老夫妇在一起？我早就应该想到的啊！不，不可能！她昨天说今天不去那里的，我再次失望，接着我又投入到波澜壮阔的小说情节中去，蜡炬成灰，睡意袭来，我不得不停止阅读伯爵与牧师的女儿之间的故事了。

第二天，送信的时间到了又过去，依然失望。

“心啊心，邮差没有带来你的信。[①]”

我再次接着看小说，今天我开始看第三册，第三册也有五百多页。当我读完时，太阳已经开始透过窗照了进来，我赶紧把胡子刮了，因为我觉得有一件事情即将发生。每天两次的送信时间，第一次以失望告终，假如第二次依然以失望告终，我真不知道自己该怎么办，但是我还是充满希望地等待。我刮胡子时，由于紧张，手不停地哆嗦，所以我停下来不再继续刮，因为我看到了邮差。他穿着工作服，戴着小军帽，简直就是莫特克那画坏掉的画像。我紧张得难以呼吸，我看到他从屋边走过，我聆听着楼梯声，在我仍在等待的时候，声音直接消失，他已经原路返回了。

①选自舒伯特的《邮差》。

可怕的失望再度向我袭来，心里非常难受，接着便无力地躺在床上。这时我听到了楼梯平台处传来赤脚走路的声音，接着响起了敲门声，我怕被人撞见自己不雅着装时尴尬的一面，所以门是紧锁着的。我起来打开门,一只大而湿的手把一封厚重的信塞到我的面前。

3

是她写的，没错！我一把撕开信封，拿出信纸，信纸上都是密密麻麻的字，并且在信纸中有给斯提芬逊先生的小信封——信封是毫无保留地打开着的，这样的坦白让我很吃惊，我认为这是一个好的开端，所以我也没有去首先读那封书信。

一看这封信就知道是女生写的，因为有女性的一贯风格，信中没有标明日期，内容如下：

亲爱的芬格先生，你是怎么看我的呢，也许你自己也不能回答。我知道你之所以没有直接寄出那封信，并非是信封潮湿，是因为你想等我的解释，你想知道这是怎么一回事，我明白这是你的权利。就算之前我们没什么，我也会告诉你的。之前我一直举棋不定，到底是当面相谈，还是书来往？虽然我们散步的机会非常多，随便就可以叫上几个小朋友与我们一起，但是到最后，我还是选择写信。因为我必须和你讲清楚一些事情，也许当你看完这封信后，你对我的看法将不会像现在这么好。就算如此，我还是得告诉你。

因机缘巧合，我以前曾对你说过我的家庭，以及我童年的经历，说是碰巧说的，但也并非是碰巧。因为我之前曾经打算把这些告诉你，而之前告诉你的并不完整。所以你应该仔细回想我对你说过的一切，我想其中的一些关键部分已经足够让你对我的经历有一个明晰的印象——即使我当时讲得比较散乱。假如之前没给你讲这些话，此时你也许会强烈地谴责我，不论这些是不是我应得的。

好吧，我现在开始讲吧，如果此时你就在我面前，那该多好啊！因为提笔写这些太不容易了。

我不知道我曾经是否讲过我母亲有六个姐妹。她们的父亲开着一个小旅店，比较富裕，旅店的生意来源一般是些当地人。她们忙于家务而荒废了学业，父母亲都整天忙来忙去的，更别谈什么家庭生活了。他们提供给孩子们的教育就是那种棍棒教育，但这种教育的作用不大。（谢天谢地，我现在竟然提笔写字。）她们七姐妹中有五个未婚先育，也只有我母亲和她的妹妹牢牢固守着信念：什么事情都可以做，唯独这样的事情万万不能犯错。

我就是由这样的一位母亲一手拉扯大的，在她带我的时候我非常愿意亲近她，因为当我还是个孩子的时候，母亲会对我说真心话，把我当成她的知己。至于父亲，他总是一副冷冰冰的样子。当我不再是个小孩子并逐渐长大的时候，母亲便告诉我她以前的恋爱史，而我也产生了这样一个想法，这个想法一直伴随我很久，即喜欢你的人越多，别人就越会尊重你。

在我接受洗礼之后，我结交了一位大我几岁的朋友。她是我的校友并且我们还是邻居。接触久了，我发现了一个秘密，在我们出门散步的时候，艾米莉经常向邻家花园里偷看，母亲告诉我她喜欢住在那间屋子里的一个男孩，不过她要求我替她保守这个秘密，一定不要告诉她的妈妈。一天，两个年轻人在窗户边往外看，那是艾米莉的恋人和她恋人的朋友。我不敢相信的是，她恋人的朋友竟然向我点头。我把这一切都告诉了我的母亲，母亲很开心。我已经记不清当初是怎么一回事了，只记得当时第一次约会是母亲陪伴着我，直至今日我还能清晰地记得自己当时和那个陌生人走在一起时那种既厌恶又骄傲的复杂感情。那时我刚14岁，他坐在我的旁边，并且亲吻了我，之后我们一起散步。但痛苦的是，亲爱的朋友啊，他对我根本就是无情，而我并没有做错什么。他走了，但我们还是偶尔有书信来往——天知道都写了些什么！我总觉得事情不应该是这个样子的，尤其是我竟然瞒着父亲去与那男孩见面。

在这事过去没多久，又来了位年轻的音乐家住到我们家。我像服务其他客人一样不得为他不服务。在客人当中，我与他的关系显得特别好。不幸的是，没过多久，我就喜欢上了他，而且这种感觉越来越强烈。不过你千万别多想，这种喜欢是那种很纯粹的。当我隔着门听到他准备出门时，我就迅速戴上帽子、穿好外套，假装母亲派我出去办事，然后借机和他一同行走。有一次，家族里的姐妹们准备外出野餐，我提议带上他，可是大家觉得他作为一个外人不便参与进来。所以他就特意邀请我去洛希维兹，母亲知道后同意了，父亲则仍然被蒙在鼓里。

这件事过后的一天晚上，我们一起玩游戏，输了就会被惩罚，他输了后，大家要求他去吻我，但是我强烈反对。他回到房间后，不知道母亲当时是怎么想的，她要我去他房间看看他。他又再一次要求吻我，不过这一次他真的吻到我了，从那以后，我就深深地爱上了他。以我当时14岁时的想法来看，我觉得他是我这辈子最爱的人了。我和之前的那位男生不久就断绝了书信来往。

那位年轻的音乐家求母亲让我们订婚，但母亲说我还小，这么严肃的事情急不得。可是没过多久，我就听说他要和别人订婚了，但是后来这消息被证实为假的。但他最终还是离开了，你无法想象我当时内心有多么绝望。他走了两星期后，斯提芬逊先生来了，并且住进了他原来住的那间房。音乐家离开的那天晚上，我跪在地板上，把他留给我做纪念的他通过射击比赛赢得的花环撕得粉碎。

接着，斯提芬逊来了，后来他告诉我，他来这里纯粹是为了我，至于这里的房子他并不满意。他告诉我，他非常迷恋我，后来他告诉我说他觉得我高高在上，是不可接近的。为了这两位先生的名誉，我必须说明的是，他们从来没有对我有过什么不当的亲近。因此，我后来很理解蜜妮安的热情如火，她同样是真诚纯净的。

当斯提芬逊在我们这里待了两个星期后，音乐家在傍晚的时候回来告别。因此我送他出门，到了门口，应他的要求，我们吻别了。但是斯提芬逊（此处本来写的是“亚克塞尔”，写到一半时，又划掉了）出于妒忌，竟躲在门后偷听。后来斯提芬逊告诉我，从那以后我在他心目中已经变得和普通人一样了，他想让我按照他的“看法”成为他的人。

噢，亲爱的朋友，我感觉自己很无辜地被人误解了，我瞬间失去了一个人的爱与尊敬，在他眼里我被降到了一个不值得的女人。他之前并不了解我，可他却十分喜欢我，当我爱上他时，他又觉得我平淡无奇，多么富有戏剧性啊。我无助地痛哭了很多回，我只能自我安慰的是，我是清白的！我经常想，既然一个男人已经十分喜欢一个女人了，那么他的看法应该是很坚定的，不可能因为一点意外而完全改变，他应该冷静地分析所发生的一切，再做出理智的结论。

我觉得一个真心爱我的人不会离开我，他应该毫无条件地去包容我，他应该考虑到我之所以犯错误是因为小时候的成长环境不好，因此他还会愈发地去呵护我，避免我再次受到如小时候曾受过的伤害，让我成为他心中完美的女人。也许我的要求太理想化了，不过我之所以会这样想，也许正是出于我对感情那天真的幻想。读到这里，你可能会同情斯提芬逊先生，毕竟你们同为男人，看法总有相同的地方。假如你就是他，你也会像他那样做的。

那次，当你吻了我之后，我像被触动了似的，我情不自禁地想起了往事。假如你知道你所亲吻的女人是怎样的一个女人，如果你知道那不是——噢，远远不是我的初吻，你会不会也认为我是一个轻浮的女子？或许你已经发现了，因此加以利用。噢，不，经过我们这么久纯洁的交往，我觉得你不是那样的人。我想我们之间的吻是发自内心的，它是一个纯真的吻，一个未加思索随意而行的吻，一个开玩笑式的吻，但它一定不是犹大的爱吻。然而，我们并不是很了解对方，我很害怕，我一路跑回家，我发现自己的心竟是如此的痛，我哭得撕心裂肺，但我也不知道自己为什么竟会这么伤心。

我还是继续说下去吧，斯提芬逊先生经常会开导我，他会纠正母亲给我的错误思想观念，慢慢地我也感觉到自己在思想上进步了。他还发现我在艺术鉴赏方面很有天分（威玛时代的画家杰格曼——他是席勒的朋友，你应该知道席勒的作品——他是我的祖先，其实我父亲在年轻的时候也常作画），我们经常一起去看光鲜亮丽的画廊，他会在一旁照着石壁上的画临摹到纸上。那段时间，他表现出的爱意太过强烈，这让我感到有点窒息，但我还是忍着，谁叫我爱他呢？而且我认为他会娶我的，但他却总不愿意和我谈起这件事。他说贫穷的家庭既不会给我带来幸福，又会拖累他自己的艺术。我说我会做一个合格的妻子，我会分担他的压力，让他专心搞艺术。他说想成为一名出色的艺术家，不能有羁绊，他需要自由自在地四处旅行。他不断说服我，企图让我明白自己的要求是多么愚蠢与自私，在当今形势下，男女之间是非常需要自由交往的。我不同意他的这些观点，不过他却有很好的借口，开始在我身上挑毛病，说我缺失道德观，其实他才是不注重道德的那个人，也许这只是我个人的偏见而已，但不管怎么样我都不会同意他的观点。我明白我为什么要求结婚，我不是因为小气或者耍心机，而是因为我对他的爱太深了。但我不得不承认的是，我爱他胜过他爱我，因为在我眼里只有他，可是在他眼里，不仅有我，还有他钟爱的艺术。

当他离开德勒斯登的时候，也是我们分手的时候，分手后我们依然是朋友，依然可以通信，我也试着去嫁个好人，我会告诉那人在我身上发生的一切，我不想重蹈覆辙。

这就是我的过去，你能明白我内心的孤独吗？对于母亲，我对她有一种厌恶感。在这个世界上，我最珍惜的、唯一能和他谈心的人也离我而去，而我甚至连思念他的权利都没有。我尝试着去弹钢琴来排解我的忧伤，无奈地发现，任何一首美妙的旋律只会白白增加我那无法排遣的忧伤，最后不得不无奈地放弃。

这时父亲又永远地离开了我（之前我已经说过了），我认识了赫兹夫妇，并在他们家中感受到了一种特殊的感觉——这是一种与家不一样的感觉，也不像之前你的同胞带给我的那种艺术氛围的感觉；我的内心充满了平静。但我始终忘不了斯提芬逊先生的同情与关怀，他让我从自卑的阴影中走了出来，也使得我免于继续沉浸在当时家庭的消极影响中——而这些有可能毁掉我。

我们之间总体上来说一直有书信往来，每隔一年半载的会写上一封。他回信很快并且要求我回信也要同样快。有时他会寄张素描，上个圣诞节他寄来了一幅漂亮的油画。我想让你了解我们的通信情况，所以你寄过来的信我又寄回给你看，我不是为了想向你证明现在我和他之间是清白的，而是不想因为你的猜测而误会我。或许我自己也不明白我为什么要这样做，但是，我觉得你有资格知道，你也应该知道这些，假如我直接把信撕了，我觉得这对你是不公平的。其实我已经不打算寄这封信了，看日期，你就会知道这封信是我两星期前写好的。我原以为自己早已经把它寄出去了，正想着他的回信也应该快到了。

就这样吧，写了大半天也太累了。如今已是深夜，我得休息了。我想经过我的坦白，你不会苛刻地来批评我吧。你也得如实相告你对这封信的感受，不要出于客气来敷衍我。我们只有相互坦白，才不会辜负我的一片苦心。我很在意你的看法，你应该明白的，而且你可以从我写给斯提芬逊先生的信中看出。

你的朋友，明娜·杰格曼

看完这封信，我心里非常乱，但我并不急于冷静地来厘清它，而是赶紧打开两天前那封极具诱惑但我最终没有打开的信。

我知道这里面一定有关于我的内容，我迅速跳过了客套的开头，以及关于天气和当地生活的描述，接下来就是介绍了一下她目前所任教的那家富贵人家的生活。信中的内容很短，并没有什么恭维之词。她的信写得很真实，没有丝毫的做作—— 年轻的女孩子写信时，都喜欢扮演小说家的角色，以尽量描述为能事，尤其是这些女教师，更容易沉浸其中。之后，我读到了令我心跳不已的一段：

最近我又结识了一位姓芬格的朋友，他是你的同胞。因为这，我和他很快相识了，我想你能明白这里面的原因。我们常在赫兹夫妇的家见面，他虽然称不上英俊，但是却很阳光，笑的时候非常令人心动。他很高大，但背略微有点驼，我总觉得他的胸肌不是很发达。假如这是事实，我会很伤心的。我知道他很关注我，也很欣赏我。但是时间会证明我这回不会又只是自作多情。他还很年轻，只有 24 岁，应该没经历过人生的磨炼。如果我们之间真有什么，我自己也不知道该如何去处理，我不能够抱有什么希望。如果一个女人因为与年轻男子交往而被人非议的话，那么这违背了我的天性。如果他们之间保持距离，虽然女的不能够追随他，但至少不会被人看低。但在我看来，如果一对相识的熟人因为害怕继续相处下去会坠入爱河，从而刻意避开，那么这种行为无疑是愚不可及的。男女之间产生的难道一定就只能是爱情吗？男女之间还是存在着纯净的友情的。我不会想太多，想多了总会显得自己愚昧庸俗。总而言之，我已经喜欢上了芬格先生，和他谈话很有意义。也许你会认为我即使没有误入歧途，但是也已经开始走向危险区了。

接下来是些收尾的句子，署名是“你的朋友”。

4

我再次仔细地阅读了明娜的信。读第一遍时我诚惶诚恐，生怕有什么不好的事，因为她说过她要讲的事会使我对她产生不好的印象，我每看一行，这种恐惧就始终地缠绕着我，但我的眼睛却始终不断往下看。越往下看，我的这种担忧和恐惧就越小，到了后来，这种担忧就烟消云散了。她那过度忏悔的原因让我感到哑然，原来就是这么一些小事，不过让我眉头紧皱的是我很厌恶斯提芬逊。但是话又说回来了，我还得感谢他离开了明娜，因为这样我才有机会找到一个这么好的姑娘。

接下来，我感到幸福来敲门了。从这信中可以看出，她把自己托付给了我，她在决定与我进一步发展时，先把过去的种种告诉我。她想甩掉思想上的包袱，做出真正的决定。

我现在只想说——我强烈地感觉到我能够而且是必须这么说：“在我听完这些后，你在我心目中的形象一如往日地美好，甚至比从前还要美好。唯一不同的是，我将更加珍惜你，你让我走进了你的内心，让我真真切切地知道你是怎样的一个人。”那么她会如何回复我呢？她要我坦白的，不正为我表达对她的爱意提供了一种机会吗？

从她写给斯提芬逊的信中可以看出她是想和我在一起的，虽然她的用语不是让我很满意。但也就在最近这两个星期内，我们的关系才变得越来越好，而正如她所说的，这封信是在两周之前写的，所以我之前的不满瞬间消散，我非常激动。

我想立刻给她回信。

但是，在回信之前我必须抑制住自己，先继续刮胡子了，因为脸上的泡沫已经开始凝固，再不尽快刮掉，干了就麻烦了。此时太阳直射在窗户上，在刮胡子的同时我在思考该如何下笔写好这封回信。待我刮完后，我立即提笔，迅速写下下面的这封信——

莱森，8 月 14 日

最为亲爱的朋友。你的来信让我非常感动，你真实的坦白使你在我心目中的形象更加完美。我无法过多地来证明，只能通过这封信让你明白。

你说你会重新给斯提芬逊写一封信，而我则建议你不必这么做，你完全可以把之前的那封信抄至你写到我胸肌不够发达的那一处，而这一点，我可以向你保证是毫无根据的。

然后，你可以按照这样的内容继续抄下去——

“他在对我的关心中已经很明确地表达出他对我的情感。所以当他向我提出我们要在一起的时候，我已经觉得理所当然了。他虽然暂时一无所有，但是我相信不到两年，他会有一笔可观的收入，很可能是来自英格兰，在英格兰他有一位可以帮他而且是很有钱的舅舅。我坚信应该把自己终身托付给他。”等等。

如果你认可我的想法，把这样的信寄出去，那么请在往日的时间段去赫兹夫妇家。我会在那里等着你，假如你没有赴约，我就认为那是一个我将永远不能再看到你的信号，而我们的友谊则不是永恒幸福的开始，而是一个已逝去的幸福的美梦。

倘若真是这样，那么祝你幸福吧，我们只有再见了！

真心爱你的海拉德·芬格

我把写好的这封信和她给斯提芬逊的信装在一个信封里，然后叫一个小男孩帮我把它送到别墅。

5

在我下山时，午后的景色依旧迷人，天气也很暖和。我沿着小道一路小跑，穿过村庄和树林，穿过四周花园的围墙，奔向易北河旁边的小路。快要到达时，我放慢了脚步，似乎每一步都将与我的命运息息相关。当我看到眼前从狭窄的草地通向小屋的石阶时，我完全顿住了。只要再稍微移动一下，我就可以看到屋角和那个突出来的、在邻院的果树之下的凉亭。此时我感到仿佛有人掐住了我的喉咙，而我的双脚好像也不存在了。

阳光洒落在屋顶的瓦片上闪闪发光，太阳的光芒照亮了石灰墙。凉亭被果树洒下的阴影包围着，凉亭灰绿色的桌布上映着弯曲的金黄色的阳光带——我盯着这条阳光带看了许久，只是为了那紧张而具有决定性的一刻可以迟些到来。果树的叶子遮住了桌布的一角，在果树叶子的缝隙间我可以看到桌上的咖啡壶冒着热气。我看到一位白胡子老人已经在那里了，紧接着那位老妇人也来了，可是等了许久，却没有其他人再出现了。

我不甘心地继续盯着那里，我多么希望她能出现。虽然四周毒辣的太阳炙烤着我，可此时我犹如坠入无尽的深渊中。我终于回过神来，我的第一反应是悄悄地溜走。因为我知道，她想来的话早就来了。可是我实在不甘心，还残存一丝希望，也许她去拿煮咖啡用的东西了，也许她有事耽搁了，但她会留下口信托别人带给我的。我假设了许多种可能，可是这些都说服不了我，我那可怜的灵魂的弱点再次出现——我不敢去面对残酷的现实。

这时，身后响起了脚踩石头发出的声音，我转过头发现一个模糊的影像在动。在河谷的另一边，一口泉水井边，离我不到五十英尺的距离，有一个身影正朝这边走来……

是明娜。

我朝着明娜奔去，但是赫兹先生此时发现了我，他叫道："芬格先生，快过来！快过来！"这时明娜也向我这边招手。我有股莫名的兴奋，却还是很乐意地朝着赫兹走去。走到门廊时，我差点撞到了一个从门口冲出来的瘦高女人，她手里拿着一个袋子和一块花布。

"总算等到你了，太好了！"赫兹先生说。

"我们还想找人去叫你的，不过明娜坚信你一定会来的。"

"想想看，我们即将出发去布拉格！马上出发。"

"不要误会，我们不是说你来的不是时候，恰恰相反，我们想让你送我们一程。这里没有快车，我们只能先搭船去。现在天色不错，所以你可以和我们一起去。晚上你们可以坐晚上九点的火车回来。明娜已经答应和我们一起去。"

毫无疑问，我立刻答应了。

我饱受折磨的大脑此时仍然思绪万千，我的脑海中瞬间产生这样一个念头：或许我的信还没送到明娜手中，她的出现并不能说明什么，今晚这一切很可能以失望而告终。不过刚才赫兹先生说，明娜坚信我会来，这又让我那颗悬着的心平复了很多。

明娜此时已经爬上了台阶，她穿着那天我们在一起时穿的那件羚羊色皮上衣，我们双手紧紧地相握了许久——她握手的方式非常特别而真诚——她对我深情地微笑，她那种看着我微笑着的眼睛似乎能深入我的灵魂，从她的目光中感觉好像一切都已经改变了，就像"我的爱人"不同于"我的朋友"一样。我十分激动，感觉身上的所有血液都在往上冲。她松开手后，我浑身打颤，两膝发软。此刻我冷静下来，沉浸在欢喜中时，我才发现先前的那种紧张和恐惧对我的影响有多么严重。

明娜也觉察到了，她一边不住地偷笑，一边为老赫兹斟上了一杯泉水。老赫兹认为泉水搭配着咖啡喝非常棒，他会先喝一口咖啡，接着再抿一口水，最后一脸享受并激动地说："有一件特别令人兴奋的事要告诉你，或许你一高兴就会陪我们去布拉格，而且你可以陪明娜一起回来了，把明娜托付给你，我们非常放心。在布拉格，已经被证实发现了《浮士德》的一份手稿！不是其他的东西，是真正的《浮士德》啊！我的孩子！这是一小部分，和现在的《浮士德》略微有点不同，但这恰好也是一大看点。听说文笔很犀利，应该是最初草稿的一部分。一位怪老头——领着退休金的上尉，从前他从在威玛宫廷任职的姨妈那里继承下来的这部手稿，也不知道这个怪老头继承了多久，他姨妈与歌德又有什么关系，都很难说清。说到这你应该看出我们当代军事德国是怎么一回事了！他继承了一个大箱子，箱子里面有很多书信，要不是他有眼无珠，他本应该猜出那就是歌德留下来的。不过他觉得文学是毫无价值的，所以对于那个箱子他毫不在意。他这人花钱大手大脚，在外面不知道欠了多少债，其实在被他遗忘的箱子里面，那里的财富足够他买一座城堡。并不是没人向他建议过，因为我们想到那里也许会留下一些东西，或许不是手稿就是书信等资料——我就曾经写信给他提过建议，可是他因为对文人有偏见而把珍贵的财富当成废品弃置。他沉醉于美酒之中，自诩为品酒师，整天醉生梦死。这算是报应吧！他死后，这批财富重见天日，被世人发现，但遗憾的是，我没有见证。不过今天，朋友寄信给我，邀请我以专家的身份去鉴赏那些作品，你应该能想象这是多么荣幸吧。”

明娜的一颦一笑、一举一动都逃不过我的眼睛，而赫兹的这番话我同样一字不差地听得清清楚楚。这时我发现自己博闻强记，可以吸收外界多种信息——只要是能令人愉悦开心的。那老人大概是第一次拥有我这么认真的听众，不过我确实被他表现出的那种快乐鼓舞。我整个人陷入了一种飘飘欲仙的状态之中，好像抽了鸦片，就是音乐听起来也好像变得柔和动人了些。我一边恭贺他即将踏上令其备感荣耀且意义非凡的旅程，一边询问和回应他滔滔不绝的话语。明娜倒的咖啡也被我一饮而尽。我“爱人”煮的咖啡是没有任何人能够比得上的，而且我觉得明娜之所以煮“布莱明汉咖啡”，是因为她有着萨克森情结。不过我深信，她会改变节约咖啡豆的习惯，从而调制出更美味的咖啡。这时河面上隐约传来船螺旋桨的声音，我只有放弃继续喝下去的打算。其他人都认为不急，有的是时间，但没过多久，我们就看到船上的烟囱在绿色的田地上方缓缓移动，在采石场白色背景的映衬下，它冒出的滚滚黑烟好像是一条黑线，很快，这条黑线便逼近了采石场的斜坡。

很快，我们就坐在船篷下的甲板上，看着我们的房子向后退去，凉亭窗内的灰绿色桌布仍然在阳光下闪烁着。船驶向百合岩和它的孪生兄弟国王岩，阳光照向了岩边和岩上的瞭望台。黄色采石场上的光在水中闪烁着，每个红点或紫罗兰色的线条都在水中变成长长的颤动着的条纹。沿岸的梯田、灌木丛和果树在水中投下了深深的绿影。船首破浪而行，穗状水波从犁一般的船首分向两侧滑去，当水波荡向两岸的时候，彩色的倒影就流入水波中，化作零乱的形象，最后，一切都变为舌形与螺旋形的彩色，明亮清澈如玻璃一般。

老赫兹情绪高涨，一路上不停地介绍着布拉格的景点：扬名在外的提安教堂，那里葬着著名的丹麦人提可 · 布拉；杂乱的犹太人聚集地和潮湿阴暗的教堂以及过于拥挤的犹太人墓地。在那里，平实的东方墓碑紧紧相邻，好像是想把对方排挤到墓园以外似的。尤其是波希米亚的卫城赫拉钦和岩石梯形花园。这些奇景，只要我愿意前往，今天晚上就可以看到。他一直假装我最终会选择和他们一起去，所以能够耐着性子听我拒绝他反复邀请的各种含糊借口。

他还别有用意地拿明娜当挡箭牌，“虽然我们不担心明娜一个人孤零零地回去，但是假如有个人陪，我们还是会很乐意的”。明娜也不同程度表达出了这种意愿，她非常愿意去做这样一种大胆尝试。而我“无论如何是不会为了她而放弃这愉快的旅程，因为有这么好的同伴”。她笑而不语，倚在栏杆上看着我该如何应答，我还真有点不知所措的感觉。赫兹还以为自己游说成功了，显得非常得意，不过他做梦都想不到，我其实巴不得和他们一起去，因为我所爱的明娜也去，无论如何我也得陪伴她。赫兹太太则悠闲地坐在对面的摇椅上，有时摇摇她灰色的鬈发看着我们微笑，好像是听累了，可是她同时又用一种探询的眼光来打量着我们，像是要在我们言语的背后挖出不为人知的秘密。

在许安道，我们只有在旅舍吃饭时才停顿下来。夜幕即将降临，赫兹先生提醒我们不要玩得太晚，明娜说不用怕误了行程，因为火车出发的时间和船出发的时间相差无几，通常是火车出发前 15 分钟，轮船才出发，所以我们可以通过火车出发的时间来判断轮船的出发时间。但由于火车站在河对面，中间有一段距离，所以在途中我们得坐船过去。这种小轮船让赫兹先生坐立难安，他患上了旅行不安症——在船上每隔一分钟就掏出怀表来看一次。

终于，明娜发出了我们动身的命令。

栈桥边没有找到船。黑色的水面上闪烁着因灯光聚集在旋涡上而发出的微弱的亮光，水从桥板下自由流过，桥板上没有发现任何箱子和行李包。

“我们一定搞错了，这不是我们要来的桥，这是大汽船才停放的地方。”赫兹太太说。

“是这里，只是我们来得有点早。”明娜因为被人质疑而稍微有点不悦。

我们四处看了下，发现这里十分冷清，没有人，也没有别的什么东西。赫兹则在候船室找了个位置坐下，候船室的一角有个工人在睡觉，因为油灯的光芒还是有点刺眼，所以工人用帽子遮住了眼睛。赫兹显得焦躁不安，看着表不停地来回走动，终于他忍不住走向那位工人，故意咳嗽了下，工人醒来后看着赫兹，赫兹小心翼翼地问他是否在等小汽船去火车站。

“去布拉格！”那人睡眼惺忪，声音很沉闷地嘟囔道，他仍旧低着头，好像还没睡醒。

悬着的心似乎落地，我看到一位搬运工人很散漫地走来，我马上走上前去打听消息。“你们等的小汽船十分钟之前就已经开走了。”听到他的回答，我装作无比痛心的样子，其实我心里是乐开了花，然后我把这个消息告诉明娜和赫兹夫妇。他们聚集在灯光下面，此时我可以清晰地看到明娜脸上复杂的表情，一方面碍于之前信誓旦旦的保证，另一方面溢于言表的喜悦。当然对于她强忍的喜悦，我能够明白。不过她的目光一直在逃避我。

“别担心，现在还早，一定有下一趟船的，那人的信息也许有误……你们看，那边是什么？”

此时有一盏红灯从火车站那边移过来。不一会就可以隐约地看到两条绳索，然后是汽船冒出的蒸汽被风吹过来，小汽船逆流而至，仿佛玫瑰色的小云朵浮在水面上。船螺旋桨的声音已经隐约可闻。

一股莫名的失望袭来，赫兹那种愉快的表情让我觉得有点不爽。他一脸激动地说：“太好了，太好了！”他恨不得直接飞上船，再也不能停留片刻。似乎这里只有他一个人想去德勒斯登，他早已经把众人抛诸脑后了。

船撕破了黑幕，行驶到我们的面前。这时可以听到船上人来人往的声音，搬运工人们则在桥边朝着船只打招呼。接着，一条长绳从船上抛下，差点砸中赫兹先生，落到离他身后数码的地方。小汽船在桥边停了下来，被煤烟熏黑的船壳还在颠簸着。机房里机器运转的声音还未完全停下，船灯照亮了又脏又矮的客舱，一股混合的燃油味和煤烟味弥漫在空中，令人作呕。

“这船是去往德勒斯登的火车站吗？”

“坐这船可以搭去维也纳的快车。时间不急，我们还要在这里等半个小时。”

“可是我们要去德勒斯登啊！”

“你们来晚了，我们刚去过火车站。”

“现在还不晚，我们可以租一条小船过去吗？”

“不可能，这一切都是有规定时间的，错过了就不要想了。”那搬运工人吐了口痰说，“以后记得准时点。”

我心里的石头终于可以落地了，我想明娜肯定是同样长出了一口气。不过赫兹就不高兴了，他显得非常失望，他觉得是他连累了我们，不然的话我们就不会被困在这里了。

“明娜你也得为此事负一点责任，你刚才不应该如此肯定地说。你知道的，做什么事情都不能单凭感觉，何况时间表可能每年都会有变动。不过也怪我，我应该想到这些才是。真烦人啊！”

“哦，亲爱的！”赫兹太太安慰大家道，“毕竟也没什么可怕的。不是还有旅馆吗，你今晚在这里住一晚就可以了。其实这个地方最多的就算是旅馆了。”

赫兹对于他太太的话显得很受用，他马上平静了。

“明早上还有一班车，不过你们或许难以赶上。”赫兹对明娜说。

“哦，我会在大家还没起来的时候就早早起来去赶车。”她回答。

来回徘徊了几分钟，赫兹把我叫到一边。

“亲爱的芬格先生，老实告诉我，如此仓促地出远门，今晚又要住旅馆——我的意思是，你身上的钱够用吗？”

我笑了，我说你的担心是不必要的，我还真“凑巧”带了很多钱。

老人吃惊地看着我，犹豫着把刚掏出的钱包放回了深口袋中，他一边嚅动着下嘴唇，欲言又止。

“先生女士们，今晚你们只能在这里过夜了。”船上的工作人员喊道，“你们要等的船已经没了，今晚北上是不可能的了。”

“问题是我们不要北上，我们要南下去普街格。”

“那你们刚才说要坐火车去德勒斯登。”

于是赫兹耐心地向那人解释。

这时我们听到对岸有汽船的声音，火车像根光箭在城市中划过。

我们要返回莱森的车到了。我和明娜显得比较轻松，趁着无人做了个鬼脸。明娜则笑出声来，在我们不远的身后，一位工人似乎明白其中的原委，也笑了。

“我不明白你们为什么发笑。”赫兹太太问。

赫兹赶紧上船等着，生怕小船一不乐意就会抛弃他们似的。他们在栏杆边，而有一刻钟的时间我们都在绞尽脑汁地找话说。我们都等得有些不耐烦了，赫兹建议我们找家实惠的旅馆住下。铃声响起，赫兹突然想起在候船室遇到的那个人。

“他愿意的话就上来吧。”船上的工作人员说。

老人兴奋得手忙脚乱，所以我快步跑过去叫醒了那人，那人有点不情愿地跟我上了船。他刚上船，船就起航了，慢慢调头，紧接着消失在黑色的夜幕中。明娜不停地挥舞着手帕告别。

我非常想抱住明娜，但又想起船上的人或许仍可以看见我们，另外，我们周围也有很多搬运工人跨坐在几码之外的栏杆上。

6

我们慢慢地往回走，渐渐地走到了棚屋角一个蓝色大邮筒旁边。明娜微笑着从口袋掏出了一个信封伸到我眼前，她询问的目光好像在说：“我可以寄这封信吗？”不出我所料，我看到信封上的名字果然是斯提芬逊，紧接着明娜把那封信投入邮筒里面。信“啪”的一声落进邮筒里。这一声虽然给了我所渴望的回答，但我却感到一丝不安，似乎有坏事要发生，这种转瞬即逝的模糊不清的不安我记得尤为清楚，但我会和它抗争到底。我抱住了明娜，明娜则热情地回应我。与其说她是热情，不如说她很深情。她很用力地抱紧我，似乎是想和我连为一体，没有任何东西可以分开我们。当她意识到我呼吸急促时，便突然松开了我。

“是我弄疼你了吗？我抱得太紧了，我不该这么野蛮。”

她看起来很担心我，好像我是她怀中的一个鸡蛋，只要她一用力就真的会捏碎似的，我感觉非常好笑，于是吻了她的脸。突然她做出一脸谨慎的表情，转着一双大眼睛四下偷看，样子调皮而可爱，似乎是在防备别人的窥视，她把手指放在嘴唇上，然后小声地说话。不过周围空无一人，我们被掩藏在棚屋的阴影中。

最后我们终于离开。我提议沿着小河走,但是明娜觉得那里太暗,所以要求回城。“我们还是早点休息吧！”她的语气中充满了关怀的味道，而我则很享受她的关怀，于是我答应了。

我们挽着手，沿着宽阔的码头，慢慢走向有灯火指引的城市，而散落四周闪烁着的灯光则一直向上闪烁着，直逼星辰。在我们前面不远紧靠河湾的地方，坐落在那片花圃中的旅馆形成了金色的灯环。河的对岸，有两盏彩色的信号灯，那在黑暗处的巨大的岩石堆就像是一处没有任何星光的天。

河对面，列车飞驰而过，提醒着我们时间已经很晚了。就在这时，我们眼前的灯光更加明亮，呈现出珍珠母的光晕，在空旷处隐隐约约映出山的影子。在易北河上，几只木筏的桅杆屹立在天空下。光亮开始越来越红，像火焰一般；如果是在莱茵河畔，你真的会把它想象成是布伦希尔德的岩石在发光——那些岩石好似发光的穹隆高悬在树林上方，而树林的低凹处还会在半途凹进来。几分钟后，月亮爬上山头，不久就退去金色锋芒，变得越发清澈，照白了山景与河曲，那景色好像从夜晚的混沌中创造出来，趋向完美。

如此良宵美景，简直令我们乐不思蜀。我们沿着河边来来回回地走，等我们接近了这里的第一处旅馆时，我们可以看到女士们的黑礼服和多色彩的帽子在树叶间移动。

在这个陌生的地方，我们就像一对新人在这里度蜜月似的，今晚的意外滞留对于我来说，简直是一种恩赐。

“刚开始我很兴奋。”明娜说，“可没多久，我就感到有点着急了，因为我有点内心不安，我不该那么肯定的。我自己也没带多少钱，如果你也没带多少钱的话，我的鲁莽将让我们两个进退维谷。当我看到赫兹在一旁询问你，了解到你不需要向他借钱时，我确实长出了一口气。经过这次的教训我算知道钱的重要性了，以后出远门一定记得带钱。”

很快我们的注意力就投入到关于未来的幻想之中，我们在想如何勤俭持家，如何把生活过得有滋有味。虽然这是一个无聊的话题，但对于一对年轻的恩爱贫贱夫妻而言，这甚至要比令人激动的浪漫爱情更具有吸引力。可我也怀疑，月光洒在黑暗河面上的金色光芒是否真的比我们将要维持家计所花的更有诗意？然而，我也不得不承认，这两者其实都是不真实的、不切合实际的。

7

最后，我们下定决心先找家旅馆。我们找了家背靠易北河，面向一个长方形广场的旅馆，而那些比较豪华的旅馆则都是背对着广场的。这家旅馆有一半的建筑面积被东侧的教堂遮掩住了。此时教堂上的大钟刚敲了 12 下，教堂上的瓦片犹如太阳下泛光的鱼鳞片。

旅馆的走廊上泛着微弱的灯光，楼梯处十分昏暗，我们一路穿过，迎接我们的是位长着招风耳、满脸粉刺的侍者。他的表情很不友善，似乎是在埋怨我们没有付给他小费，看到我们空手来时，他挠着红头发、眨着一双驴眼极其傲慢地说：

“两间房？你们一定是想要两间挨着的房间吧？好的，不过我也不太肯定——”

“随便，不是同一层楼也没事，不过麻烦你快点，这个地方的旅馆很多。”我很不客气地对他说，恨不得一把揪住他的招风耳，明娜在一旁也因这位侍者的无礼态度吓得满脸通红，一脸惊恐的表情。

在昏暗的灯光中，我们看到一位妇人在二楼探出头与那侍者交头接耳，似乎是在说剩下的房间号。于是那个男的很快变得很熟练——做了一个十分优雅的请我们上楼的手势，楼梯上铺着破旧的垫子。然后他把我们连同手中的蜡烛一块交给了那位妇女——前往房间的途中蜡油滴在他的肩上，但他浑然不觉，他用粗哑的声音宣布了我们的房号，我叮嘱他早上记得喊我们起床去坐最早的火车，他一边答应一边叫我们赶紧上去，我们照做了。

我们的房间是连在一起的，而且是相通的，虽然我在之前说不在乎是否连在一起，但真正挨着了，一想到要和明娜成为今晚的邻居，我还是很兴奋。不知是巧合，还是由于我们彼此间的默契，我们同时把鞋脱在走廊里。走廊里很暗，空无一人，只有在距离我们很远的地方有一盏灯。我们心领神会走进中间的位置，相拥在一起，然后做了一个长长的晚安吻。

当我返回房间在脱外套和马甲的时候，我发现明娜的门还插着钥匙。一股莫名的兴奋涌上心头，但马上又想到刚才服务生那嘲讽我时的丑陋嘴脸，我变得很生气。不过刚才明娜脸上的羞红让我神往，她害怕而强装镇定的表情显得十分可爱。我一时沉浸在想入非非之中，但眼睛却始终注视着明娜门上的钥匙，身上的马甲还保持着半脱的状态。门是锁着的吗？我悄悄地走到了门边，我很想开门，但又怕惊扰了明娜。

无奈之下我又返回房间继续脱衣服，但是我的视线却始终停留在那个门把上，就像两天前的那个晚上目不转睛地盯着信封不放。但最终我还是忍住了没偷看那封信，所以今天我获得了可以正大光明去看它的权利。这种对美好道德的奖赏，增强了我坚守道德的信心。“暂且忍一忍，这些障碍总有一天也会被扫除掉，而且我们也不会留下任何可以责备对方的地方。”我暗自对自己说。

当我熄灯躺在床上时，突然响起一阵咚咚的声音，着实把我吓了一跳，我正打算起来，但我马上就明白了，这声音是从我床头的墙上传过来的，对了，明娜的床也靠着这面墙。我知道这一定是明娜在敲击墙面，于是我也敲墙壁作为回应，然后她给我更加坚定更加温柔的回应，有时是指关节的清脆敲击，有时是手掌的拍打声，这些声音像是电报一样，通过不同的节奏和韵律传递信息，就好像是两个精灵在交谈，我们的对话没有任何的语言，但是比千言万语都表达得更加明确，将我们这种分离时的亲密与想念传递出来，还有我们的渴望，以及我们的期待，一股真真切切的幸福弥漫在我们的胸口。

此时，在这面墙的两边，没有修女的监督，而在这墙两边的人具有一样的心情，一样的感觉和思想，虽然她那边也许没有我这边那么猛烈及那么难以压抑。我觉得，这个时刻，把我们之间的距离拉近了。以前，我还只是感觉到自己被允许去爱她，但是在此刻，我还觉得自己也被一个人深爱着、渴望着，这是一件无比幸福的事，让我为之沉醉。

8

第二天早上，我发现明娜早就在旅社的客厅等我了，她看到我后，从一个破旧的壶里给我倒了一杯咖啡，我们像一对新婚夫妇那样坐在那里。而那个托盘中间那蜜蜂的标志也正像是蜜月的象征。屋子里光线不足，雾气弥漫在空气中，像窗帘一样挡住了窗口的光线，由于起床过早，我发现自己晕乎乎的，心里有点焦躁。

走出旅馆，我们就能够看到教堂了，广场那一边的屋子看上去还是模模糊糊的方块。路面潮湿，走在上面很容易打滑，明娜差点跌倒，不过幸好她抓紧了我的胳膊。两个清洁工人在乳白的晨光中缓缓地移动着。理发店的招牌就像一个正在升起的月亮，下面的玻璃门发出“咔啦咔啦”的声响，慢慢地被打开了。食品店就在拐弯的那里，从那儿传来多种香料夹杂的香味，我们快步走了进去，然后又迅速地出来了。

当我们赶到时，距离汽船起程还有一段时间。

汽船才从桥边开出来，河岸就被浓雾给吞没了。在船上看着眼前一片茫茫大雾，让我们感觉好像是在大海上一样。唯一可见的是细小的浪花像鱼鳞一样泛着晨光朝我们荡来，还有那悬浮的大雾好像蒸笼被打开一样。煤烟从船上的烟囱上冒出，落在甲板上，汽笛声滔滔不绝，时而是长长的嘶鸣，时而是短暂的叹息或尖叫声。有时还有其他船的汽笛声从四面八方传来与之附和或者是发出警报。当其他船与我们擦肩而过时，就像是看到巨大的幽灵一样。

明娜靠到了我的身上，紧紧地抓住我的手臂。

“我怕会撞船。”

“别怕，不会的！”我安慰她道。

扪心自问说实话，其实我自己也忐忑不安，小汽船真的不会翻么？在易北河里，人的生命是很脆弱的，这里就如大西洋一样危险，很容易让人葬身于此。

对于那种危险的害怕比所有对于未来的天真幻想更加让我们靠近。不过接下来我们已经无暇顾及这种危险感了，因为随之而来的寒冷驱散了它。此刻我们担心感冒或者咳嗽的恐惧吞噬了那种浪漫的惊恐，就算那一起奔走天涯的愿望也被吞噬了。

这次迷雾一样的旅行是如此混乱，所以当船终于靠岸时，我们仍然有种宛若隔世的感觉。我还以为，我们又回到了许安道了呢！其实我们已经到了站台上，当看到开往德勒斯登的火车喷着烟雾进站时，我们仍然以为这火车是开向勃登巴哈的。

幸好我们马上缓过了神，知道这就是我们等待的那趟列车，于是赶紧上车，因为给了足够的小费，我们得以坐在一节二等车厢里。窗外，灰色的树枝及灌木丛的影子如走马观花似的一闪而过，车窗上还有一滴滴的水珠滑落。

火车摇晃得很厉害，我们的肩膀经常因为惯性而撞在一起，我拉紧明娜的手，可是她没有任何回应，就连话也少了。我想把她拉过来靠紧着我坐，但是她害羞地避开了，不好意思地指了指窗外，此时，列车员正在窗外站着。

检完票后，我把窗户关上了，马上转过身来，一想着不会再有人打扰到我们就非常兴奋，明娜站了起来。火车的摇晃使我倒在了软垫上，而同时明娜也突然跪在我的跟前，我笑着想把她扶起来，但是她的神色极其慌张，让我停下了。

“海拉德！我必须得告诉你一件事，但恳请你不要生气，不，我不能要求你，因为你听完后肯定会无法控制自己的怒火的。”

“明娜，你说什么啊？快站起来，亲爱的！”

“不，不，请让我先说完。我昨天实在是罪不可赦，我欺骗了你们大家，同样包括你。”

“这到底是怎么一回事啊？是什么时候？”

“你猜不到吗？你没有一点疑惑吗？”

“是的，一点也猜不到，我保证。”

“你再仔细地想想！”她继续说着，脸上的表情无比痛心，“你肯定不知道我究竟有多么不诚实……也许等我说完这件事后，你会很失望的，并且会认为我从头到尾都是这样一个不诚实的人。”

“那么，你说说看。你到现在还没有说是什么事呢！”

“其实昨晚，错过了船是我的错，我本来知道小汽船出发的时间比我告诉你们的要早，我故意……”

“这就是你想说的事吗？”我笑出来。

“你以为我在说笑吗？你可以打我骂我，我会好受些的，难道娶了我这种喜欢说谎欺骗你的妻子很好吗？……你不觉得这是不对的吗？”

我刚想做一番解释，但她紧接着往下说——

“赫兹先生那时还非常自责，他认为是自己拖累了大家。而且我还忘了，在没有得到你同意的情况下，就打算花你的钱，万一你钱不够的话，我岂不是会让你难堪？千错万错都是我一个人的错，而最大的错误就是我不应该在你谈到这个误差很幸运的时候，我还没有勇气向你坦白，反而继续对我亲爱的朋友说谎，我很恨我自己。”

“既然这样，你为什么不敢像你所说的那样‘坦白’呢？”

“可能在当时我根本没有勇气去说。其实我本打算死守这个秘密的，即便是要说，也会等到事过境迁之后……但是我现在一定要说出来，噢！你肯定难以理解。可事实上，我们单独相处不是很快乐吗——因为那时候我们真没有机会单独相处啊——不过那样至少比在这种拥挤的船上或者沉闷的火车里要好。那趟火车真的很挤，而且很嘈杂，你知道吧！还有……”——她把脸埋在我的膝盖上，声音细碎轻柔，仿佛是耳边的幻听——“在昨晚，我们是如此的亲近，不是有那么点——那么一点——甜滋滋的吗？”

我低头俯向她。

“还有你敲墙的时候。”

“嘘！”她惊呼道，还用手指压在嘴唇上，带着奇怪而惊恐的表情看着我，而且那表情还带着一点不满。

“那你为什么还要毫不在乎地说我们的房间是不是在一层楼上都没关系？”

“哦，亲爱的，那是因为那个服务生在场嘛。”

她忽然间跳了起来，毫无预兆地在我脸上啄吻了一下，我感觉被一个软软的球打中了。

“你不再生我气了吗？”

我笑着把她拉近我身旁坐下。

“不再？明娜，我从头到尾都没有生气啊，真的，请相信我。”

“为什么呢？你应该生气的啊。我认为，你应该生气的。”

“呵呵，不要乱说了，当我知道你是故意而不是因为偶然这样做的时候，我反而觉得自己更加甜蜜了。”

“我真服了你，你这样会宠坏我的，到时候看你怎么办！”明娜一边撒娇地说，一边紧紧地抱着我，“看，天气转晴了，不管如何，我们将度过美好的一天。”

此时，窗外云消雾散，能够看到果树尖、枞树尖都已经露了出来，还有那些开着天窗的屋顶的轮廓也清晰地显露着，但是远的地方还是模糊一片，宛如一幅魔术画，慢慢地显露出它真实的面目。

不过远处的高山岩石仍然被云雾缠绕，远看去就像一个非常大的黑块，那些就是百合岩高原，它就像飘浮在空中的小岛那般，而白雾宛若一条溪流，在那粗糙的岩石间蜿蜒流淌着，而右边的峭壁是深紫色的，狭长幽暗，无数的枞树尖指着天空，天空却是那种淡淡的米白色的玻璃的色彩。

“我们今天接下来做什么呢？”我问，“明天下午我们要去接赫兹夫妇，但我想在这之前一定见到你。”

“嗯，我们得抓住一切时间在一起。‘我们这欢快的阿兰朱斯之行’[①]即将结束，你真的在后天走吗？”

“亲爱的，这是真的，我不得不走啊，暑假就要结束了，房东已经把我的那间屋子出租给了别人。”

“一周后我也将如同自由自在的小鸟了……我想想啊，到时候我会带孩子们出去走走。假如你有空，你可以在森林小路上等我们，

①出自席勒的戏剧《唐·卡罗斯》。

就是那条向右转的路，你应该知道的，学校就在那附近，我会在那里和你见面。”

这时火车拉响汽笛停下了，已经到了莱森。

当我们准备去渡口时，迷雾如同飘散的蛛丝，草坪被雾水打湿了，在阳光下闪烁着光芒。

9

不用说，我肯定是提前到了约定的地点。

今天这是我的初次约会，几乎还不足四个星期前，我还抱着偶遇明娜的希望一直在小路上徘徊，但是最后都是无功而返，而现在，我每每想到这里，就会感到欢喜和惊奇。真是世事难料啊！其实，那时候不是也和现在差不多吗——阳光一样在林间透过空气欢笑着，岩石和树木的阴影也一样地让我觉得凉爽，树林里同样满是扑鼻而来的泥土的芳香，鸟儿欢快的歌声一样地萦绕耳际。在今天，依旧还有盛夏的气息，周围的景色依旧，但是往日的情意倍加浓重，让我兴奋的感官如痴如醉！我欢快地把帽子抛向空中，我想让它去云霄之端向老天爷敬礼，不过帽子仅仅挨到了一棵巨大的松树那低矮的枝杈而已，我像疯子一样对着正在枯枝上歌唱的小知更鸟说：“嘿！你这个小东西啊，难道你也在等人吗？我在等待自己的爱人，我最爱的人，我的小明娜啊！”

说完后，我环顾了一下周围，生怕自己幼稚的行为被别人看到，就在此时，明娜正好带着她的学生从拐角处走过来。我假装很平静的样子，匆匆地向她走去。

“你看，我和我的女伴来了哦。”明娜俏皮地说道，她口中的女伴自然就是她的学生。“小孩子们在，你别忘了，要叫我杰格曼小姐，如果你忍不住要说一些她们不能听到的话，就用丹麦语，我能听懂。”明娜很小声地补充说。

“小孩子的耳朵尖得很哦。”

我和明娜开怀大笑，指着前面那个大一点的女孩。而那个小女孩正好长着一对招风耳，在阳光的照耀下透明发亮。

明娜显得非常快活，好像有释放不完的激情。平常她虽然看上去比实际年龄要大些，但她此刻多么幼稚可爱，所以我不禁自言自语：“这就是那个用女人的爱爱着我，但是很不幸也曾被人爱过的女孩么？”她戴着的帽子是那天我们在“苏菲行宫”见面时戴的那顶荷叶边的黑色田园草帽，这顶帽子非常适合她，也很实用，差不多遮住了她的半张脸。她帽檐下安静的影子被森林投射了一道绿光，她的双眼清澈而深邃地看着周边的世界，看着我。她的衣袂飘飘，那是蓝白条纹相间的花色，腰下的长褶就像麦浪那般柔软，腰间系了一条浅蓝的丝带，那条腰带也不是平常用的那根。

我们用丹麦语随便谈了一些话题，不过，明娜之前要求我注意的事开始发生了，因为我实在是情不自禁了，于是脱口而出说：“明娜，你实在是太美了，尤其这条裙子和你是完美搭配！”因为我已经习惯用德语来倾诉自己的情感，所以这个小小的丘比特此时穿着那合适的语言外衣从我的唇间飞了出来。是明娜用力地抓住我的手臂，这时我才发现自己居然说漏了！此时，我们跟前那个小孩竖着一只耳朵朝着我们的方向。

明娜紧张地咬紧嘴唇，这个时候，那个年纪小点的小女孩转向我们，想把布娃娃递给明娜。

“杰格曼小姐，我们是不是应该去那树荫底下啊？卡洛琳脸上会长雀斑的。”

我们终于找了这个理由把我们强忍在心底的笑给释放出来了，但小姑娘却因为我们的爆笑而感到特别委屈。

“哼，那我就说是你的错，妈妈就会给卡洛琳喷点香水了。”

“你好啊，明娜表妹！”突然身后传来了一个声音，“哈，天气真不赖！芬——芬格先生，你好啊！”来人正是那位校长，他穿着衬衫，外套则挂在手杖上，来到我们的身边，明娜见到他后很生硬地和他打招呼。

“原来是你，斯陶赫先生！”我大声地打招呼，感觉自己好像掉入了一个陷阱里，最后被他给逮到了。

“正是！”他朝我眨了一下眼睛，好像是在说：“真不错，你还是认识她了——这个小女家教老师，我漂亮的明娜表妹，我早就告诉过你了吧？”

“天气真不错，就是有点热——‘呼’（他叹了一口气）！这是我最后一天假期了。”他说的时候又叹了口气。

“你打算去哪儿呢？”

“我打算去海恩斯坦，你和我一起去吧？”

“谢谢你，下次吧。”

“芬格先生，你想去就去，别因为我——”明娜说。

“天啊！约会就是约会啊！多么美好啊！如果我是你的话，我也不会去的——‘何必只看天边——看这里——美好就在身边。’幸亏还知道些名人名句，真不赖啊！只要一个人还可以背诵歌德的诗歌，可以畅饮蒙肯的啤酒，可以尽情地抽着阿尔斯塔德—泽吉尔烟草，还可以高兴地爬着秀丽的山川，更关键的是——这是我绝不敢在明娜表妹面前提起的——只要是波兰不失守，就算每天花上六个钟头去教那些调皮捣蛋的蠢脑瓜，说得高尚一点——献身于伟大的教育事业，又有何关系呢！好吧，下次见！”

他哼着欢快的小曲，身影很快就消失了。

“享受着白天
享受着夜晚
享受一辈子……”

“这个人太有趣了！”最小的那个女孩说道，“他居然叫你‘表妹’！”

“面包店的亭卡说他经常打她们的耳光。”最大的孩子附和说，“一个多好的表哥啊！他的衬衫真脏！”

“妈妈要我们叫它‘无袖女衫’。”

“不是这种，苏菲！”

明娜瞟了一眼那个在树林间偶尔闪过的穿着衬衫的身影，带着一点不悦的表情说：

“哎，你似乎很了解我这位可敬的亲戚，你是怎么认识他的？”

然后我把我和他之间的相识过程都说了一遍，并且说我之所以与他散步，大部分原因就是为了她——我亲爱的明娜。

“原来你在那个时候就开始关注我了啊！”她若有所思地对着我说，并且拨弄着自己的手指，微笑着说，“那时候我要是知道你的心意就好了！”

“那你打算怎样呢？”

明娜笑出声来，接着就把伞收了，然后用伞指着前面的林荫小道。“我们还是过去避一避这毒辣的阳光，不然，卡洛琳真的会长雀斑的，而且我们这些游客也能不长那个哦！”

由于这里人迹罕至，所以这里的小路都差点被杂草淹没了，没有任何车轮印子。而旁边一种像星星一样的绿色苔藓上露水晶莹闪烁，随处可见，在水沟里，小道边，而在这些橄榄色的厚厚的苔藓上，生长着不同种类的蕨类。

“这里多美啊！”明娜看到一棵植物惊呼道，指着那棵只有一根枝茎的蕨，它们一般是九英寸高，但这里有些差不多有一英尺高，叶子还是尖尖的。“我很想连根挖几株回去，我的菜园子里已经有好几种蕨类了。你看，这棵也不错哎！”

她忍不住内心的喜爱，干脆直接把丝手套脱了，俯下身子琢磨着如何把这植物弄到手，这时，我正好跳到了水沟的另一边，正对着明娜。

“哎呀，要是可以再挖深一些就好了，对了，你带小刀子没有？”

“没有，不过我们丹麦流传一句话：‘五根手指强过铁船钩。’”

明娜笑了笑，然后将贴在脸上的头发甩了甩，接着，我们一起用手挖着。没多久，我们成功地把它挖了出来，当我在过水沟的时候，还不小心弄湿了一只脚。明娜用自己的手帕，仔仔细细地把它的根部包住，免得它们根部的泥土脱落，我们很调皮地把满是泥土的脏手伸向对方，看着满手的泥巴，我们像孩子一样开心地笑了。突然前方的小朋友们呼喊我们，这时我们才发现她们已经走远了。

枞树梢上，天空中的那抹蔚蓝中带着一丝微红，锋利的金色阳光，深深地刺进了灰白色的树干和深棕色的阴影里面，硕大的蕨类植物上发出了幽幽的光辉，就像溢出来的缕缕银光，远远看去，它就如展翅欲飞的巨鸟。岩石坐落在树木之间，远远一看倒像一座林中小屋，虎耳草发出像硫磺色那样的明晃晃的火焰，挥洒在那座“岩石小屋”的边缘上，而在它四周的那个平缓小坡好像长着一排排小山毛榉及蕨类的小院子。空气里飘散着冷杉的清香，还有菌类萌生的鲜味。

我现在已经忘记了当时我们谈了些什么话题，可是就算说得再有趣，我也只是在浪费力气。我发现，明娜一路上都在盯着我微笑，那是一种奇异而带点恶作剧式的笑容，肯定有一些什么有趣的东西被她发现了，她笑得越来越厉害，她的那种微笑就像阳光舒展开来一样。

“你在笑什么？是不是我说错了什么？”我有点纳闷地说。

“什么？”

“哦，当然啊——”

“其实我听不懂你在说什么，因为我根本没去听，我一点也听不明白。”她快速地回答我，“不过没关系，你继续说吧，我没必要去听内容是什么，我只想听你的声音就好了，因为，我没有时间和精力去听你说的内容。我正在看你的嘴巴和轮廓。也许你没发现，海拉德，你说话的时候很有魅力，你的嘴形很有意思，你的下唇，在每次停顿时，都会往外面噘着，这样，就会使你的酒窝变得更深了，还有你的鼻子弯得非常好，而这，是你最好看的地方。你的鼻子就像是席勒的鼻子那样，你和他一样都是理想主义者，这真的非常好，亲爱的。”

她迅速地看了下前面，发现孩子们都走远了，然后快速地亲了我一下。

"明娜，你说的都是真的吗？"

说实话，听到明娜的赞美，我就像喝了掺了蜜的酒一样。这是我这辈子第一次因为自己的样貌感到很自豪。犹记得那时人们总是议论我的"鹰钩鼻"，还说我的下颌有点突出，我其实不认为这有什么大不了的。但是在今天，就是这些特殊的部位，被自己所喜欢的女子称赞，这种感觉就像是在童话里一样。我感觉自己轻飘飘的，像在九霄云外一般，我有点被快乐冲昏了头，谁知道我会做出些什么事情来。不过孩子们恰好在这个时候回来了，手上捧着野生的山莓。于是我从那云端回到了现实之中。

我们一路向前走，树林慢慢地变得稀疏了，只见附满了苔藓的岩石中长满了矮小的灌木丛。我们走过来的那条路，如今，已经变得很窄小了，小女孩们爬到了小灌木丛里，我们只好停下来等着后面的小女孩们，头顶被新生岩投下的阴影遮住，明娜把帽子摘了下来，抬头注视着蓝天，她突然笑出声来。

"你笑什么？"

她用一只手撑起身子，半坐着，说——

"你还记得吗，在小镇外有些小人像，人们叫他们农牧神，他们已经长了胖乎乎的山羊腿了，不知道还会不会长可爱的小尾巴。"

"你怎么突然想起这？"

"我就是在想，假如这些可爱的小家伙在我眼前蹦蹦跳跳，我一定会忍不住把他们拉过来放在怀里爱抚的。"

"你的想法还真逗，我还真想看看哎！"

“‘我’很逗么？”她用幽默的语气强调“我”字。

突然，灌木丛里有一个活物在里面乱窜，把最小的那个女孩吓得尖叫起来，接着一只性格温顺的猎狗就出现在了我们眼前，它干干的嘴唇，伸着长长的舌头。没过多久，又来了一个满脸胡茬的看林人，他的肩上还扛着一把枪。他站在小路上，跟我们只有十几步的样子，板着脸打量着我们，我想这个人宽阔的胸膛内一定没有什么人情味，他居然那样地瞪着明娜，明娜被他吓得把那刚打算整理头发及帽子的半裸的手臂放下来，紧紧地拉着自己的衣裙。这人根本就是一个森林魔鬼！

“你们在这里做什么？这条路不是旅客的路线。”他严厉地责备道。

“这怪不得我们，因为我们没看到这里有警示牌子写着‘严禁入内，擅入者严惩不贷。”

“难道你们没长眼睛？这路明显是林业道路，放着那么多的道路你们不走，偏偏走这条，你们真的是不可理喻！”

“别咄咄逼人，路不就是给人走的吗？你有必要这样吗？”我被他彻底激怒了，也不客气地大声反击他。

“不可以就是不可以！你听不明白吗？”他的脸也被气得红红的，回应道。

“我们的确不知道，否则我们一定会绕道的。”明娜态度很坚定，但不失风度地说，“而且，我们现在并没有给你造成任何麻烦啊！”

“好吧，这次就算了。”他声音不像之前那般大声了，火气也减了不少，“你们如果再往前走几步，那里就有很多钉子大小的冷杉树苗，小孩子们可不管自己踩的是什么，估计，你们也会一样的——因为你们还有其他的心思。”他为自己心平气和地做这样的解释而懊恼不已，接着又补充说道，“现在你们应该知道怎么去做了吧！”

他吹了口哨唤他的狗，轻蔑地吐着口水，然后从旁边的那条路走进了树林里，一边走还一边回头看我们是否真的往回走了。

我们很扫兴地离开了，我想任何人遇到这种情况一定会觉得大煞风景。

“你所希望的‘小农牧神’没来，倒是来了个驱赶我们的‘老农牧神’。”

“就是一只大狗熊！”她愤愤不平地学着那人那粗糙嘶哑的声音。

孩子们被她逗得哈哈大笑起来。

“当然了，这也不能全怪他，就算是没有挂那个警告牌，”明娜接着说，“假如我是一个看林人，我也会因为别人在森林里乱闯而生气。但是我想你会更能体会这种感受，因为你是看林人的儿子，你父亲也是那样吗，海拉德？”

“我父亲是皇家的看林人，而这个人仅仅是一个粗鲁的山林看管人而已。”

“贵族！”

“嗯，你自己在说那些在山林中乱闯的人的时候也不像民主人士。”

“那完全是两码事。”

“是吗？”

在返回的路上我们小声地争论着，最后还和小孩子们玩起了捉迷藏的游戏，回到家时，喘着粗气，浑身发热，想一想，真的觉得很搞笑。

10

在第二天，赫兹太太正在凉亭里铺着桌布，而赫兹先生则拿着报纸坐了下来，我和明娜携手出现在他们眼前了，远远地就暴露了我们的关系。

他们看到我们后马上就看出了我们之间的关系，他们很高兴，好像是自己的女儿找到了如意郎君一样，他们赶紧张罗着准备一起庆祝——就算明娜是他们的亲生女儿，而我是一位富裕的商人，也不会得到比这还要衷心的祝福了。他们遣人去旅舍里让人马上送一瓶兰尼希酒过来，为我们在这小凉亭内庆祝。午后的阳光穿过树叶，在棕绿色的玻璃上闪耀着，赫兹又向我们谈到了《浮士德》那部手稿，他认为那手稿毫无疑问出自歌德之手，不过它的手稿和已经出版的稿子之间的差别比他意料的还要小，而且也不是很重要。所以，接着自然是讨论是否需要将歌德这最早的手稿——或者是作者自己说的还没完成的名诗手稿出版。不过有些人可能会反对，因为他们很推崇现有的版本，但是赫兹不以为然，他有根有据地提出了很多反驳的理由，最重要的是他认为，这部早期的手稿更有对人性方面的关怀，它对于所有的艺术心理学都有巨大的价值。

他的语速很慢，说话时也显得比平时稍显吃力，并且还总是被一阵咳嗽声给打断了，赫兹太太在一旁显得很担心。易北河边的迷雾变得异常浓厚，让人感觉有点像是莱茵河的迷雾，但是这雾气还是和莫尔道山谷有着千丝万缕的联系，它停留在狭窄的布拉格城内，一直到中午才会散开，所有的东西都被它弄得昏暗潮湿。而赫兹夫妇有时在雾气弥漫的阁楼上一待就是几个小时，这潮湿雾气伴着那穿堂风让他们的身体有点吃不消。

我们谁也没考虑到这点，不然的话应该早一点将那个奇特的盒子里的东西搬到有人居住的地方去。而且，那房子里面的许多书架、箱子都让赫兹操心不已，他在房间里陆陆续续地找出了几件东西，卡尔·奥格斯特和艾丝莉亚女公爵的书信，几本魏兰和赫德的书籍原稿，还附有献词和戏目。有几件还是他花钱买来的。在太阳快下山的时候，我们进屋后，赫兹把他的珍藏品展示给我们看，他显得非常开心，大概这些东西都是他引以为傲的。虽然他的情绪非常好，但是他说话时总是被咳嗽打断。每次，我们看到他这样，就会认为他为了这些东西付出的代价实在太大了。

这次我们比以前早一些离开赫兹的家，在路上，明娜担忧的神情再也藏不住了。

“赫兹先生本来就很虚弱，他受不了寒的。”

“虽然这样，我们没必要想得过于悲观。”

“可是，海拉德！我就是这么悲观，你那与生俱来的乐观也会被我消磨掉的。我总是会在事情还没有发生之前，就开始胡思乱想，当然，这样只会杞人忧天，无法解决任何问题。就像此刻，我感觉就像赫兹已经去世了一样的悲伤。”

“实际上，不论是对他的妻子还是对我的朋友伊曼努尔来说，都是一种沉重的打击。我很少看到有像他们这样亲密的父子，这让我想起了古代的族长。”

“是啊！我也为这个而深受感动。因为这跟我家的情况完全不一样。”

“你不喜欢伊曼努尔吗？他是个不错的人。”

“是的，的确——他很不错——”

这时，我才意识到明娜以前很少提起过赫兹先生的儿子，并且让我感到惊讶的是，伊曼努尔也没提过明娜。更奇怪的是，在此之前我多次去过他家，但从没碰到过明娜。也许明娜在那个时候很少去他们家吧，又或许每次去的时间都很固定。而且我认识伊曼努尔也没多长时间，我们也就是在去年年末的时候才相识的，在去莱比锡之前，他和我之间的交往才变得频繁亲密起来。

我还想继续谈论这个话题，不过明娜显然不想谈了。

“对了！当你回城的时候，有时间就去拜访一下我的母亲吧！我已经给她写过信了，但是，你千万不要对她用太过严厉的标准去衡量啊。”

“哦……亲爱的，你为什么要这么说？”

“没有啦，其实，我只是怕你对她抱着太高的期望，不过我母亲也有一些优点的，她从来不会伤害别人。还有就是，她很爱我——真的很爱。”

“对我而言，最后那点就够啦。”

“海拉德，有一件事，我觉得很开心。”

“什么事啊？”

“不过……估计你会不高兴，我一点也不好，我一直非常自私。你知道吗？你父母不在了，我觉得很开心。”

“嘿！你怎么会这么想呢？你要知道，他们会非常非常地喜欢你。”

“不会的，一定不会的。”她着急害怕地叫道。

“我想他们所希望得到的儿媳，也许跟我完全不一样。或许，他们是对的，可是，除了你，谁都没有权利得到我——如果，你还对我满意的话。”

“你是我深爱的妻子，你怎么哭了？”我心疼地吻着她脸上的泪水，说道。

“没关系。你这话就像蜂蜜一般，你可以再叫一遍吗？”

“我的妻子！”

我们在村庄里来来回回地走了好几回，夜幕已经降临了。

灯光从峡谷两旁四处分散的窗户里射了出来，让人感到安静、舒适。小山坡和岩石的幽暗的阴影上，繁星在眨着眼睛，偶尔会有流星划过天际。除了我们的脚步声之外，就只能听到那潺潺的溪水声了，溪水畔的垂柳不时地摇曳着枝条，看起来就像一只巨兽在抖动身子。

当我们第三次走到齐德利兹别墅旁边时，里面的灯光似乎在挽留我们，于是脚步逐渐地放慢了。

“你为什么叹气呢？”最终，我们不得不停下脚步，明娜问道。

“我感到有些像是预言一样的东西，我无法控制它们。一想到我要离开莱森，我就会觉得很伤感。我觉得，我似乎在惧怕一些什么东西。”

“是的，我们的确在这里度过了一段美好的时光。不过，我们即将回到的是我最爱的家乡，我希望和你一起在那散步。”

“当然会的！我们爱情的种子在这里萌芽，但是现在不得不移植了。”

明娜笑了，落落大方的。

“不是的，只不过是搬家而已。因为这是扎根在我们心底的植物，是不属于任何特定的地点的。”

我们紧紧地拥抱了很久后，明娜从我的怀里溜走了，然后消失在夜幕之中。我听到石径上散落的细小树枝在她脚下“咔嚓”作响，突然，万籁俱寂。

“我的爱人，晚安！”她清澈的声音穿透空气，宛如在我的耳畔。

“晚安，小心肝！”

她那足音又响起了，不过这次在更远的地方，依然是那阵清澈的声音——

“晚安！”

卷 三

1

在第二天下午五点，我抵达了德勒斯登。我将自己的行李物品妥善放置好后，就去了以前经常去的餐馆吃晚饭。餐后，我便迫切地想赶去我那未来丈母娘的家里——如此急切的主要原因并不全是出于礼节上的需要，也不是因为自己内心的好奇。在我看来，最重要的是我可以通过这种方式与明娜更近距离地接触。

杰格曼夫人家在制绳厂街那一带，不用花费太长的时间我便可走到那儿。房子的样式和设计款式与街对面的那些房屋几乎没有什么差异。从那扇打开着的前门走进去，一道漫长而曲折、表面铺着一层白色石灰的长廊便呈现在我的面前，长廊的一端是直接通往庭院的，在这条长廊的中间部分，有一段螺旋式的白色石梯，石梯被磨得发出淡淡的白色光芒，直接通往楼上。来到一个石梯平台的窗前，我停下自己的脚步，从那扇早已被打开的窗户向外眺望。窗外的景色和院子里的差不多，这让我有一种深深的认识：因为了解而深爱而不是因深爱而了解。曾几何时，我也住过与之相类似的院子，事实上，现在我有些朋友的房子跟这里有异曲同工之妙。总的来说，这种院子和房屋的设计便是典型的德勒斯登的房屋设计风格。

院子靠墙的那三面都紧紧与邻居家相连，而邻居家又与类似的周边人家的房屋相连，所以这种串联式的房屋便将所有的房屋都连成了一个类似四合院的大椭圆，中间便形成了一个大院子，院子的四周围着古老的两层矮脚房。德勒斯登人通过这种特别的房屋建筑从外界获取空气及光照，这种设计就连那些古老而又狭窄的地方也纷纷效仿。西沉的夕阳在各种各样的树梢上闪耀出不同的光线，相互交映着，狭窄的人行道和绿油油的草坪静静地躺卧在单调乏味的阴影里。相邻的一个庭院里，有几个小男孩在那里跑来跑去，旁边的另一个院子里，几个小女孩也结伴在那里开心地嬉戏着；第三个院子里那些晾晒在竹竿上的衣裳在晚风中翩翩起舞。窗户下的那个小庭院早已空荡荡的了。爬山虎的藤条覆盖着亭子，几簇妖艳的玫瑰花绽放着，所有的空间仿佛被那棵刺槐及美丽的樱花树给占据了去；在这里，有一种叫作“接骨木”的树——大概自克雷斯特以后，接骨木就是恋爱的象征，假如你没有看见它，就仿佛看不到那浪漫的爱情到底是怎么样的。这棵浪漫的植物还没有开花，或许是因为正是夏末的缘故，这是一种再正常不过的自然现象了。

矮脚楼的楼上安静地摆放着一张装了黑线外框的旧名片，从这张暗旧的名片中，我们可以确切地知道杰格曼教员原先在这里住过。我试着多次去拉响门铃，却都无人回应。这里确实非常美丽，同样，这也是独一无二的能让我深深地感觉到明娜已经与我如此接近的地方，我没有办法劝服自己立刻离开这个地方，所以我干脆徒步走到亭子里坐了下来。

四周静谧得像羽毛掉下来都会被惊扰似的，其间，我偶尔会听到几声货车的鸣笛声，让我从自我的意识里突然惊醒，知道自己原来还留在这里。这时一群小女孩儿正在院子里嬉戏，不时传来了几声稚嫩的歌谣声。

清晨起来早呀早，
围着桑树跑呀跑，
沿着桑树跑呀跑，
看我起得多么早啊。

小女孩嬉戏的场景让我忽然想起了十年前在这庭院中的美好故事。

这些声音中有一个很显然是明娜的，在灌木丛的后面，一个穿着粉红色裙子、像只花蝴蝶似的在那里旋转着的那个娇小的身影，便是明娜。她肯定是到别人家去了。由于她的父亲是个坏脾气的人，所以她很害怕他，甚至害怕到不敢和其他的孩子一起玩耍。有一次，她差点儿就被抓住了，我到现在都不清楚那天她到底是从哪个院子里逃出去的。在我的身后有一道木板墙，所以她绝对不可能从此处溜走；左边是一处栏杆；栏杆后面有一道用山楂树围成的篱笆，看起来那树刚刚栽下不久。我身前的栏杆稍微高一些，但是由于处在偏僻的墙角，地表又一边高一边低，稍稍倾斜，所以攀爬起来肯定容易很多；最重要的是这个地方不易被发现且非常隐秘。我小心翼翼地观察着这里的一切，像史学家一样细心地去查勘法沙利亚的地形，这样便于自己正确地了解恺撒是如何进行战略部署的；我的头脑也在高速运转着，以便知晓当时是哪边的房子、哪些窗子的前面，明娜朋友的爱人以及他的朋友——也就是明娜的第一个爱慕者——曾站在那里向她们挥手致意。

最后，让我一直都无法忘却的是，当我走过那棵古老的接骨木时，刹那间，我完全被它吸引了。它笔直地站在院子的那个角落，刚直不阿。浓浓的树荫下有一条木制的长条椅，看样子已经摆放了很长时间。我从凉亭那边来到这里坐下，对一个想要在炎炎夏日下休憩片刻的老人来说，这张木椅确实不是那么舒适，但对于那些不在意这些的年轻情侣们来说，这里却是个非常舒适的地方，更重要的是在这里还有一棵浪漫的接骨木陪伴。虽然它现在没有绽放出那美丽可人的花骨朵，但不可否认的是它曾经绽放过，曾经美丽过。或许那份独特的美丽是为他而绽放的！那时，我那颗可怕的忌妒心就像一根疯长的藤条，覆盖了我的整个灵魂。这可怕的恶魔，本来就未曾离开过，只是因为有明娜的陪伴，让我产生一种无穷的幸福感，所以一直未曾表露出来。我的占有欲是如此强烈，我想要得到她的一切，包括她的思想。我希望自己从小就与她相识；在我的意识里，我可以眼睁睁地看着她离开自己的那些玩伴，为的只是搂着我的脖子。如果她真的有上辈子，我希望她的上辈子也是属于我的。但不可否认的是：掠走她一生中最美丽时刻的那个人不是我，而且夺去她最美时刻的那个男人用这些去粉饰他那贪婪的虚荣心。幸运的是，最后得到那笔宝藏的人却是我，而他却天真地将那些过眼云烟当作自己的宝藏——如此想来，我对此还是很满意的，因为这满足了我那颗所谓的强大的自尊心。

我从长椅上站起来，走向街道。天色已经暗了下来。一旁院子里的黑树枝桠抓住了那簇艳丽的红玫瑰。房屋之间已经黑压压的了，楼层的窗户口闪耀出点点灯光，金灿灿的。楼下的街道里，四处散落的街灯让我这个漫无目的的人向着有亮光的地方走去。

在街角，那儿肯定有啤酒屋。

一个矮小的老妇人，步履蹒跚地走了进来，她不顾这夏季天气的闷热，披着厚厚的羊毛披肩。这又让我想起了明娜所描述的她的妈妈，傍晚时分，她总会去一个叫作“熊猫”的店里喝酒。我一直没有忘记那所饭店的名字，因为这是个非常有趣味的名字。

我信步走到城里，不一会儿就走到了人山人海灯火通明的城堡街。有几个上了年纪的人在饭店。我很快得出结论，这里并不是一个对游客很有吸引力的地方，因为坐在这里的大多是老顾客。在那里，我看见了一个很奇怪的人，我走近他时，他向我低哞了一声，这让我感觉他就像一只狗，而我却像是即将送进他嘴里的骨头。另一个穿得很整洁的男士正绘声绘色地给市侩们描述那些皇家剧院中传出的八卦新闻。

里面有一个小间的门是敞开着的，我伸头进去，看到一个年迈的老妇人坐在门口，她对面的大间里悬挂着一面古老的镜子。由于我想在不惊扰她的前提下从镜子中看看她的脸，便在镜子前一闪而过，坐在了那读报人的旁边，可是我的这一举动让那人吓了一跳。但是我想逗他玩玩，于是顺手把他放在一边的报纸拿起来，他也只能愤怒地小声咒骂而已。这时，服务员端来一杯啤酒放到我桌子上。

然而，我没意料到的是那古镜中的老妪竟是我未来的丈母娘。明娜向我说过她们俩长得很像，但我却一直没有找到相像的地方。她的前额有点低，弯得像一把弓，浅眼眶一点也不深邃，嘴唇很厚但没有美感，脸上有点皱巴巴的。那张脸给人的整体感觉就像泡在水里太久了，因此就算有什么地方相同，也应该早已消失了。

我把服务员叫了过来，准备结账，顺便向他打听一下杰格曼寡妇的事，他告诉我“她就在小间”，于是我走了过去。她在沙发的一个角落里摇晃着身子，看起来非常不安，我走过去拜见她时，她仿佛很惊慌，就像待在火车的隔间里，突然闯进了陌生人似的。

我向她说明了我的身份，并问她是否接到了那封信——

“是的，明娜的确来过信——那个美丽的孩子，噢，上帝啊！……啊，我很开心，感到很快乐……你来这里了，亭格先生——”

“是芬格。”

“啊！对啊，芬格，你必须谅解我做的一些事情。那封信上，大写的字母是如此像亭格Tenge（芬格Fenge）。我视力一直都不好，而明娜信上的字也很模糊……你说我丈夫的字写得多好，还教拉丁文呢！哦，对了，他是如此知识渊博……明娜，也曾经受过高等教育，和那个时代的我早已经不同了……现在的青年人啊，你要坐吗？啊，当然，当然，你快点坐下。坐吧！”

我拉过一把椅子坐下来。我知道她会买啤酒的，所以就抢在她前面先叫了几杯。

“你真是客气。我其实不怎么喝酒的，不过既然你在这里，我怎么能不喝呢，你说是吧？我就喝一小杯。我知道，你肯定能喝不少。年轻人都一样，亲爱的伯格曼那个大啤酒桶就更不用提了，还在学生时代他就是这个样子。你们现在在丹麦也经常喝啤酒吗？”

喝着啤酒，我尽量挑选一些有意思的话题来和她聊，但仿佛徒劳无效。有时候她会变得痴痴傻傻的，总是会用一种愚蠢而又呆滞的眼神望着我，除了几句“我的上帝啊，这是真的”就再也不会回答别的了。过一阵子后呢，她便会如同德国谚语中所说的，“天塌下来”，显然她并不会以此为乐，而是因为茫然不知所措——因为害怕提起这个话题，更害怕我会谈起我和明娜的关系。我感觉到她并没有完全相信我和明娜的关系，她大概也认为明娜和她年轻时一样——对待感情会很轻率。有的时候，她误以为我有点走神，便会以一种审视的眼光望着我，我从她那尖锐的眼神中看出了她的疑问：“明娜这次找的这个家伙到底怎么样呢？”如果我这时候突然望向她，她会连忙举起酒杯放在嘴前，以至于让一些啤酒溅落在她那露着染色痕迹的黑披肩上。

离开酒店后，我说要送她回去，她却毫不犹豫地拒绝了，我一再坚持，她却以要去买东西这样一个借口逃也似的离开了。她消失在第一个转角处，值得庆幸的是在她消失前却还是将我的一句话听入耳中，“我明天将会亲自登门拜访”——对于她来说，这或许就是一种赤裸裸的挑衅。

第二天，我从理工学院那边直接走到了她的院子前。

拉了第一次门铃没有人回应，我正试图拉第二次时，突然发现对面的窗户下，那块脏了的窗帘的一个角被掀起来了，在那窗帘后边，有一只眼睛在窥视着我，过了会儿，那扇窗帘恢复了原样。大概有一刻钟的时间，一阵拖拖拉拉的脚步声响起，声音越来越近，到了门口，门开了，杰格曼太太显得无比惊慌。正准备问她为何如此惊慌时，突然想起自己就是整个事件的肇事者。她或许是把我的话当作客套之词，所以从她的举动来看，她好像不知道我会来。那天晚上我看到的那条披肩，或许是为了遮住她的那条无袖裙子的衬衣，她穿着它看起来就像一只孔雀。她引领我进了卧室，她一直向我深表歉意，走到卧室后，她又离开了半个小时，这次的理由是“给我冲咖啡”。

卧室很小，正对着我之前提到过的院子，但是屋内光线不错。家具看起来都非常陈旧了，有些还有点破损，并且整个屋子显得很凌乱。钢琴的盖子上铺着一层厚厚的灰尘，那些乐谱竟然用来垫盘子了，盘子中还有剩下的半条熏鲱鱼。我真的难以想象它是怎么放到那里的，一会儿后，我发现原来她并没有住在这间卧室里，她一整天的生活圈就只有厨房，除了吃和睡，还会看看《德勒斯登报》。

厨房的一个角落里摆放着一个立式的书架，这里面几乎被绿封面的书填满了，很快我便记起这全是明娜心中的无价之宝——这些书籍是她那严厉的姑婆送给她的最珍贵的礼物，假如某一天她把这些书籍给卖了，她说她姑婆就算做鬼也会缠着她让她不得安宁。在这简陋的厨房里有面墙，墙上开了扇门，有一条绿色的壁毯挂在门上，有一张沙发摆在门前。绿色壁毯上有一幅油画静静地挂在那里，油画以一个小渔村为背景，从画中很明显地可以看出来在一个沙丘下河湾边上的渔村景色。画里面有两个坐着织渔网的少女，值得一提的是，这两个织渔网的女孩都在同一时刻和同一个富家子弟嬉戏，那个富家子弟最显眼的地方就是随身带着一个小工具箱，看起来是用来作画的，和斯提芬逊有几分神似。他那向上弯着的手指加上那两位少女不一样的笑容，从某种程度上反映了其中的含义不是那么简单。画笔下描绘出来的人物简单明了，毫无修饰可言。但从画上看去，景色确是栩栩如生、活灵活现，不论是那美丽热闹的海滩，还是阳光下堆起的沙丘，都非常引人注目。它明亮的基调与厨房的许多器具形成了鲜明的对比，让这里增色不少。很多人都会对这幅画的来源感到好奇，可是我早就知道它从何处而来，所以也就没有那个好奇心了，不过它的出现却再一次勾起了很多我不愿记起的往事。显然，他还是非常在乎他们之间的这份友谊，否则不会已经过了好几年后还会送她这幅他刚刚完成的画。与此同时，这幅画对于明娜来说又是多么的讽刺。那个调情的富家子弟画的就是他自己，对于一个单纯的少女来说，这该让她做何感想？画中写着这样的两句德语："Du schones Fischen-madchen"和"Das Meer ergLanzte weit hinauss"。意思是："你这美丽的渔村少女"和"海灿烂"——这该是席勒的诗句吧。他要永不停歇地对她歌唱，唤醒她对他的祖国的无限向往，在这个时刻，又会出现一种永恒的妒嫉，并且产生不安。那富家子弟穿着雪亮的皮靴，很明显他不可能从布满灰尘的道上走过，从他那光亮的靴子正踏着的那块石头上夸张的姓名首字母缩写可以看出他是何等狂妄愚蠢。房间内不仅只有这一幅，里面还有笔法相同的另两幅。它们也被悬挂在一面墙上，一上一下地挂着。在这两幅画中，有一幅是用粉色的蜡笔画的明娜，另外的那幅画是用铅笔画的一个中年人：画中的人额头很高，鼻子很挺，一张小小的嘴一直没有张开过——他的眉毛浓而粗，眼睛深深地嵌进去了，这让他身上有一种苦涩的感觉——他的头发稀稀疏疏的，长着大络腮胡子，但是这丝毫掩饰不住他那尖细又刮得干净的小下巴。画中的人物，他的下巴与前额部分和明娜非常相像，我仔细看了看，连他的唇形也差不多；不过相对来说她的鼻子比画中人宽一些也短一些。从这幅画的专业水平来看，的确是栩栩如生，每一个神情都是那么逼真，看来作画的人必定受过专业培训。

不过无论如何我也不太赞同那幅粉色蜡笔画，那是一幅只有头与肩部的半身像，明娜穿着一身黑色衣服，全身看起来没有一点鲜艳的地方。这样的颜色搭配让她本已经被画得太过灰白的脸颊看起来更加苍白，如同一个在清雾中飘荡的吞云吐雾抽烟的女烟鬼一般；但可笑的是那股烟雾并不是从她那紧抿的毫无血色的嘴里溢出，而是从她那空洞模糊的双眼中飘散出来的——这种艺术可真的与众不同！此种迷雾一般的画法在当时那个时代很受欢迎。偏偏这又是他为心爱之人而画的！曾经有人说，当一个人为自己所爱之人画像的时候，那每一处笔画都会充满浓浓的爱意，每一个小小的笔画都会力求最美，因为从此处才可以看出画中的精髓。作画的人此刻肯定是达到了一种忘我的境界，他就是爱的表达者，而爱却只能从他的画笔下表达。他表达的爱是一种写实主义，而这恰恰只可以容下爱的理想主义，这种若隐若现的理想主义非但不会隐藏对被爱者性格的表达，还会更加清晰真切地将它呈现在画前——但现在，这些东西又去了哪里呢？这幅画里面没有这些东西，他在这里面追求的不是个性的表达，更多的是只关注是否符合潮流，在卖弄自己的艺术想法，我越看越感到无比气愤与懊恼，甚至对这个把明娜画成如此模样的画家感到恶心。他将他所爱之人当作实验品放在了实验桌上，用所谓的潮流来勾画他爱的人，用以躲避所有的困难，这幅画看起来表达得是如此模糊。我想，如果这幅画的作者来到我面前，我会很粗鲁地拽着他的领子，将他拖到这幅罪恶的作品前，毫不客气地将他大骂一顿：“我骂你是现代艺术的蠢驴还是抬举你了，你自己去看看你那画的颜色，你到底在画什么鬼东西？这能够让别人觉得美丽圣洁吗？”可是我却仿佛知道他的回答一样：“你是谁？你觉得自己又可以做什么，至少我还有画她的机会，在别人的眼中至少可以看出是她来，并觉得她是一个如此美丽的女子，甚至一些艺术家都能从这幅画中得知我是多么有天分，但是你呢？你有本事就用你所谓的‘自我迷失’和‘爱的写实主义’试试看，我想你得出的结果肯定可以让别人惊叹不已，不过无所谓，你还是可以去做——这种感觉很不错呢。我向你发誓，你可以忘情地多看几眼坐在那里的美丽女士。她可能会害羞而红脸，那么你就把颜色调淡一点。哦，顺便告诉你，建议你最好将颜色调冷一点……”一想到这儿，我不仅越来越难受，而且妒火四窜，就差没有把画给撕了，幸好这时杰格曼太太端着咖啡出来了。

她看到我没有坐下，非常吃惊，急忙引我坐到那破旧的桌子旁边，并把咖啡端放在桌子上。她和开始的那个样子已经有很大的不同，此时，她换了件衣服，深蓝色基调的白点毛纱纺织的礼服再加上一顶紫丁香色的缎带帽，让她看起来显得端庄极了。她在我的正前方坐下，浅啜着咖啡。我一直总觉得有一股甜腻的味道，现在越发浓厚了，这时我才知晓有人在壁毯后面抽着常见的烟草。杰格曼太太好像看出了我的猜测，便假装咳嗽起来——

“哦！亲爱的上帝啊，没错……就是这种烟草的味道，总在不经意间往这边飘来。那些房客都在那个地方住，有个年轻人的确很受欢迎，不过他总是整日整夜地在抽。不过你抽不抽呢？你实在没有必要因为我而犹豫；我听人说啊，一边抽这个一边喝咖啡的时候，所产生的味觉是截然不同的。我们不得不接待那些房客，否则我们连自己都养不活，正如你所了解的，一个人习惯了富裕的日子后……但是，这里面还是有些不便，比如现在，在这里环绕着的烟草味道，或许你在这里会找到那些抽得少甚至不抽的客人，不过他们身上也还是有其他缺点存在的。我的上帝啊，亲爱的芬格先生，在这个现实社会里还是有很多的坏人存在的！例如有个房客，从整体上看去，真看不出他有什么缺点，尽管他付房租的时候比别人要慢一个月。当然，有些人却直接不给，我碰到过这种人，他们有的一声不吭就离开了，有的便假装说以后会再回到此地还钱的……啊，我的上帝啊，他们都不是好人，我亲爱的芬格先生！”这时候，我重新又将目光移到了那幅让人懊恼的画上，猛地骂了一句——“真是现代艺术的一头虚伪的蠢驴！”杰格曼太太观察到我的注意力放在了那幅画上，她便开始赞美它。

“没错，这幅画上的女士就是明娜，从画中你可以发现，这是一幅多么优秀的作品，画上的人物是那么的逼真，跟照出来的一样，多么高超的技术啊！如今这些人是这么的能干啊，你说是吧？听说在美国，现在拍的照片就有彩色的了，我是从报纸上看到这个新闻的。上帝啊，那些可怜的画家们又该如何是好呢？他们又能做些什么呢？就如同俗话说的那样，随着艺术的不断被超越，长江后浪推前浪，一种艺术的灭亡意味着另一种艺术的兴起。没错，我还记得这幅画像是你们国家的一个画家所画，那个时候他正租着我的房子，他的名字好像叫作斯提芬逊，他在这里住了六个月。”

她的语速非常慢，说出来的话断断续续，她甚至故意用很迟缓的眼睛狡诈地看着我。

“关于你说的那个丹麦画家，我是有所了解的，这些明娜都告诉了我，她不会对我隐瞒任何事情。”我告诉她。

“嗯，没错，她当然不会瞒你！他和你一样都是丹麦人，他甚至在艺术上还有所涉猎，你肯定听说过他的。”她快速地说道，很显然，她因为我明白了她所说的而感到窃喜，很快，她突然察觉到什么，想尽量扯开这个话题。

“哦，他确实是很有才华的。”她接着刚才的话胡乱编造下去，“他为人处事也很不错，从来不拖欠房子的租金，偶尔会提前支付。但你知道这些并不是我想要的，尽管日子过得非常艰苦，但他一直都对人非常和善。他不抽其他普通的烟草，只抽香烟……与住在这里的另外一些房客一点都不相同。我记得他也是个艺术家，他的家乡在浩尔斯坦。他在那边的工作是房屋设计，还有装潢，天花板和墙的设计……由于他只抽香烟的爱好，所以每当你走进房间时，都能闻到一种特别的芳香，就如同走进了天主教堂一样。对了，你去过那里吗？它是很高的对吧？祭祀的台上摆放着那么多的烛火！没错，他们的诗唱得多好啊，他们的面孔一个个就像天使一般。原来我和明娜去的时候，她告诉我这些人唱的是拉丁文，我的先生在拉丁文方面是有造诣的。但是，往常我只去过这附近的教堂。那里的牧师都是些非常好的人。一天，他握着我的手问起了明娜，就是这个牧师给明娜施坚信礼的，却不知道为什么，明娜好像并不喜欢他，她喜欢幻想……也许她是对的，毕竟这个世界上不怀好意的人太多了。就是因为和坏人相处太难，所以我们才会信奉宗教，如果没有了它，我们又该怎么办呢？芬格先生！”

“我感到非常遗憾，因为我并不总去教堂，不过我觉得在这一方面上明娜和我也——”

“哦！上帝啊，你知道的，你们还年轻嘛，当我年轻时……差不多……我们也想着怎么玩得开心。说句实话，我们为什么要去那儿呢？又没干什么坏事！”

“不管怎么样，我还是希望有些收入，期盼自己能早点结婚。我的舅舅有一家工厂在英国，他已经和我说过很多次，希望我能去帮他。”

“哦!去英国？那是个不错的选择！我的一个姐姐在那里有几年了。每次听她说起那里的一些事情我就总觉得惶恐极了！那肯定是个很恐怖的地方，听说那座叫伦敦的城市总是被烟雾笼罩着，他们的家在高楼上，所有的人都要挤在厨房用餐。”

过了一会儿，我发现自己无法插嘴来引入一个有意义的话题，我就任由她尽情地说着，再也没有去打断她的话。刚开始的时候，她的发音还算清晰，可是到了激动的时候，她的发音中便带着浓厚的乡音，她把“维尔”说成了“摩尔”，“是”被说成“信德”，里面还夹杂着很多语气词和听不大懂的俗语。我这时想起了明娜和我开玩笑说德勒斯登方言时，跟她的妈妈就是一个模样，事实上连说话时的神情也几乎差不多。最后，我的表现让她非常满意，我获得了她的好评——在她的心中，我是一个很有耐心而虔诚的倾听者。

当我准备告辞的时候，她并没有任何挽留的意思，她一边说着客套话一边把我送到门口去。

真好！我的运气总算不太坏，我总算认识了一直以来未曾真正见过面，只听明娜说起过的未来丈母娘，即使这里面有些事情不大如意，但至少有些还是不错的。因为我经常想到这样的场景：我将来和一个美丽的女子结婚后，自己很高兴，但是岳母的想法总是让我感到惶惶不安，更可怕的是除了一个难缠的丈母娘外，还有一大群麻烦的三姑六婆和叔伯舅舅。现在想想，是我杞人忧天了，她家的情况显然不是这样的。尽管她不会带来丰厚的嫁妆，但至少不会带来累赘一样的亲戚。关于她的母亲，明娜有着很理智但不同寻常的惊人判断，她的母亲的确是个比较温和的人，她宁愿待在自己的小厨房内过着平凡而简朴的生活，在小酒吧打打瞌睡而已，从来没有任何要去英国的想法，或许她早就已经对这里的生活习以为常了吧！设想假如我有一个十分威严的“妈妈”，她像母亲一样来约束我，不断指责我的坏习惯，对于我的未来规划横加批评，所有的事情她都要过问，迫使着她的女儿和我对着干，一定要求我定期去做礼拜，那是多么的恐怖啊！感谢上帝，因为这个温和的女人，我的这些烦恼统统消失得无影无踪了。

假如我今天一定要写一点什么，我会写下：“令人大可安心的一件事——我有一位性情温和的岳母。”

2

两天后，早上五点，明娜乘坐汽船抵达。我肯定会在码头等她。当我们两个一起走在街上的时候，我感到她似乎有心事，不过我早就决定了，先让她回家，所以在路上我并没有问她什么。我以为最主要的原因是赫兹的情况恶化所致。

明娜用过餐后，她母亲给了我俩单独相处的时间，相形之下她越加显得沉默了很多。偶尔她用她那充满忧伤的眼神看着我的时候，我觉得自己几乎就要哭了。不久，她就开始呆呆地凝视着一处，好像只剩下一具躯壳在这里，这让我感到非常伤心。

“你是在担心赫兹病得越来越严重了吗？”我还是忍不住问她。

“嗯，我想是这样吧。你知道的，他就要离开这个世界了。病情如此严重，是由于他在布拉格找歌德手稿时造成的，他因爱好而将自己害死，尽管看起来是如此悲哀，但同样，这也是美之所在。”

“不过她的太太很值得同情！”

明娜边叹气边起身，不由自主地来到了窗前。

她一直站在那里，很长时间都是静静地呆望着下面的院子。夕阳的余光洒在她的面颊上，过于凝重的悲伤使她给人一种很苍老的感觉。她上衣的前褶总是不断地飘起又落下。她垂下去的双手紧紧地握着一个细小的四方帕子；左手偶尔抬起来，放在前额处遮住眉眼，好像在寻找着什么东西一样。可是很快她又忘了，要么用手拨开自己额前的刘海，要么轻敲着窗棂。

我慢慢走向她，从背后用手抱着她。

“是不是还有别的事让你感到烦心呢？宝贝。”

“我收到了他的来信，是我前阵子写的那封的回信。”

“怎么了？”

“他的回信让我感到很悲伤，这样的结果我从来没有想到过。我在他心中连一个朋友都算不上，他的回信就好像是要有意伤害我，我实在不明白。”

“信里都写了些什么，明娜？”

“你自己看吧。”

她转身向屋里走去，从屋子里的一个小包里将她所说的那封信拿给我。信纸很精致，前面的几句话非常客套，接下来便引用了席勒的一首诗，信中所写的这首诗我好像不曾读过：

“再一次，你温柔的情意驱使着我，
我曾是那么珍重、那么痴情地看待我的爱呀；
再一次，你温柔的情意驱使着我，
它在我的身边流连不返。

马蹄声声将那结实的桥梁撼动，
溪流潺潺，水声载着哀怨；
我再次放下欢欣，
我曾是那么狂爱你的温柔之心。

群星浩繁，慰我心忧——
永别了，我心中的爱意和轻柔！
从此，无论天涯海角，
伴随我的，都将是满心的哀愁！”

“简直就是在胡说！”读完这首诗，我气愤地吼道，并把信揉成了一个纸团。屋子外面的明娜听到里面的动静，连忙冲进来，从我手中抢过信纸，再次将它摊平。

“在你眼中那就是珍宝，对吧？”我非常气愤而酸涩地反问道。

“假若某天你离开了我，我们的关系成了这个样子，我也会像这样写信给你。”说完后，她小心翼翼地将信保存在一个夹子中，然后用眼神狠狠地瞪了我。

想起她一直以来都很怀旧，并且表现得那么忠诚，我所有的怒火便渐渐熄灭，不过这并不代表我没有反感。

“我承认我确实不对，希望你能够原谅——不过这封人神共愤的信来得真是无聊。”

“说实话，对于他的想法我并不清楚，但是，是他自己当时说我们做好朋友，也是他说要我将来能够找个诚实的丈夫，而如今不知道是什么原因他又这么怪罪我。”

“况且他用了这么笨的一种方法！比起用自己的语言亲自来表达自己心中的感情来，用席勒的诗去表达显得是多么的愚蠢和不合时宜。”

“没错，如果不是这样，我也不会觉得很奇怪。这样，我也许会更受伤，也许会让我回心转意，不过，这样只会让我愤怒。”

“或许是因为你伤害了他的男性自尊吧，你因为有其他的男人就把他忘记了，这让他感到受到了极大的伤害，但是他也只能无话可说，大部分人会找一些‘书信大全’，但是他从事艺术行业，所以便用了席勒的诗作为幌子。”

“但是，假若他依旧爱我，并且难以自拔、深感痛苦呢？”她很紧张地说。

“爱，爱分很多种，是什么原因使他最终选择放弃了你？”

“或许是为了他的梦想吧。在他眼中，艺术肯定比我重要。”

“绝对不会的，为他的梦想——艺术？哦，我想这根本不可能，这是多么愚蠢的借口。像他这样，真是令人感到非常可悲，他既然如此胆怯，连面对生活的勇气都欠缺，他又用什么去创作有价值的东西？他对待自己的感情都是如此，又怎么会认真去对待他的作品？”

“就算他曾经只是说说而已。但是他不能时时刻刻都陪伴我吧，如果真的有那么一天他必须一个人外出工作，而他不想因为这个而束缚我的自由，但是他却相信我会矢志不渝，所以他边工作边坚定地等待着。可是如今他为何又失望了呢？”

我非常恼火，不停地在房屋里走来走去。天啊，她的想象力可真是丰富，把亚克塞尔·斯提芬逊先生想成一个痴情的艺术家，正在丹麦为他们的未来奔波打拼，为的是将来给她一个舒适的环境，和她结为夫妻。若是别人可能真会相信这些可笑而荒唐的想象，但是对于一个已经对他有所了解的人，这真是一种莫大的讽刺，我差点没有控制住自己的情绪，大笑起来。可是当我看着这个单纯的女人时，她的纯洁与无心让她看起来更加的高尚和美丽，但同时也让我感到一种无奈，而今我唯有叹息。

明娜依旧在窗子那儿背窗而立，她靠着一张已经老旧的带着抽屉的桌子，上面摆设着一些褪色的相片和小物件，她的头一直低着，用双手支撑起自己的身体，眼睛盯着地面。

“我就是个扫把星，自己倒霉的同时总会将霉运带给大家。”她平静地说道，看不出任何表情。

“亲爱的，亲爱的！”我几乎都要崩溃了，我呼唤着她，走到她的面前，紧紧地抱着她，“宝贝，你绝对不可以说这样的话，这样做是错误的，你还有我在，我在这里，知道吗？”

她依旧还是低着头，用无声的沉默告诉了我她的答复。

“在他看来，我可能是个轻浮的人，可是我绝对不可以让他这样想，他一定得知道——”

“你还打算回信给他？”我没有让她把话讲完就直接打断了。

“没错，而且我一定会写，海拉德。”

“亲爱的，你何必要这么做呢？这样做的后果最终只会让所有的人都处于一种痛苦的状态，另外还能得到什么？从你这里把痛苦切断吧，不要再让这封信将痛苦延续下去了。”

“多了这一封也没有什么大碍，一封信不至于达到你说的那种后果，这是最后一封了，我保证。”

“就算是最后一封我也求你不要写，好吗？明娜，就算是为我，你不要再去理会这件事了，放开他吧！我不想要你解释，我也无法问你要这样的解释，不过你这样做真的让我很惊恐，宝贝。”

“我已经决定了，必须得写。”她说得很果断。我知道这回她真的决定好了。“他和我之间不能就这个样子分开。”

“我真希望从一开始你们便不曾相遇过。”我吼道，她突然很惊奇地看着我，从她的眼神中我看到了一抹非常陌生的感觉，像新生儿对大自然的一切都充满未知的好奇，她仿佛完全不懂我在说什么。然后，她又突然紧紧地抱住我：“没错，我愿对天起誓，我也真心希望我们从来不曾相遇，但是那时你到哪里去了？你为什么不在他出现之前出现在我的面前？这样，一切都不会发生……”

“一切都会好起来的，亲爱的。”我说着，吻她的前额。

我们坐在打开的窗前，谈起亲爱的莱森。明娜开玩笑说，在我前几天给她的信中，我把几个乡村的风景弄混了。我没有承认，要求看看信。

“哦，没必要这样，谁在写信时都有可能出错。”她说，而我觉得她好像有点慌乱。

“可是我要确认一下我是不是弄错了，让我看一下信。”

“既然这样，就当作是我自己当时看走了眼，我觉得并没有什么。”说着，她的脸开始因过于激动而涨红起来了。这时，我肯定她之所以将信藏起来一定是有目的的。

在我们整个对话过程中，因为她对他的信件这么珍惜，所以我的怒火一直存在，只是一直没有发泄出来罢了。到如今，我觉得气冲脑门，再也忍不住满腔的怒火。看着她如此小心翼翼地保存着他的信，我疯狂的忌妒心便开始乱想，对于我的信就如此粗心大意，以至于现在都不知道放在哪里，即使我心中知道再重要的信件也有可能丢失，特别是在旅途中。

“你是绝对不可能因为自己的懒惰而没将它保存好。再说你的纸夹就摆在那张桌子上面。”

“不可能的，绝对不会放在那里。”她大声反驳并且站起来了，“真是太较真了，我现在不得不去走廊那里取我的旅行袋。”

“你可以不用去了，因为我已经把它挂在门边，你可以去看看。”

她打开旅行袋，开始翻起来。

“我想是我把它放在行李箱内了。”她无所谓地耸耸肩，说道，“真是小题大做。”

“那我是不是还得感谢您？”我轻蔑地一笑，带着数不尽的讽刺。可是这些她都不会注意到，你若问我为什么，我会告诉你因为她在翻箱子时还笑得很开心呢！在我看来，她这种不自然的笑总让人感觉到很痛苦。

“亲爱的，你不要看我的行李箱了，我可不希望你看到我那乱糟糟的行李箱。”

“好的。”我几乎要切齿了，为了平息自己心中的怒火，我故意不看她。忽然她朝我走了过来。

她将信递过来给我。那封信已经被折成了另外一个模样。

我扬了扬手中的信纸嘲讽地笑道：“或许你是用它来包东西去了吧？”

她并没有回答我，只是用一种非常奇怪的微笑看着我，那种笑容在她脸上，把我气得快要发疯了，那种既爱又恨的感觉我想没有人能体会到。

“好吧，你没有错，这信看起来——你似乎没有像保存斯提芬逊先生的那样用心呢！”

她咬紧嘴唇，眼睛里闪烁着光芒，似乎是在抚慰和哄劝我一般。我不知道她怎么可以用这样的态度来对待这件事，要不是我不确定，我想我早就暴跳如雷了。

“我想你一直忘记了你要查看信这回事吧，海拉德。”她看到信还被我高高地举起便提醒道。

“哦，你说得很正确，没有任何错误。”我说得很淡然，我觉得没有必要去证明是否搞混这件事，于是我把那封信摔在了地上。

她很平静地弯下腰，把地上的信拾了起来。

她用一种责怪的眼神看了看我，这让我非常羞愧，但我却不愿低头，故意不望她，心中还是固执己见，觉得自己做得没有错。不过，她的眼神却一直跟随着我，她的笑越来越柔和，带着一点妩媚的诱惑，她轻轻地将自己的领口扣子解开来，将那封信放在她的胸口处，她这突然的动作让我本已燥热的心感到一阵清风吹过。我恨不得将她揉进我的身体里，我不停地吻着她，为这些日子以来自己的冲动和不理智找了如此多的理由，而她却用那感人的方式让我羞愧不已。她那诚恳的一再退让再加上这份甜蜜的爱的包容，让我感动得落泪，导致明娜还打趣地说我的眼泪把她那宝贵的信都给浸泡得模糊不清了。在我又哭又笑时，我看到了她的眼眶内早已是满满的泪水，我们相互将彼此脸上的泪水吻去。

我们还没有来得及分开，杰格曼太太便已经进来了。我们感到非常尴尬，连忙从各自的怀抱中挣出来，明娜以一种神速的动作在不经意间将自己的内衣遮盖住，以掩饰她现在的衣衫不整。杰格曼太太感到十分抱歉，于是假装咳嗽了两声便退出去了。她那拖拖拉拉的破烂鞋子发出的阵阵声响似乎在告诉我们："没有什么大不了的，亲爱的,每个人都年轻疯狂过,你们继续吧,只要不做出格的事就好！"

这时，我们感到非常愤怒，我们本就一直非常纯洁的关系在她的这种所谓的开放下显得如此卑微和备受屈辱，我想明娜跟我的想法也是差不多的，因为在她一边扣着领口时，一边用哭笑不得的语气说道——

"我妈每次都会在这不适宜的时候进来打断别人。"

"来吧，亲爱的，来弹一段吧！我似乎很久不曾听到这美妙的声音了，我等待得已经够久了。”我说。

她有点不想弹，但我非常坚持，甚至直接将她拉到钢琴前面，天色不是很好，但是这点亮度刚好够她看到乐谱。她从一本舒伯特歌谱里面选出了一首《音乐瞬间》的曲子弹奏起来，在弹奏的时候，还是含有感情的，只是从琴声中可以知道她有点紧张，似乎在害怕触到琴键一样。

“哦，天啊，真是太恐怖了！”敲完最后一个弦音，她大叫道，“我现在可以不弹了吗？你不要假装很喜欢。”

“或许会，但你真的不应该在我面前感到紧张不安，真是羞人。”

“是紧张吗？哦，我现在全身都在颤抖呢！”

“我想你是看不清吧，好，我去取一盏油灯来。”

“不要去，求求你，就当这是给我一个欣慰的借口吧。”

现在，她弹的曲子活泼明快，给人以幻想，又深入人心，让人自由自在，感觉很欢快，偶尔弹错两个调也是无伤大雅的。她弹得非常富有艺术性，所以我爱极了它。曲毕，我已经做好她央求停止弹奏的准备，在我准备劝说时，她已经拿了琴盖上的另一张曲谱。

“既然摆脱不了，还不如欢快地接受呢。”她并没有像开始那样的反抗，反而从她的声音里我感觉到她很欢悦似的。“有时候做人不要脸皮太薄。亲爱的，你还是找个灯给我照一下，我看看弹错了多少音符。”

我原以为她会弹《葬礼进行曲》，《月光奏鸣曲》的第一部分，或类似比较容易弹奏的简单曲调——这些都是一般客厅里常奏的曲目；但令我吃惊的是，她竟然弹奏了华丽的《华德斯坦奏鸣曲》，并且感情的表达也很到位。我想她叫我拿灯只是一个借口，她故意把我支开，目的是想在我回来的时候她就已经开始弹奏，她想着：就好像游泳一样，下了水，脚不碰池底，你就必须游起来。显然，她已经游起来了，就连水和翻涌的浪花都在帮着她，助她一臂之力。

我拿着灯走进去的时候，她正从一种狂热的八度音的旋律中走出来，开始另一段较温和的如赞美诗般的和弦，她脸上的表情让我眼前一亮，弹奏的贝多芬的曲目让我感受到异常的热情洋溢，导致我本来准备好用来鼓舞的话都用不上。我默默地把灯放在柜子上面，并把玻璃灯罩的缺口处正对着乐谱。由于灯罩并不是很干净，所以会让灯火更加模糊，这处缺口正好可以让她看清乐谱。我故意退得远远的，使我能够更加清晰地看清楚她的模样，尽管四周不是很亮，但还是可以看到她那美丽的下颌，还有梳得整整齐齐的头发，细长美丽的颈项，最主要的是我不想让她因我而有所分心。就这样，我沉浸在这美好的旋律中，听着自己最心爱的人弹奏世界上最为动人的贝多芬的曲子。

事实上，在这种环境下，就算弹奏中有一点小的瑕疵也是非常美丽的，普通的条件下是创造不了艺术所需要的氛围的，在这种平凡的基调中，人们最关心的便是这个弹奏者是否达到忘我的一种境界。显然她完全沉浸其中，有时候她会因为自己的一个小小的错误而感到懊恼不已，有时也会因不耐烦而发出叹息，但是，当她发现自己的手指跟不上心灵的弹奏时，她便叫出声来，让手指努力跟上节拍。就这样，她时而慢时而快，时而明亮时而低沉。

她如同疾风骤雨一样用快板弹奏出了一幅阳光下的山岭景色，又从快板降到慢板营造一种和平空寂的山谷幽影。在这里面，绿荫环绕在如镜的水边，那水镜还闪烁着一种寂寥的光辉，人们通过这些光辉寻找生命的精髓之所在。但是目光仍然渴求地望着那期盼的光辉，接着，琴声再一次如同翱翔在天际，回旋的曲调飘荡在神圣而自由的光辉中，那美妙的声音婉转悠扬，好像欢欣飞跃的云雀的灵魂，好像已经不在云间，而飘荡在星辰之间。

曲毕，她躺坐在椅子上，我静静地走过去将她抱紧，吻了吻她的前额。“宝贝，谢谢了！”我在他耳边轻轻地说着。

“这有什么好谢的！”她很吃惊地回答我，似乎我在说笑一样。

“当然要谢谢啦，我对你的琴技感到非常惊奇，尽管我知道你在艺术方面有一定造诣，可是我从来没有想过你能弹奏得这么传神。”

我从她的眼里看到了一种由衷的喜悦，不一会她就马上低下头去，双唇扭成一个既高兴而又有点嘲讽的微笑，假装生气道：

“哪像你说的那么好啊，我只是个乱弹琴的人！”

“傻瓜，干吗要如此贬低自己呢？你弹得尽管是有点瑕疵，但是却不能否认你弹得确实很不错。”

“是吗？可是我真的快要疯了，有时候听的时候觉得它是那么美妙，但自己却总是达不到那种效果。特别是我想只要当初我自己更加努力，现在肯定可以弹得更好的。”

“嗯，很不错，现在还不晚，成功在等着你呢！”

“或许吧，但是我却总是被同一块绊脚石绊倒。我无法承受那种精神紧张感，它已经伴随我很久了，有时候它会折磨我一整夜。有时候我恨自己的柔弱，你是不能体会到那种感觉的，我一摸钢琴就像是进入了一个没有光线的屋子，曲子弹得越美妙，我就越被周边的黑暗笼罩着，有时候我就这样走不出来，更多的是感到害怕，所以我不敢继续弹奏下去。”

“宝贝，这些都会好起来的，我会努力让你变得坚强起来，你只要想想你的弹奏可以带给我快乐，这样你就不会不开心了。我是一个很知足的听众，就算你以后都弹得不是很完美我也会喜欢，你一样可以专心于音乐。”

我这些话的安慰作用并不大。她一副若有所思的样子。

“有时候，我明明感觉到它在我的脑子里已经成形了，在那儿紧抽着，重击着。”她像是突然了解了什么原因一般，“我想如果某天我打算把这唯一的小理智赶走，我就能用钢琴驱赶它。”

“这到底是什么样的想法呢？”

“它就是一种自杀的方法，是弗郎兹·摩尔式的自杀方式，是‘通过心灵来毁灭身体’。”

“明娜，你不要开这种一点都不好笑的玩笑可以吗？”

“我想，至少这个玩笑很真实，如果付诸行动的话。说实话，我不知道生活到底需要些什么东西，‘要玩这个把戏的话，就得发明它’。”她用当地的一个流行演员的话来讽刺着自己， 还带着滑稽的表情模仿他，“你在皇家剧院见过他吗？他多么做作啊！哈哈……”她摆出了弗郎兹·摩尔在第二幕开场时的姿势，将一个流氓的嘴脸模仿得如此好笑，这让我控制不住地大笑起来。因为受到我这样的鼓舞，她接着模仿那演员为了这个沉思的对白而发明的虚拟场景：她发出两种声音，一种是假高音，一种是低沉的腹音。她先用前者提问，再用后者回答。“我应该表露一种什么样的感情呢？是愤怒吗？——这匹饿狼太容易知足了。是关爱吗？——这条虫子撕咬得太慢。是悲伤吗？——这条毒蛇过于懒惰了。抑或是恐惧？——‘希望’会摧毁它的力量。还是什么啊？人类的刽子手只有这些吗？只有这些死亡的方法吗？哦！不！哈哈！还有‘音乐’啊！有什么是音乐办不到的呢？它甚至能够让顽石点头，难道它杀不死一个明娜吗？”

然后她就快乐地笑着拥抱我。

“你知道的，我一直很好动，亲爱的，你为了我的艺术，如此鼓励我，你真的很贴心，虽然刚才我在那里一顿乱说，但是我还是很珍惜你对我说的每一句表扬和鼓励。我那样子乱说是因为它给我带来了痛苦，如果可以作为一个音乐家，用自己那些感动的作品让别人去爱去赞扬，是多么美妙的一件事啊。不过，我承诺会做一个好妻子，所以请你不要把我刚才的话放在心上，只要与你厮守在一起，我就不会想着用这些甜蜜的毒药伤害自己，不过，假如有一天你对另外的一个人比对我——”

我直接用唇封住了她后面将要说的话，这实在不符合逻辑，但是在那种情况下，我想这样是最奏效的。

杰格曼太太在这时端着晚饭进来了，手里端着茶和白面包，以及用来涂面包的蜂蜜与新鲜奶油。用过餐不久，她便在一张三角形的扶手椅上坐着，这椅子原是沙发的一个组成部分，现在沙发的其他部分已经散落在房间各处。没过几分钟，老人就已经睡着了。

明娜也像因为旅途劳顿而显得疲惫不堪，衣柜上那怪模怪样的雪花石高柱座钟，嘀嘀嗒嗒老半天之后，终于下定决心敲击四下，还同时引起钢琴的共鸣，这时我们才注意到，已经是晚上十点了，我坚持要求她快去上床休息。

明娜并没有惊动杰格曼太太，她只是一个人端着灯将我送出门去，她俯身在楼梯上，灯光洒在她那张笑脸上，好看极了；而我则走在陡峭的螺旋梯上，眼睛一直未曾移动半分，总是盯着她，用她的话说，“眼睛贴在背上”，让她为我捏一把汗。

从楼上下来，我恋恋不舍地站在原地不走，送飞吻给她，她开始责备我，可是却没有用。于是，她开始扮鬼脸，扮成威廉·布什式[①]的讽刺画中的人物。——终于，我大笑着离开了。

3

次日，明娜把她要回给斯提芬逊的那封信抄了一份给我过目。

我和她坐在亭子里看信，因为她是一个“不该是那个样子”的姨妈来了，明娜尽可能不让她与我们在一起。

这封信将我内心的烦闷全部抹平，它恰到好处地将误会解除。信中的内容和我之前揣测的大不一样，既无苦涩亦无任何感伤，相反，其中都是尊严和平静，这让我很欣慰。

我们在莱森的时候，我就很想和明娜两个人一起漫步在明娜那美丽而浪漫的故乡，于是现在我按捺不住地邀请她前往。

我们走过了几条相对来说比较普通的街道，在我看来，这些街道没有什么不同，道路两边插满了旗帜，石板铺就的走道，没有水沟，也没有通往地下室的梯子，相对来说给人一种比较干净的印象，比丹麦人心中这个时节的景象要干净得多。房子都是两层，大同小异，只有灰色或黄色的细微差别；但还是不时地看到屋顶大面积凹陷的低矮建筑群，那凹陷的屋顶透过许多真正的萨克森式的花格窗子向下窥望着街道；窗子像半眯起的眼睛，紧挨着连在一起，铺着

①威廉·布什（1832—1908），德国幽默作家与艺术家。

瓦片的屋顶好像一道道长长的波浪。那些低矮的建筑是老式的农舍，不难看出，这里不久前应该是城郊。

每一个地方都弥漫着轻松自由的气息：楼下一个窗子打开着，一位年青的妇人在给孩子喂奶；对面的楼上阳光灿烂，一个在家还穿着衬衣的男人在那里一边抽旱烟，一边看着邻居屋顶方向的天空；屋顶的边缘有只小白猫在散步，它每一步都走得那么小心翼翼；有一个穿着考究，像学生模样的人端着从街角小酒店里买来的冒泡的啤酒从我们身边走过……

在房屋的前面，孩子们在嬉戏着，看见明娜走过，也会轻轻地问候一声。其中有一个三四岁的小女孩比较顽皮,她鬈发,有两个小酒窝，朝着明娜飞奔而来。她那光着的腿像弯曲的剑一样，一直在我们旁边逗弄着我们，直到明娜把她围在另一条巷子里抓住她才完全消停下来。

年龄稍大的孩子们的观察和问候就显得不那么友善了：一个脏兮兮、没戴帽子的高个子小女孩儿穿着脏拖鞋和旧袜子一直追着明娜问："他到底是谁啊？"一个小鞋匠站在路中央，他用口哨吹奏着歌剧《仲夏夜之梦》里的演员进行曲（这很让我吃惊）。不过他肯定觉得我有什么地方酷似犹太人：突然间他不吹口哨了，而是冲着我大喊"Itzig"（德语：犹太人，口语，有贬义）……而很多时候，市井的喧闹声全都被一旁经过的大篷车的声音掩盖了：帆布材质的篷顶像琵琶桶一样左右摇摆，高度基本和二楼的窗口持平；几匹屁股肥胖、脖子很粗的马昏昏欲睡，步履缓慢地前行着；缰绳上和马鬃上的黄铜铃铛等装饰品随着那匹马摇晃的步子一起摇晃，一路闪闪发光；链子"当啷当啷"地响，轮子发出嘎吱嘎吱的声音；因为负重太多，路上的石子都发出咯吱咯吱的声响，这噪音简直令人想塞起耳朵……对于我来说，这一切早已经习以为常，不过，有明娜陪在我的身边，这一切都又被赋予了不同于日常生活的亲切意义。因为这一切来自她童年的成长环境，构建了她最初的世界观。

原本安静的小县城被铸币街切断了：这里是这座城市的商业中心，所以看起来也比较繁华和热闹，车辆穿梭而过，琳琅满目的货物比比皆是，行人也衣着华丽。我和她一起步入了另外一条街道，这条新街道非常冷清，在这里除了偶尔走过的马车和行人外就没有什么了，几乎是空寂的。阳台上成排的花在灰色的墙壁衬托下显得更加艳丽，街上几乎看不到有商店，每隔几扇门，上面就写着“养老公寓”或“旅馆”，但这些并不合我们的口味。假如不是因为这长方形的街区怎么走距离都差不多，那我们要去别墅区，找到那个被我们称为“猎房子”的地方，我们本来应该选择一条最短的捷径。

没多久，我们就来到了细石子路的枫林小道。在枫叶的阴影下，踏着碎石，街道两边是由各种乔木与灌木组成的栏杆、树篱，在那些矮墙的远处有黑色的刺槐、闪着银光的白杨、透明的桦树梢，还有美丽的法国梧桐、酸橙叶和山毛榉的叶子编织成一个巨大穹顶，还有各种稀有的灌木和树木。雕像的白色肢体不时在花丛与树影间若隐若现。在茂盛的枝叶之间，泉水在喷溅着。一栋栋别墅连在一起，乡村住宅和豪宅交相辉映，在那些灰黄色沙岩的表面，晶亮的沙粒闪闪发光。巨大的玻璃窗是打开着的，露出乳白色的窗帘，在风中温柔地摆动，而那房间的幽暗处，枝形灯架的棱镜玻璃闪烁着光彩，金色的边框发出幽光。

很多人在那由多利克式柱子、庞贝式彩绘墙和卡塞特式的天花板搭建的凉廊中喝着咖啡。繁盛的开花植物簇拥着两个“之”字形的楼梯，一位身材苗条的女士手挽骑装，一位身穿青铜色天鹅绒服装的卫士在她的一旁护送。上面搭建着篷子的车道在别墅的一边组成一条模仿戴斯蒂别墅的美丽过道，车道上有一辆四轮马车停靠着，两匹栗色马不耐烦地跳跃着，还不停地用前蹄刨着地上的红色砾石。

这种带着篷子的车倒使我们特别高兴，而我们早就不满足于铁和玻璃的建筑。我们决定在这些奢侈的计划实现的时候，要有一辆自己的马车。之前那两匹栗色的马非常讨我们喜欢，但我们同时非常欣赏一对黑马。当然，我们对别墅的风格会有许多的想法，但是我们的共同爱好是：我们都很喜欢文艺复兴风格不是很浓的建筑。我们在附近公园的转角处看到了一栋理想中的别墅。那是一栋规模庞大，甚至可以说是宏伟的建筑，它有着简约的贵族气息，完全没有那种暴发户式的蛮横跋扈，设计的比例也庄严高贵，看上去好像是桑波[①]或是他最得意的门生设计出来的。

“没错，这就是我们的那栋别墅。”她立刻尖叫道，为这所谓的别墅兴奋不已，而我却在深思熟虑。我想世界上没有什么不可能，尽管我现在并不富有，我所沉迷的艺术又是不能赚钱的行业，但是，我还有些富裕的亲戚呢，保不准我能够继承到些什么。最重要的是，退休后为什么就不能在这里安享富裕的晚年呢？至少我还年轻。年轻人的勇气好像能给予人无限的勇气，因为我知道自己拥有了年轻人所能拥有的一切，所以我所有的梦想和精力便转向成年人的层次：积极工作的辉煌成就。可是当我看到明娜那种怀疑的眼神时，我彻底受伤了，那是对我能力的一种极度的不相信。

“不过，亲爱的，我感觉自己并不属于这里。住在这里，你会

①桑波（1803—1879），德国建筑家。

为很多烦人的事纠结呢，你还得管那些仆人的起居，真是一件很烦琐的事。等拥有很多钱以后，也会让我总是考虑如何去有效地利用起来，最重要的是，住在这里，总是有不同的人群来这里拜访，要不断地宴请他们。我确定这些都不合适我，我想与其掌管这么一个地方，还不如去经营自己的温暖小家。想通了这一点，所以，我一点也不羡慕富裕的人，反而是那些不怎么富裕，但是过着自己的日子的人，才让人羡慕。一旦我有了这些自私的想法，会想象这一切都是为我而存在的，就是为了和你在一起散步时可以观赏那么多美好的东西，能够让我们有胡言乱语的借口。”

我们继续沿着动物园漫步，走进了“大花园”中，选择了一条人迹罕至的小路，小路在那高耸的松树与粗大的橡树之间蜿蜒向前。最后，我们在一座小山丘下坐了下来，在那里朝北能够看到赫丘利斯街的美丽风光，大片的酸橙连绵分布在田野里，一行行树荫洒落。向左看去，易北河对岸高岗林立，河岸边和山谷中树木丛生，从高处俯瞰村庄，房屋错落有致地分布着，别墅与村舍连在一起，好像形成了一幅连绵不绝的花园与房屋的连接图。陡坡被台地与葡萄园的墙切成一段一段的，那些高顶农舍周边环绕着星星点点的意大利白杨。在高地上，零星地分布着葡萄园工人的小屋，就像是一座座小小的守望塔。这些景观不断地出现，不断地延绵着，伸向远方，越来越密集，越来越模糊，最终在那山坡与平地慢慢接近之处，融成一片迷离的色调。之后，这些景象在一团蓝色的氤氲中越伸越远。在远方，依稀可见模糊的山的轮廓，看上去好像是迷迷糊糊飘荡在天地之间的悬浮物，不像是从地上升起的。地面上的影子越来越长，山的轮廓越来越清晰，我们可以通过这些模糊的轮廓隐约分辨出那熟悉的山形。右方的洛希维兹岸边，玻璃窗好像是舞台灯一样忽闪着，像是华灯初上，我们能够分辨出在百合岩下边更为明亮的采石场。就在这小小的，好像能够画在自己小拇指上的山景里，我们竟然能够用针尖指出哪些是我们留下快乐的地方。我们静静地双手相握，朝下凝视着，眼里满是泪水。对我们来说，那些美好的田园生活就像一棵在那里生长的美丽的花，它无法被移植，我们只能将它遗落在那个地方，也只有在那里，我们才能重新找到它，一股无可抑制的乡愁瞬间席卷我们，让我们融为一体。

4

第二天下午，我要出门的时候，明娜抱着我的胳膊，迅速将我转过身来。

“你知道我们今天要去哪里吗？我们要到外城去！去看你以前告诉我的那些建筑，尤其是关于洛可可风格的建筑。现在，我们就要一起去那些现实中的‘伟大图书’里面一探究竟。”

以后的很多天，我们经常在午后到外城去参观，去看那些史诗般的建筑——那里是楼阁与画廊的宫殿，是一部刻入石中的史诗：那是一个热爱生活、贪图享乐的时代；那时候，人们拒绝诗歌，只需要实实在在的物质秩序；那个时代，人们可以迁徙、享乐，可以喝酒、跳舞、击剑、骑马、相爱，在露天的泉池中沐浴。这是一个奢华而奇异的杰作，但是，不久，这个帝国就变得毫无生机了：让他那些没有创造性的后人，以伪古典的标准去蔑视它。不过，现在，这些艺术都已经重新焕发出了光彩。外城，就像是由萨克森的精灵建造的，由爱上了艺术的牧羊神引导……

其他的日子，我们就去拜访从莱森来的“易北河母亲”，我们去了“她”镇上的“住宅”，她住在被三座桥梁的柱子分为两边的欢宴厅堂之间，那是非常豪华的住宅。在著名的“水沼台地”我们深深地被夕阳的美丽所吸引，落日的余光铺洒在波光粼粼的河水里，非常美丽，一直延伸至远方，在蓝色的葡萄藤山前变幻成一道金色的弓才逝去。有时，我们偶尔在码头上散步，码头上有长排的小卷白杨，就像是从儿童的玩具盒中取出的一样。

我不会忘记那个阴天，本来没有太阳，但是它却又乍然从云层中突现，将窗子的倒影反射在易北河中，我们看到了很神奇的一幕，就像“易北河母亲”的宴会厅全部开放时那样金碧辉煌，看到弯曲的柱廊，上面刻着纯金的浮雕。

我们还一起乘游艇去往洛希维兹，那是《唐·卡洛斯》的故乡——一座充满了田园诗意的小城镇；或者一起去游览邻近的布莱斯维兹时席勒花园——《华伦斯坦营》的葛斯提尔也曾经住过这里。

在回家的途中，经过镇上时，我们都要顺路带一些晚上吃的东西回家，当明娜去香肠店的大理石柜台前配置晚餐食物的时候，我一般站在外面等她……这场景是如此温馨。

一天傍晚，我们散步很久才回到家，杰格曼太太不在家，明娜又忘记了带钥匙，我们感到非常饥饿，看到手中还冒着热气的香肠，我已经有点迫不及待了，我们毫不犹豫地决定了：明娜跑向一边街角的面包店，我则向另一边街角的啤酒店跑去。我们分别带回了一条长面包和一大杯啤酒，两人脸上洋溢着满足的成就感，然后就在黑暗的凉亭里边吃边打闹，享受着我这一生中最好的晚餐。

我和明娜从来不去看画展，因为不想勾起她痛苦的回忆。明娜不说，我也不愿意提议。不过我们还是经常去看石膏模型展览，这些展品很好地沿袭了各个阶段的古代艺术特色。

明娜与生俱来的独特审美观和对作品的独到评论让我大惊失色。她对“Aginets”式的呆板微笑很感兴趣，他们不管是在杀人还是被杀时都面带微笑，但在处理人体和动作方面，这组雕像的艺术技艺令她感叹很先进了。自出生以来，她第一次发觉，不同的艺术领域，发展总是不同步的，即使有些艺术在这个领域已经是完美的，但是在另外一些领域，可能还像孩子一样在磕磕绊绊地进行探索。于是她好奇地问我，我们所认为的那些完美的艺术是不是也是这样的，是不是处于初级阶段，只是还表现得不是那么明显?

我们一起游览帕特农神庙的时候，她对山形墙上的人体雕塑十分感兴趣；不过，她最感兴趣的还是后期古典艺术中的作品：《高卢人》《磨坊工人》《米罗的维纳斯》……其他的雕塑，例如爱神雕塑，她总是面无表情地掠过；她总是能发现一些我没有发现的细节之美：那些雕塑的手和脚表现得如同有生命一般的真实生动。她总是说，现在的雕塑，总是太注重造型的“漂亮”而忽略了其他。

有时，她也会因为这些雕塑而对个人体貌产生幻想，她不断地感叹着：“嗯，我要是能有那样又高又直的希腊鼻梁该多好啊，你肯定会更爱我的！嗯,你一定会无法自拔的！”

不过当她看完一些女神的雕像后又会评论道：“原来她们的胳膊也不细啊！”

“我很好奇,她们为什么要是细胳膊的呢？”

“我就是觉得比粗胳膊好看。”她转过脸去，脸却早已经绯红。

在这些欣赏到的艺术中，让我们最感兴趣的只有瓦格纳的《瓦尔克莉艾》：那两个沃尔松人高贵而忧伤的爱情故事是如此美好，由优美的音乐而得到升华，那个热情的调子有着永恒的清澈和深沉。它从来没有那样透彻地深入我们的灵魂，用一种无尽的同情将它捆绑着——我们的爱情将在他们这神圣的韵律的溪流中，如同水仙一样映照其身，且爱着其自身。

所以在一开始，我们尽管会偶尔地小声说一些赞许的话，但两人最终会慢慢归于平静。

明娜握着我的手，说了这些话：

“在布满白霜的寒冷的日子里，
我第一次邂逅了我的爱人。”

此时，明娜深情地望着我，我们十指交握。

其后，席格琳德清晰地，以便让每个字都声声入耳地响荡在剧院，以只有瓦格纳才能赋予的哀婉，唱出如下的乐句：

“你展露宽阔的额角，
这么白皙宽阔，
我寻觅你的鬓角，
纹理如此的错乱，
我是如此的激动，
在迷惑中安息。”

她看了看我，我知道，这一眼将会是在我离开人世时感到最为动心的一眼。当幕布不是“落下”而且拉拢的时候……哦！我看到她居然还站在包厢里拼命鼓掌，她的泪水闪闪发光，脸颊上还有泪痕，这时的她是我见过的她最为动人的时刻，比我以前及今后任何时候所看到的任何事物都更具心灵美。

我们走进辉煌的大厅，昏暗的光线下，大理石墙和柱子闪着淡淡的光芒，到处挤满了衣着华丽的人。明娜尽管穿着并不显眼，但还是吸引了不少人的目光，她深深地沉浸其中，丝毫不为所动，一点也没有注意四周人的目光。

我们走出厅堂，仲夏的清新空气让心情的忧伤平淡下来，美丽的广场被四周高大的建筑环绕着，它安静而空旷地躺在我们身边。易北河上人来人往，长满了草木的高地沐浴在阳光下，就好像在眼前一样，此情此景使我沉浸在一种幸福美满的感觉之中。

“你在叹息！”她懒懒地依偎在我身上。

“因为我太开心了，完全出乎意料。”我告诉她，“你知道吗？我向你求婚可能很冒昧。”

她满脸疑问地看着我。

我连忙补充道：“因为当时我还不够了解你，按道理我应该等待的，一直到像我现在这样足够了解你才可以。我每天都能从你身上探索到一些珍贵的东西，自从有了你，我觉得自己拥有的越来越多。”

明娜没有多说一句话，只是紧紧抱着我的胳膊，贴在她的胸前。

5

如今，赫兹夫妇已经回来了。我们轮流去看望他们，然后，他们要按照莱森人的风俗，希望我们能陪他们一起喝午后咖啡。赫兹先生由于咳嗽与胸痛的折磨，晚上不能起床，必须静养，所以到了中午的时候，他才能起床活动一下。但是中午起来可不是因为他不难受了，只是因为他不肯向病魔屈服，医生的建议是希望他整日都躺在床上休养，而他好像并不太乐意这样。

赫兹太太看到这种状况，忧心忡忡，她希望我们最好过一两个星期再来，但是老头子却反对："这么做有什么好的呢？是由于我的原因吗？如果是这样子，那这与把我隔离有什么区别？如果我不舒服、感到疲惫的时候，我自然会告诉他们我需要休息了，也会打发他们先回去。这阵子，我晚上很容易感到疲倦，想睡觉。"他这样对我们说。

那天，在我们听过《瓦尔克莉艾》之后，已经是下午四点钟，我们去了旧城中心。那里的风景很好，在那块地方，你仍然可以看到古代风格的豪华建筑，巴洛克和洛可可风格的建筑群在这里都得到了很好保存：洛可可风格的房屋屋顶显得很不规则，房屋的装饰以田螺状为主；巴洛克风格的房屋半露出来的正面柱子上大多以圆形雕饰来修饰，圆浮雕中心可以看到戴头盔和假发的战神马尔斯或雅典娜。在这两种不同的建筑中间掺杂着一些比较普通、平凡的屋子，没有特别的风格，但是一眼看过去，就知道是属于德国风格的建筑：那凸起的窗户看着特别显眼，沿街整齐排列，秩序分明。街角的一些建筑相互衔接形成了一个优美的六角体形状，最后慢慢地收缩成一个点，像一个优美的倒立圆锥，又好像菠萝皮一样井然有序地分布，最后在下方以一个大节结尾。这里的房屋大多以灰泥粉刷的花环装饰，或有石头雕成的窗檐垂下，有时还会看到雕刻着矮胖天使的横梁，上面被漆了厚厚的颜料，以至于你第一次看到的时候还以为自己看到了自然枯萎的白菜、缩水的苹果和干枯的大树枝。

这对老夫妇就住在一个十字街角的小房屋里。在这交通繁忙的街道中，马车和货车整日穿梭。很明显，这位老商人很喜欢这块交通热闹的地方，他宁愿待在这里也不愿去选择一块空气清新但略显萧条的地方。

赫兹最喜欢去的一个地方就是他的书房，他宁愿待在那里，也不愿待在自己的卧室，他经常叫赫兹太太来这里织毛线。这间房子的大小一般，家里的家居用品都是桃木制造的，房屋里没有舒适的椅子，只有一把刚从卧室里搬出来的扶手椅。

在书房里，有一张普通的、有八只细腿的写字台摆放在墙边，与之放在同一排的还有一张烟桌和一个立起来的书柜；在这书柜的对面还有一张书桌，那张书桌与康德画像里的书桌一模一样（不过那张古老的彩色画已经又挂回书桌上的老地方了）。书桌的两边各摆放着一些名贵的画，画中的人栩栩如生，描绘的是如真人一般大小的年轻时候的贝多芬和彼得大帝。而挂在书桌上方的那些金属版影印绘画却没有什么特色，除了一些稀疏的金属光点之外，什么影像都看不出来。

他书橱的玻璃门后面，并没有什么特别醒目的封面，那里要么是皮面的，要么就是几张又破又脏的旧书面。值得一提的是，这些封面里的作品都是原版。中间的一层有许多歌德以及席勒的作品，从《祖特修订版》——这本书中《强盗》中的插图画的是直立的狮子，还有题词“在暴君统治下”，到《威廉泰尔》——其中的一些还有席勒的亲笔献词和签名。于是我们将书橱打开，从里面拿出几本书来，目的很简单，不是为了好奇，因为这个书架并不是第一次向我们开放——而是因为这样做会让老人高兴。

明娜还得到许可，可以打开一个上锁的抽屉，从里面拿出了一件珍贵的纪念品，是席勒送给康德的一个很大的圆鼻烟盒，盒盖上有葛拉夫为席勒所作的小画像。仔细看去，这幅画像与我有几分神似——尤其是鼻子和长长的脖子，这个发现让明娜高兴得就要跳起来，不断地亲吻着盒盖上的画像。

外面天色大变，开始下雨了，屋内也开始变得阴暗起来。房间里铜锅周围的酒精蓝焰发出的幽暗的灯光直射在他那花白的胡须上。当他讲话的时候，灯光又照在他濡湿的嘴唇上。他说话非常缓慢，甚至有点结结巴巴，言语总是断断续续的，可能是因为咳嗽的原因吧。他给我们说起在里加的故事，老人曾经在那里做了三年学徒。在证券交易所内有一个特别的规矩：破产的人必须坐在一张特定的忏悔凳上，然后敲响丧钟，作为精神性的惩罚。

“这个规矩听起来很好笑，而且非常的蛮横和荒唐，”他说，“但是不可否认，它有好的价值在里边。我至今仍清晰地记得西斯·梅耶不得不停止发放员工工资的那天。他是两个最有钱的犹太商业机构的首脑之一，由于跟沃尔夫竞争而毁了自己——他们两个一向是对头。交易所闹声喧天，有很多是恶意的，但所有的犹太人心情都极为沉重。‘沃尔夫会来吗？’到处有人问，但大部分人认为他不会来亲自见他的敌人受这种屈辱。十二点的钟声敲响了，到了仪式快要举行的时候了，主席正要敲钟，沃尔夫的四轮马车恰在此时赶到，他冲进大厅，上气不接下气地喊道：‘不要敲钟，梅耶不要坐上破产椅。’终于在最后一刻，他必定是在经过激烈的挣扎后，决心支持他的敌人，给他必要的款项，以阻止犹太会众受到屈辱。最后两个老人相拥而泣。”

我们吃惊地注视着这位老人，此刻，他看上去显得更加令人可敬可佩——因为他那种如此久远的带着家族式特征的回忆。

在里加，有一位老人徒步朝圣时从圣地耶路撒冷用手帕带回了一把泥土，此时在赫兹老人的房间里我们仍能看见一个装有尘土和细砾的瓶子，他们的虔诚让我肃然起敬。

我们的谈话从犹太人的故事，慢慢转向犹太人对自由主义文学所做的贡献，而席勒则成为话题的中心。

清理完咖啡桌之后，赫兹将一些关于席勒的材料都拿了出来。在这些材料里面包括了很多席勒收发的信，还有一些校对稿件和几张手稿，我从中间拿出一份已经校对了的稿件，由于房间里的光线比较暗，所以我走到窗边以便看清那被涂抹的地方。

我不经意间瞥了一眼街角处，下面走的那个高瘦而穿着非常时髦的、同样有着金色卷曲胡须的男人不就是亚克塞尔·斯提芬逊吗？哦，肯定不是的，因为仔细瞧过去的时候，此人年龄肯定比他大，再说它要比那个丹麦画家高一些，在他向认识的人脱帽致意时，我看到了秃顶。这时，我那颗紧张的心脏才慢慢平静下来。

正在这时，赫兹已经拿起其中的一张原稿开始用沙哑病弱的声音朗诵起来——

"再一次，你温柔的情意驱使着我，
我曾是那么珍重那么痴情地看待我的爱呀。"

明娜在这个时候瞥了我一眼，与我交换了一个眼神。这时，她的脸色并不好，尤其在这电闪雷鸣中更显得苍白——那光线似乎透过又脏又黄的雨渗透进来。

"这是一首美丽的诗，你们是否知道呢？"赫兹问道。

"当然，我们知道。"

"天啊，你们这对年轻人竟然一同念席勒的诗，年轻的心啊！"赫兹惊呼道，"太美好了。"

不久，我们就离开了。

我们去了另外一个美好的地方——"大花园"。

雨已经停了，我们趁着雨后在园中散步，突然，明娜像是想起什么，惊叫道——

"多么令人吃惊啊，那首诗的原稿竟然放在他那里，真是匪夷所思！"

"没错，这确实是个惊人的巧合！"

"这绝对不是巧合，你信吗？绝对不是。"

我们漫步在城区与"大花园"之间的田野中，走在两旁长着可爱的法国梧桐的小道上时，我突然想起我们定制的戒指的交货日期是今天下午。

于是我们一致同意马上往回走，虽然不得不原路返回刚刚离开的城区。首饰店不是那种大型的金店，而是明娜熟悉的一家在三楼或四楼的小店，戒指已经打好了，交货的是一位老太太，她给我们送上了最美好的祝福与问候，并叫我们转达给明娜的“妈妈”一些祝福。

由听到那首诗带给我们的种种抑郁和不快，在收到戒指的时候就烟消云散了。此时的天也变得阳光明媚，于是我们决定去附近的台地好好享受这难得的美好时光。

傍晚的台地上人很多，在最美的仲夏夜，我们在这里听到了绝美的乐曲从河对岸的温纳花园传来，是《瓦尔克莉艾》的终曲，我们静静地驻足聆听，距离掩盖了演奏上的不足，我们听到《舍弃》这一乐段，吴坦之吻带走了布琳喜德的神力，使她长眠不醒，忧伤的音乐在我们心中久久回绕。

“这段音乐在我决心到莱森度假的那天傍晚听到过呢。”我告诉明娜。

“没错，那一晚我永生不忘。”她饱含深情地望着我，“虽然那个时候我什么也不懂，一个陌生人竟然能够改变另一个人的命运，是多么奇妙的事情啊，所以我想这肯定不是巧合这么简单吧！”

“对我们来说，那个可爱的地方就是福地，”我感叹道，“现在我要告诉你，我那晚就坐在那里呢。”我指给她看，“你看，就是在托尼亚蒙小咖啡屋外的柱子之间。看到了吗？就是那位绅士，不是那老的，而是那位刚刚站起来给侍者付钱的绅士——”

我突然感到胳膊被人猛地往后一拽。

当我回头看去时，明娜站在那里一动不动，目瞪口呆地凝视着那个方向——可是，天啊，她是何等的表情啊！她不仅是脸色苍白可怕，而且眼睛瞪得很大——当朝臣请班克的灵魂就座时，麦克白看到他的表情就是如此。

我随着她的视线看去。

那绅士已经付完了账，朝我们这边看过来，马上举起了他的高顶丝绒帽。

卷　四

1

看到他那标志性的绅士礼，我知道他就是亚克塞尔·斯提芬逊。

他一边脱下手套一边朝我们走来。明娜也开始解下自己的手套扣子，但是很紧，她正忙着弄手套，他已经走了过来。

“原来是明娜小姐，我们早就认识了呢，就随便一点吧——”

明娜的脸颊上带着些许微笑，却还是瞪着那紧紧贴着手指的手套，这抹微笑，似乎在宣告她的右手已经得到了释放，这还得感谢这只紧绷绷的手套。她以一种爱抚的眼神看着手上那枚我送她的戒指，我能感觉得到，她正沉醉在爱情的幸福中。可是，斯提芬逊想要扰乱这些。明娜和他握手时，扫了他一眼，弧度也刚好能将戒指的闪亮一览无遗，我想，这是一个很好的身份介绍。

“我的未婚夫，海拉德·芬格。”

出于礼仪上的需要，我们很礼貌地握手问候，可是在此时此刻我发现他比我更加自持，因此，我隐藏起来的那种因为他突然出现带来的愤怒被激发了出来。

“你来这——”她正要犯傻时忽然意识到什么，很聪明地改口道，“来得很突然呢。”她一下就恢复了从容镇静，这一次，她才注意到他。“信上你并没有告诉我你会来这里啊！”

在丹麦有个这样的习俗，较为亲密的人一般是直呼姓名的，但是在德国，这是非常少见的，所以，明娜似乎还并不知道，斯提芬逊在我和明娜已经订婚之后，想仍旧用这样的称谓来表现自己与她的亲密关系，而且在用这个特权昭示着我和他是处于同一个地位的。

明娜转过头去，缓缓地往台阶上走去，我们各自站在她的两边。不可否认的是，提及那封信件的时候，我隔得这么远都可以感觉到斯提芬逊的怒火。我知道，我对他也怀着些许不敬之意，就像在叫嚣着“先生，这一点儿也不假，我了解你那凄美的席勒式的感伤”，所以，他更加愤怒起来。

“你说得很对，”他回答道，“我也是事后才知道的，我受人之托，来画科雷吉奥的圣母像。你还记得两年前我也画过一张，你很喜欢，对它非常感兴趣，为此，你还去看我画画，不是吗？”——说这话的时候，他一脸蔑视的笑，虚伪极了，这种带有羞辱性质的笑让我差点冲上去揍他一顿。“我一直未曾忘记我们一起在画室里的那些快乐时光。”他眼神迷离地望着远方，似乎在追忆过去。他没有继续说下去，好给明娜一点时间，以沉默的方式表示赞同。明娜没有说什么，仍旧低着头，因此他换了种语气，用一种比较轻快的语调说：“如果我没有记错，我应该写信告诉过你了，我把那幅画卖给了一位商人。我们这个时代的麦欣纳斯①没有一点文学眼光，居然爱上了它。”

①麦欣纳斯，古罗马的政治家、诗人。

我终究还是忍不住说：“你说的这些过于谦虚，让人无法相信这是你发自内心的谦虚……再说了，我认为也不会是这样的。”我讽刺道。后面这一句，是我特意加的，因为当我看到明娜瞧我的眼神里有点不满，如同她不喜欢这次谈话变成无硝烟的战火一样，我们相互讥讽时，我便在后面又加了一句“你本不该如此”。斯提芬逊微笑着，抚摸着自己的山羊胡。

“没错，希望这次的委托人不会太刁钻，靠运气的事情总不会同时成功两次的。但是，退一步说，去驾驭自己已经有所了解的东西是一件轻松的事情。再者，我一早就发现了优秀的科雷吉奥的秘密，画中的那位妇人并不是在看《圣经》，而是在看一本田园风格的小说呢。我可以断定，这本书写得并不好。”

对于他说的这件事，我感到十分地惊奇，但仔细一想又会忍不住微笑，他话里所说的隐含意义是对明娜的一种讽刺，没错儿，至少有着不可否认的侮辱性质。于是我有一种怒不可遏的冲动，很想一把拧起他的领口，将他提起来推到台阶的顶端。我甚至在想我的力气是不是足够拧断他的脖子，还幻想明娜一脸的恐慌、群众的围观、警察是怎样把我抓起来的。

而在此时，那个还没有揣测到我想法的家伙，竟然站在一旁，赞美着我们面前这座城市的美丽。他很喜欢对面的那座天主教教堂，那座教堂历经沧桑，由砂岩修建的二楼已经风化得很严重了，却还是无法掩盖住那优雅的巴洛克风格，这就是高贵的象征。在密集的柱子之间，黄昏的光线在跳舞，塔顶是铜质的，却像极了一块绿油油的稻田，那些栏杆有序地排列着，就像是一道篱笆，塔顶还有点透明，浮现着各种雕像的斜影。斯提芬逊告诉明娜，是她曾经让他注意铜塔附近的群像，那儿，有一只裸露着的手臂，在金色的天空陪衬下，幽幽地伸了出来，给人一种与众不同的感觉。

“每次我一想起德勒斯登，就会幻想着此刻正站在那里，那只裸臂像是在呼唤着我，这可能是因为一些珍贵回忆跟它有着某种联系吧。这儿那么可爱！教堂里隐藏着不计其数的宝藏，还有后面的那座小型的蕴藏着无限能量的殿塔。顷刻间，塔上的那盏灯被守塔人点燃。你应该没有忘记，我们那时候时常在那里感叹人们的繁忙，思考着铜塔里的守望者会怎样生活。而我，非常喜欢人们通过乔治门廊进进出出，要到城里去，就得穿过房子……那边就是河，我们就站在那条古老的玛利亚桥上，它在波光粼粼的河面上蜿蜒着，还有那紫色的洛斯尼泽山，优雅地延伸着，跟它们融为一体，这一切，不得不让我联想到泰伯河畔的詹尼科伦来。只是，这里还不足以跟詹尼科伦相比。听说，德勒斯登是易北河的佛罗伦萨，可是，佛罗伦萨附近没有一座广场可以和这里媲美，真是没可比性。”

对于我这样一个不爱四处游玩的人，是不可能和明娜说出这么多赞美的话来。她非常喜欢这座城市，不管谁去赞美，都会让明哪的心情欢快起来。明娜初次用和善的眼神看了他一眼。她的眼神开始变得柔和起来。尽管他沉醉在德勒斯登的思考里，正低着头，但是我可以看出他已经感受到了她的眼神。此时，我看到他竟想象着将德勒斯登挽入怀中，这样真挚的感情非常纯粹，也许没有一丝的做作，但还是与他不相匹配。

“唉，没有住在这里，每时每刻去欣赏这样的美景是件多么遗憾的事情啊！艺术家的生活环境中也必须富有艺术的气息，这样，艺术家才能更有灵气。我每次从哥本哈根回来，都会有这样的感觉。待在那里，就会犹如坠入深渊。难道，你不觉得那里很可怕吗？”他叹息道。

“真是让人厌恶。”我回答道，尽管这有点口是心非，但是我不想输给他。

“呵呵，可你还是回到了那个地方。”明娜的表情没有太多起伏，还是一直低着头，看着我们缓慢地往宽台阶下面走着。

“明娜，你要知道，我也没有办法，这是生活所逼啊！”

“可是你之前不是说为了有灵感去创作，为没有住在那样的地方而感到遗憾，不是吗？”

“没错，可是我需要卖画来维持生活啊。一个人的艺术品在他的那个圈子里销售，会得心应手，这不是在赞美艺术家，这是实情。我离开这里的时候，内心的纠结是可想而知的，如今我重回故土，这种感觉就愈加浓烈了。要是我得到圣母的垂怜，能够在这里出生就好了——”

“呵呵，那你肯定会不择手段去柏林。”我实在摆不出什么好脸色来。

我看到明娜的眼眶已经湿润，也可能是想换个话题，她说：

“我想有一天如果真的要离开这座美丽的山城，我肯定会接受不了的。”

“你不会一个人离开的，不管你要搬到哪里去。”斯提芬逊的语气很重。

我连忙接话：“我们也绝对不会离开这块土地的。也许目前来说，我没有办法将工作和家安在德勒斯登，当然，我也没必要因为生意而四处出差应酬，但是……不管怎样，等我们老了时，我能坦然地拿到一笔退休金回到这里，住在这里，这是我对明娜的承诺，我们正在找房子。如果我成了大富豪，那么，我们就在公园旁建造一所别墅，我已经和她商量好了，因为都是老朋友了，也许将来房屋的设计装修会邀请您呢！”

尽管我觉得这个像说笑一样匆匆而过，可终究比不上那些圆滑世故的人，所以语气不是那么好，那些情不自禁的傲慢和讽刺还是显露出来。刚一说完，我看到明娜那惊恐的神情，就开始后悔了。

“我又不是搞装修的。”斯提芬逊说得很淡然。不过接下来他又换了另外一种口气，带着奉承、礼貌的微笑对我说：“当然你要知道，我并没有看不起那门艺术，否则你会对我一些艺术方面的认知产生误解。很明显，我们丹麦人对普通的装饰性画作并不喜欢，但是我却没有。这么说吧，我对我们丹麦的很多偏见都不赞同。相反，我比较看好装饰性画作，有的人总是目空一切，其实说白了，他就是没有那个方面的想象力。我就是这样，只是我从不掩饰。难道要让所有的艺术都是一个样子吗？我们没有那个能力，就只能去模仿，还要说这是对生命的热爱和尊重。简直就是胡说八道！事实上我们都是悲观主义者，对生命既不热爱，也不尊敬。我们总是矛盾的——那生活也是女性化的，她们总是喜欢被人夸赞。实际上，这些所谓的艺术都是装饰，哦，上帝啊，装饰！谁又能这样呢？目前，我们都过于迫切了。我们这样是因为我们贫血、神经质，倘若我们一味地装饰，就会感到不舒服。我们故作姿态地说不想跳舞，其实是我们的腿已经僵硬了并且很疲惫。就说到这里吧，芬格先生，可能你也不赞成我的意见，我能够理解，这样的思想已经很陈旧了。”

“没错，我也是这样认为的。”我回答道，说句实话，在我心中，我认同一部分，可是我清楚地知道他这般言之凿凿，只是在争强好胜，而非在讨论艺术，一场辩论赛在所难免，可是我却没有信心赢他，只好让他扑个空。我懂他话里的意思，他也懂我话中的讽刺，为了在明娜面前显示他的博学多才，他不断地卖弄自己所知道的东西。他总是把眼睑拉下一半来瞅着明娜，好像在得意扬扬地说：“我能够轻而易举地躲过那个蠢货设下的陷阱。我知道，你也暗自感谢。我说的艺术是不是非常有趣？你也应该来参与的，那个蠢货也应该接着继续往下说，他还不算太蠢，知道停下来。那我也该休息一下了。我很清楚，这样的看法并不时髦！”

当我们来到戏院门口，一些绅士和淑女们走到门厅的阳台上。昨天的事情在我脑海里浮现：我和明娜站在那儿，我在向她展示我的能耐和不断增长的财富。“Er stand auf seines Daches Zinnen-Polycrates,Polycrates!”[①]

“哦，甚至忘了告诉你，”斯提芬逊先是沉默了一阵子，接着说道，“我去探望过你母亲，她的身体很硬朗，这真值得高兴。”

“你探望过她？那你不是今天来的吗？”

“是今天来的，早上的车。”

“今天就走吗？”我似乎有点迫不及待。

“还不确定是明天呢。”他脸上的微笑有点挑衅的味道在里面。

“我还以为你肯定会走呢，”我回答道，“毕竟你拜访得如此匆忙。”

---

①德语，席勒非常有名的民间歌谣《波利克拉提斯》中的句子：“他站在他宫殿的顶上，波利克拉提斯，波利克拉提斯。”

“临摹的工作一天的时间可能太少了。”明娜说。

“没错，如同在罗马！现在那幅画正搁置在那里，我已经和管理人员商量好了，可能明天就开始了。”

那幅画的事情已经被我抛到脑后去了，他似乎也是这样。

我们慢慢地沿着小道走过“外城”，穿过了花园，往后面的庭院走去。一片刺槐的枝干相互依斜着，昏暗的街灯在跟夕阳做最后的搏斗，散发出一层像雾似的黄色的微弱光芒来。灯光幽幽地照着苏菲教堂那歌德式的沙岩正门，看上去很优美，它是经过精雕细琢的。周围的露天塔尖竖立在黄昏天空中的黑漆漆的树枝之上，就像一个个幽灵那般。天空中飘着几朵像羽毛形状的玫瑰红的云朵。以前，在傍晚时分散步，我都会在这迷人的景色中陶醉。但是，今天，斯提芬逊的那些话让我非常讨厌，而且是感到憎恶，他想以艺术家的身份和权威把这些都霸占掉。

“观察到了吗？它是那么的微妙啊，站在那里，就像是幅纯粹的樊德·尼尔[①]。”

“是吧，这里总是有美丽的光影效果。”我回答道，“总有一天，我们会在萨克森–瑞士看‘真正的普桑’。”

明娜咬着下唇，没有任何言语，而斯提芬逊不知道我说的是什么，以为我只是讽刺他而已。

“嗯，我也完全相信，处处可以找到话题。不过，好吧！我住在韦伯旅馆，我想我也要走了。很抱歉打扰你们。”

事实上，我们没有责怪他的意思。他快步离开，脚下的砾石被踩得咯吱咯吱响。

①樊德·尼尔，荷兰画家。

我们一路上什么也没说，走到了家。在邮局周围，那些像蜜蜂似的黄色汽车在马路上拥挤着，刺耳的喇叭响个不停。

我暗自诅咒所有的信邮和整个邮政体系。

2

明娜的母亲无比惊慌地来开门，看到我们俩后，猛地将明娜拉进了走廊的暗处，轻声地说着什么，我准备把卧室的门给关上的时候，明娜的话传了过来：

“对，知道了，我们还看见他了呢。”

“哦！上帝啊！”杰格曼太太呆呆地惊叹着。

听到这些，我的心情依旧很沉重，在这里来回踱步，情不自禁地对着那幅渔村油画里的斯提芬逊挥动着拳头。门开了以后，我才意识到自己的这个举动，又把手放下，插入口袋。就这样，我们进了屋子，明娜看起来很累，所以靠在沙发上面。

“你觉得他想怎么对付我？”明娜困惑地说道。

“对付你？他不是说，是来画画的么？”

她摇头。

“他是想再次占有我，他的目的就是这个。”

“这令人难以置信，你居然会信以为真？”

“你别骗自己了，你内心也被这个问题困扰着。”她用询问的目光看着我。

“尽管我想过，你知道的，人有时候一着急就会胡思乱想，而我仅仅只是乱想而已，但是，他没有理由这样做啊！”

“难道你不觉得他跟我说话的语气有点不正常？——‘不论你将搬去哪里，’呵呵，对于他的语气我想我还是很了解的，没有人能比我更了解。”

“我们不久前才订婚，他偏偏选择在这个时候出现，真是胆大妄为的家伙！哼，这老匹夫即便是在我们婚后几年，也还是会过来骚扰我们，他就是心存侥幸。”

“你不害臊。这话说得真是讨厌……你没有权利这样说他。”

“看，你还维护他！”

“这一切都在情理之中，你知道吗，想必你自己也觉得这样说是多么的不公平。你下午对他表现出如此恶劣的态度，真是让我很失望。毕竟，我和他曾经有过一段往事。当然，现在还是……你今天下午态度一直都很坏，由始至终都在想尽办法打击他，我心里真是五味杂陈。之前的事，我已经很难堪了，你这样反而让我更难堪。”

“对不起，我错了，明娜。但你要知道，我当时的情绪很糟糕。我相信你会理解我的，那个时候，我是情非得已啊。”

“这只能说明你害怕他，你知道吗？你跟我一样对他产生了恐惧感，不仅仅是你说的那一瞬间，而是一直都是。”

“害怕？绝对不可能，这种情绪只是说明我对这个男人的出现感到愤恨，他拥有你的一部分过去，这使我内心充满了敌意。”

“这都是事实啊，没错，他的确拥有我一部分的过去，一切都还有价值，所以，他觉得能轻易地影响我，也许这就是事实。”

“亲爱的明娜啊，你在说什么啊？”

“啊！我现在已经有点糊涂了。”

“难道你不知道我们俩已经彼此属于对方了吗？”

她慢慢地点着头，但双唇紧闭地望着前面。

“你爱的是我，知道吗？”

“嗯。我知道，我爱你。”

“所以，我们都不要再有什么疑惑了，就算对他也是如此。他很确定你不会屈服于一场基于利害关系的婚姻，而他也知道，我这个人既不是公爵也不是大富翁。”

我抚慰了她好一阵子，互相搀扶着坐在沙发上，屋子里没有点灯，天色很暗，以至于看不到她。她很少说话，我甚至觉得她根本无心听我说话。可能，她的思绪根本不在这里。突然，她抓紧我的手，信誓旦旦地说：

“亲爱的，我们明天就离开，好吗？”

“离开？到哪儿去呢？”

“去山林里隐居起来，到厄尔士山[1]、布罗肯山[2]。去什么地方都可以。”她难得流露出开心的笑容来。

“亲爱的。没问题，可是你觉得这样好吗？”

“嗯，我认为这个非常好，我敢。我已经仔细想过了——我没有什么顾虑的亲戚。我是我自己的主人，我敢。”

“那很好，很高兴你在这种危急的关头，能够不受束缚，不顾世俗和俗套。但是我觉得在目前的情形下，你的名誉对我来说比世界上的任何东西都要珍贵，我想现在真没有这个必要。”

“非常有必要的，你知道吗？”她几乎要发狂了，像一股即将冲出火山口的岩浆似的。然后她将嘴巴凑近我耳朵，用最动人的声音

---

①萨克森的山名。

②萨克森的山名。

撒娇道："拜托你啦，你说'我们走'，好吗？"

"那好吧，亲爱的。"

"真的吗？"

"难道说，我们明天就走吗？——"

"没错，怎么了？"

"这么紧迫？我身无分文啊，天晓得，在这么仓促的情况下，我在这里认识的人很少……只认识赫兹，对，他可以……"

"不可以，哦，我的上帝啊！赫兹！他们将如何来议论我们？我还没有让他们有心理准备呢！这样的话，我会很难堪的！"

"没错儿，你知道，这是个重要的步骤，这得面面俱到。走错一步，后果可能会很惨的。"

这件事开始变得明朗，这个转机让我很欣喜。我用温柔的话语抚慰她，我还以为她已经被我的温柔打动了，她突然说：

"要是我们有自己的钱就好了，我还是打算去……钱真是充满魔力，让人害怕！"

就在这个时候，明娜的母亲拿着一盏灯走了进来。明娜的脸上突然显现得很惊恐，让我感到诧异，这种恐惧估计是被突然出现的绚丽光彩放大了。好像有什么在强迫她去关注那无法回避的命运，我却感觉到一种呼之欲出的危机感——虽然，我不敢去想象会发生什么事，我那无助的未婚妻——明娜，不管她是否因为招待了斯提芬逊，不得不听他那些荒谬的斥责和毫无意义的言语而苦楚，而这些最终是能被克服的。这些在我看来，很可以理解的，他们只是普通的交往而已，没有什么暧昧。

我把我所预见的东西都藏在心底，正是因为这样，这些言论才显得非常符合常理，而被逐一推论出来。我的明娜好像也赞成我的意见。

我们一直用丹麦语交流，在明娜的母亲眼里，她的逗留似乎有点多余，她想偷偷地离开。明娜则没有要她离开的意思，用萨克森的本土语言和德勒斯登俚语和她谈笑，她借用这种有趣的方言欢快地说笑着，这样活泼的气氛让我很快就从之前的忧愁中走了出来。只是，她母亲脸上的眼泪和微笑交织在一起。

她母亲喝过茶就睡下了，明娜在钢琴前坐了下来，演奏完了肖邦的《摇篮曲》后，又弹了一曲《华尔兹》，但每次都弹得断断续续。

“此刻，我弹琴一点感觉都没有。”她边说边往我这边走过来，“我还是给你朗诵吧。”

那本《康泉的卡卿》被她捧在手里，这本书，我们早就已经读了一些了，还期待着它能在德勒斯登的舞台上亮相。不一会儿，明娜读到了插曲部分，那是一个美丽曼妙的部分：

“即便是蹚过溪流时，卡卿也不愿意撩起长裙，于是老佣人大声地说——‘哦，天啊，我的孩子，裙子不可以太低的，撩到脚趾那里就好了。’她才不愿意听呢，急步走开，她需要找一块木板。”

“没错儿，赫兹叫你卡卿，真是一点儿也没有错，”我打断了她的朗诵，“采石场你还没有忘记吧？那个时候，我们往上爬的时候。”

“噢，天啊，我从未忘记过。当时的你是那么固执啊！还不肯承认自己不行！你真是没看到，你那个时候脸上像戴了一副根本不匹配的面具——”

然后，她又接着往下读，而这一部分是触动人心的、纯真无瑕而富有感情的爱情场面：“一丛丛接骨木旁有一个娇美的倩影，那是卡卿，她坐在那里，半睡半醒地回答着伯爵的提问。‘是啊，在爱情里沉沦的你，就如同一条甲虫。’”

“你也是那样的！”明娜大声地说着，“上一次，我本来就应该这么说你的。”

我们微笑着亲吻对方。

她流利地读了半个钟头左右，突然停顿了下来，脸颊如同傍晚的火烧云似的。我还没注意到这点，书便从天而降，重重地砸在了我的脸上。她把书扔开了，我刚好坐在她的对面，书自然而然地砸到了我。我想可能是我想让她继续往下读而激怒了她，但她打到我纯属一个意外。

“上帝啊，看我都干了些什么啊！”她大声地叫着，跳了起来，跑到我身边，“我真是太任性了，怎么可以这样对你！亲爱的，我弄疼你了么？”

我微笑着摇摇头，然后告诉她，我只是被她突如其来的举动吓到了。

“我真不知道他为何写出这样的作品，我不知道如何坦然地跳过去才好。”我想先把书拿开，但是她又夺回去了，把褶皱的那一页抚平，然后把它整齐地放回书架。

“唉，可怜的人啊，他写的书也只能无人问津了，写什么不好，偏偏写这个！”

“没错，让他面壁思过吧！”

我们相视而笑起来，杰格曼太太本来在那本书打到我的脸之前，看上去就要醒过来了，我们现在的笑声彻底将她吵醒了。

“亲爱的孩子们，你们发出的声响太大了，会惊动守更人的。”她说，“天色都这么晚了。哦，我的上帝啊，我真希望我是躺在床上。”

她把摆放在柜上的一小段蜡烛拿起来点燃，然后，拖着沉重的身子慢慢地走了出去。

这是我平常该离去的时候了，我经常会较早地离开，因为我知道明娜得早起。

这回，她坚持要我再多陪她一会儿，她说，她会在很长一段时间里无法入眠。

“我都给你朗诵了，现在你也该给我说说你的故事了吧？”她一边说着，一边走到我坐的小沙发旁坐下，“我给你说了我儿时的很多事情，可是你的我还没听过，你给我说说吧。”

我告诉她，当年我在泽兰省南部一个农场里过着平静而又寂寞的生活。在我的记忆里没有母亲的容貌，前不久，我的父亲去世之前还怀着一腔忧愁向我描述了我母亲，而且我想父亲一定会喜欢我的明娜的，明娜也能从他那里得到一种爱——父爱。从某些方面来看，我父亲与常人不同：他信奉叔本华，是一位哲学家，所以，他总是会跟那里的牧师发生各种争执，因为牧师们总是希望能改变他的信仰。我和他一直过着一种隐居式的生活，我深受他的影响，他的那种自由思想在我的心里根深蒂固，所以，邻居们对我也有很多不满。

就在此时，明娜唱了《瓦尔克莉艾》里面的一段，那段正好是西格蒙德在讲述他小时候的事情：

跟着父亲一起逃亡，

没有亲戚，也没有朋友。

儿时陪着我的，

只有那些奔跑在荒野上的狼群。

一过数年，

青春已逝。

“哦，忘了问你，丹麦有狼吗？”

“肯定有啊，你甚至可以在那里看到北极熊嬉戏呢！”

明娜轻轻地敲打着我的手指头。

“没错，一切都是有可能的，波兰那个地方都有狼呢！我表姐嫁了过去，我曾经也去过，听见了狼嚎的声音。你看看我吧，我的身上就带着那种野性——亲爱的，你怎么不去学森林专业啊？我希望可以嫁给一位森林看管人！”

“要是我早一点知道就好了，但是，这样的话我们或许就错过了呢！”

“不会吧？是不是那样的话，你会去读特兰特的学院。如果真的是上天注定，肯定会见面的。”

“真是个宿命论者！”

“这个你不是早就应该发现了吗？嘿，说真的，我发现你还真的挺适合学林学呢！”

“我不得不告诉你，其实我以前也很喜欢，至于为什么选择当一名工程师，那都是之后才决定的。只是因为我母亲有一个在伦敦大瓷器厂当厂长的兄弟，他要接济我，但是他要求我读理工类大学，所以，我只好听从他的决定。更何况，这是个不可错失的机会，而我父亲也希望我这样做。还有就是，他希望我脚踏实地地去工作，千万不要学他，当一个孤寂的幻想家和一个厌世的人。”

“我敢打赌，你一定会是个那样的人。你的身体里充满了激情。只是你曾经爱过的那些人，你一直都没有和我说起过呢！我们这里有个习俗，你知道吗？在订婚后，男女双方会马上夸张地跟对方讲述他们订婚前有多少恋人，在结婚之前就对彼此坦诚以待，真的与众不同，这是我们的习俗，但是，你似乎打算全部打破它们啊。”

“没有的事，我可以对天发誓的，我会向你坦白，我曾经在萌动的少年时期，爱慕过一位森林管理员的女儿。”

“好浪漫的乡村风情！”

“呵呵，只能说有一半，因为她说不上漂亮，因此我总是很努力地去保持我的幻想。但我总觉得该有个人可以让我用燃烧的心将她的名字的首字母刻在树干上。”

“我就知道是这样的，你们每一个男人都可以随意贬斥你们曾经的爱人，我为我们这些女子而抱不平啊。接下来是哪一位？”

“只有这一位啊。”

“你看着我，实话告诉我，亲爱的！”

“你相信我啊，我真没有，我可以向上帝起誓，可能我曾经对街上的一些美女幻想过，也有可能在梦中构建一两次遥不可及的空中楼阁而已啊……”

“没错，对那些你确实可以堪称是个杰出的建筑师。但我总感觉你没有对我说实话。”

“你怎么会这么看我呢？你难道忘记了吗，我的社交范围很狭窄，根本没遇到几个女的。”

“那也是，可能正是因为如此吧！很可能你也是因同样的原因才爱上了我。现在，你发现我和别的女人没什么两样了吧——”

“不，你跟那些普通的女人不一样。”

“呵呵。那是目前你还不够了解我而已。”

“对你，我很清楚，你一直都跟别人不一样……再说了，我会爱那些不相干的人什么呢？”

明娜开心地笑着，幸福地把我抱在怀里。

“嗯，真好啊，这完全是打从心里说出来的，所以该有一个奖励……哎，如果都是这样该多好！不，不要许诺什么，那有什么用？吻我吧！”

十字架教堂的钟已经敲了十二下，这回必须走了。

外面的那扇门早已经关闭。明娜得跟我一起下去，帮我开门。我们在冰窖般的走廊上拥抱了一小会儿。她把门打开后，我不敢停留，径直走了。我的步子迈得很大，生怕有走夜路的人或她的邻居看到明娜。就在她要把门关上的时候，一阵寒风把她的裙角塞进了门缝里，这时，我不能就这么走了，我得帮帮她。虽然我看到了对面街上还有人影，我还是情不自禁地偷偷吻了她。

她把一盏灯放在了走廊里，昏暗的灯光拉长了她的倩影，随风妖娆地舞动着，一闪一闪的。

“亲爱的，明天见！”她小声地说着，这才把大门关上。

3

我大步流星地走着，就像那位德国抒情诗人所唱，“梦在心里，唇边含吻”。我愉快地呼吸着这清爽的空气；我拄着手杖欢快地走在马路上，每一步都是如此坚定，这曼妙的步子在寂静的大街上游荡着。一串皮靴的咯吱声从隔壁街传了过来，听声音应该是个男人，而且跟我行走的速度一样。这条街上的路灯很少，只有两盏，凑巧的是，这唯一的两盏路灯都在我这边。看样子，那个穿着靴子的路人应该是看到我之前吻她了，由于光线太弱我看不清楚他的模样。就在这时，他走了过来，清了一下嗓子，把帽子摘下来。这时我才看清楚，他居然是斯提芬逊。

“请原谅，芬格先生，”他说，“这么晚了，出现在您面前，肯定会让您感到意外，似乎……我们还是打开天窗说亮话吧。我是专门在这里等你的。”

“真的吗？如此说来，你在这条人行道上必定是站了很长一段时间了吧？”

“呵呵，也就是你今天推迟了与未婚妻道别的这段时间而已……由此可见，我多么想见到你。”

“哦，是吗？你太看得起我了，你想——”

“我只不过是想跟你面对面地聊聊，谈对我们两个都非常重要的事情。”

“既然如此，那您就说吧。”

“我提议，我们还是去一家我经常去的酒吧喝一杯吧——在那儿是不会有人来打扰我们的。”

“喝一杯，这主意不错。”我强压着内心的愤怒，在我看来，他的提议就像是邀请我去喝毒药那般。但是，我只能逼迫自己用一种不在乎的态度去回答。

“我猜，你一定也喜欢来一杯比森或蒙肯啤酒吧？我十分讨厌我们丹麦的啤酒。”

“没错，那种啤酒喝起来就像兑了水的杜松子一样，很难喝。”

“但是有些人还是引以为自豪呢，是啊，a’la bonheur[①]。”就如同德国人说的那样，但是不管怎样，他还给我们这些人带来了雕塑[②]，我想你对一个地方肯定非常熟悉——‘三鸦’，你知道吗？”

“不熟，只是偶尔去过几次。”

“不会吧？以前我经常来这里，你知道我原来的住址吗？没错，我肯定为自己备了份钥匙，所以我几乎很难得到像你这样美好的送别呢，突然想起这样一句话：‘天才永远没有自己门锁的钥匙。’不知道你是否知道这句话，这句话很适合那些丹麦的天才们。有一天，我曾经遇上了这样一位新作家，我想你对文学应该有很多想法，是吧？我不得不承认在这里面有一些比较时髦的东西，但是，我还是只喜欢看浪漫主义小说。好了，我们已经到了‘三鸦’。他们还重新装修了一番呢，这倒挺新鲜。您先请。”

他先让我进去，然后引着我往走廊的左边走，途中看到有几个人在玩台球。我们正准备脱下外套的时候，一个长着白色山羊胡子

---

①法语，意思为幸福。

②哥本哈根一个富裕的啤酒酿造者以收藏雕像为嗜好。

的肥胖侍者进来了，并接过斯提芬逊脱掉的外套。

“非常高兴看到您，教授！”他说道，而为了让人知道他对顾客的熟悉，又急急加上一句，“从丹麦来吗？是为了画画，我想。”

“是的，最近酒吧生意怎么样，亨利克？”

“托您的福，还是跟以前一样。只是从去年开始，我们不再去进波希米亚出产的啤酒了。哦，对了，就是您以前偶尔会喝的那种酒。对了，还有一个服务员——教授，您应该还没有忘记他吧？弗朗兹——那个长着红胡子的高个子——”

“印象很深刻呢，怎么，他不在这里工作了吗？”

“现在他混得不错了，去年复活节的时候，他开了间酒店，大家都说他的生意还不赖。可我没有这样想……”

“是的，你可不能走啊，‘三鸦’需要你呢，缺了你怎么可以啊。好了，亨利克，我可以和我朋友聊会儿吗？”

“这是自然，教授。要比森啤酒吧？”

“没错儿，不过，我们需要两杯——还有——”

“我知道，您还需要加盖的。”那侍者熟络地回答道。他恭敬地行了个礼，甩了甩他腋下夹着的餐巾，快速离开。

我坐在一张很软的沙发上，心里很不痛快；酒吧里那个服务生把他既当王子又像朋友那样来讨好着，我感到有点自卑，这种自卑感与生俱来；而对于那些不需要他服务的人而言，服务生即便是再周到，也是徒劳。再说了，这位老顾客可不一般！他已经离开这里有将近两年的时间了，服务生却还是那么熟悉他，而且服务得这么周到！斯提芬逊满脸的得意，他把腿伸展开，瞅了瞅沙发上面的镜子，拨弄了一下小衣领上边的领口。

“你瞧啊，这些服务生的记忆力真是强到令人难以置信的地步！”他大声地说道，“他竟然还没有忘记我一直都用有盖的杯子来喝比森啤酒——天啊，真是难以相信！是啊，当年我在柏林的时候，遇到一位搬运工，他也有着如此强的记忆力……”

为了打发服务生把啤酒端上来的这段时间，他说了一些无关紧要的话。在我看来，他这是在羞辱我，他把我当成一只老鼠来玩弄，我差点控制不住自己的情绪，准备扬长而去。这时，单音节的计算点数的声音从隔壁传了过来。一种粗狂嘶哑的声音响了起来——

我调皮，
我看是你在调皮，
我们都很调皮。

服务生把酒端过来之后，就立刻出去了。

斯提芬逊对着我把他的那只大酒杯举了起来，喝了很大的一口。“哎，我说，”喝完后他说，“哦！差点忘了，你抽不抽烟？”

“太晚了，我就不抽烟了。”虽然我是这么说，事实上我内心是极其希望能有一支烟来平复一下我的情绪：让我心烦的是，我的烟都抽完了；我不想从他身上索取任何东西，因为，这会让我感到憎恶。

“看来，你还是个正人君子啊。”他自顾着点他的烟，“遵守原则没有错，关键是如果原则跟背包一样的话，就会成为你的累赘……打个比方吧，艺术也不例外，它也有它的原则……呵呵，我们今晚来这里可不是说这个的。”

“很好，我也准备说，我们还是不要拐弯抹角了，”我愤愤地说，“你需要我怎么去为你效劳呢？”

斯提芬逊很怪异地笑了笑。

“我保证你可以，可是，我不是想说这个……嗯！我们在台地上的时候，我告诉你们我来这里是为了画画。”

“这一点我不意外，你本来就是个画家。”

“这倒不假……我的确是要作画的，只不过，这不是我这次来的主要的目……我来这里，是因为明娜寄给我的那两封信，她说，她要跟你订婚，这才是我来这里的目的。”

“我就奇怪了，两封信就能让你不远千里跑到德勒斯登来吗？”

“你现在不懂没关系，当你知道我跟明娜的关系后，我想你就会豁然开朗了。”

“你跟我未婚妻之间的关系我非常了解，只是，你的突然到访却令人难以捉摸。”

“你错了，在我看来，你应该意料得到她突然间就跟别人订婚的消息，对我来说有多么意外吧。我……”

“请等等，意外？怎么会？我以为你早就准备好了呢，这个消息对你来说难道不好吗？你当初和她一直保持着暧昧关系，也不是什么都没有得到，尽管你没有让她成为你的情人，但至少另她曾经爱上了你——”

“我说，芬格先生，您这是严厉的责备啊！我很反对你的冷嘲热讽——”

“很抱歉，你必须知道，比起你来，我更相信明娜。从某个方面来说，是你自己推卸了订婚所蕴含的责任——”

“订婚？你知道吗，这是最后的一步棋。看吧，我的好芬格先生，我觉得你还是过于年轻，一身的丹麦俗气，还在玩这种订婚好几年的小把戏，我非常讨厌这样。不过，为了明娜，我可以做出更出格的事情来，但是这种离谱的事情我是不会去做的。要我规规矩矩地去做一个丹麦式的未婚夫，真是太难了！”

“真是说的比唱的还好听，你的意思是，你还是要坚持你的原则？的确，每个人的思想不同，但是，德国人也和丹麦人一样认为订婚是对爱情的一种认可，明娜的心充满了德国气息，还有她那德国领会力不能真正明白这些动机。让人失望的是：你还不敢向她吐露内心的真实想法，所以，她觉得和你已经没有任何关系了。”

“没错，我希望她永远拥有完全的自由——”

“而你同时能拥有的自由，会更重要吧？”

“你这是什么意思呢？”

“毫无疑问的是，你非常善于拿你那所谓的自由当借口。说实话，我听说过你曾经被那位有钱的女人激起了结婚的愿望。”

这时，斯提芬逊讪讪地笑了。

“我只能说哥本哈根的长舌妇们真是名副其实啊，居然还能传播到萨克森。我能想象到，你是不会去阻止明娜来了解这段有趣的传闻的。”

“你爱怎么想都可以，那不关我的事！不过，请允许我提醒你，明娜运用了她的自由权利，这固然令你感到吃惊和恼怒，但是可以看出来，你自己也并没有能做到始终如一。”

我突然把话题转移后，令斯提芬逊非常恼怒。可是，他并没有像火山那样爆发。他只是紧蹙眉头，仰着头望着天花板有好几分钟，他还不时地深呼吸然后叹着气。“你想说什么？”我暗自想着。台球房内传来了一阵阵人声鼎沸的热闹：那位嗓音粗狂嘶哑的歌手正用那委婉的悲情唱着：“晚安，我心爱的宝贝。”有几个声音也跟着一起唱“心爱的”，跟那委婉的声音很不协调。这段曲子使得斯提芬逊的脸色上出现了一丝微笑，他擦了擦眼睛，神情迷茫地看着我。

“你根本不了解我。”他分辩道，他这句话说得有点结巴，但是声音中退去了那分霸道，多了一分温柔。“你之前那么说是什么意思？我知道，她拥有属于她自己的自由，这个并没有让我感到愤怒。只是，问题不在她的自由上！我并不认为我吃了亏，一点也不会觉得！假如我知道跟她订婚的那个人是她认识了多年的小伙子，她和他家里的人很熟悉，而那个小伙子又可以马上跟她结婚，比如说她时常去拜访的那个犹太人的小孩——姓什么来着，我一下子想不起来了——”

“你是在说赫兹吗？”

隔壁房间又传来了合唱声，唱的是赫兹克坎德的《我的心肝宝贝》。

“没错儿，就是赫兹。她也可以跟他结婚，有什么不好？他虽然是个小人物，却为人憨厚可靠，倘若是这样的话，我一定退出，二话不说，马上就走。实际上，在那种情况下，我是否同意就显得微乎其微了。”他的脸上堆满了讽刺和嘲笑。

“你最后的这句话，我很赞同，难道你觉得它现在就不适用了吗？”

“的确，你站在我的角度去思考吧！明娜和我是以朋友的身份分手的，但是谁都知道我们不仅仅是朋友关系，我们彼此都心照不宣；虽然我们实际上没有任何约束，但是我们的联络一直没有断，我们一来一回地保持着书信来往，大概有一年半了吧，可能这个你也清楚。是的，我不是个易于伤感的人，如果说，我们的友谊有点不一样的话，就是我们都没有用情感的宣泄或甜蜜的誓言来控制对方。但是，幸运的是，我们还是有着那‘阅读的字里行间里的艺术’，单凭这一点，我可以跟你毫不吹嘘地说，就在两三个月前我收到了一封信，是一个深爱着我的人的来信。”

此刻，我的脑海里浮现了明娜喜爱的那本丹麦字典，非常小巧精致。我没有底气去反驳。

“紧接着，她突然说要跟一个她认识还不到三个礼拜的人订婚，而那个人还……请允许我这样说吧……一个不会跟她在短期内完婚，甚至没有能力照顾她，给她以舒适生活的人。请原谅，我还是得再说一次——说一下你的经济能力，我觉得是一件非常痛苦的事，我也知道你无法在短期内来组建一个家庭，更无法为她提供一个物质财富充足的生活环境。这种现实已经够令人伤心的了，更何况还由一个外人说出来。对我而言，这一点非常重要，对明娜而言，这是一场她没有考虑到基于利益关系的婚姻。”

“就像我和明娜说过的一样，也就是说，你该清楚，并且弄明白这件事的重要性……”我结结巴巴地说着，因为我很恼怒地发现自己竟然承认明娜跟我之前讨论过他会横插一脚这件事。他坐在那里，喝了一大口啤酒，透过玻璃盖暗自观察着我。他的得意从唇须间情不自禁地流露了出来，好像是在说：“哎呀呀，我亲爱的朋友，你已经惊慌失措了！看样子，你们之前可能已经讨论过这件事了。”

“重要，当然是！毫无疑问。”

“这就是说——我们俩的事——总之，你少管闲事的好！”我双眼里充满了愤怒，随时可能恶狠狠地爆发。

“怎么就没有关系了？我说先生，怎么就没有关系了啊？你所说的不符合常理……不管是怎么样，我非常了解你们为什么会误入歧途，你肯定认为谈论‘基于利益关系的婚姻’是低俗的。你应该还记得，我对这些丹麦的偏见都不赞同，就算它是全球性质的，我也不会改变态度。相反，我认为‘基于利益关系的婚姻’才有获得最大幸福的可能性，你不要忘了，婚姻就是一个畸形的事物——当然不是我故意去污蔑它。当然，我们都知道。你们之间根本就不存在这样的婚姻。你们有的应该只是爱的激情、热情，或者说是爱，你爱怎么称呼它都可以。请别误解我。就你的情况而言，我还是绝对相信它是存在的。进一步说，我也很乐意相信明娜对你是有感情的，甚至——我不介意这样说——是爱你的，但是，这种爱该怎么形容呢？”

“关于这个问题，让她自己来处理不是很好吗？”

“我看你是在做梦吧！她绝对没有这个能力来处理。我知道，她觉得我们之间的关系不稳定，感到惊慌失措，想早点断了联系，这个决定恰好给你这个突如其来的新欢带来了不少好处。还有，我猜想你比较幸运的一点是和我同一国籍的身份，这让她能更加容易地将感情这些东西都转移过去。”

我突然想起了明娜给斯提芬逊的第一封信，上面说的内容都浮现出来，这些都验证了他的话。我的眼睑垂下了，我已经被他弄得毫无招架之力了。

“有利的天时地利条件、孤独寂寞或许也起一定的作用，当然我也好不怀疑在你身上有她所喜欢的一些优秀、可爱的品质……”

“好了，我们能不能把这些毫无趣味的话题都抛开！”我疯狂地吼出来，突然站了起来，“你的心情我可以理解，可是，这些跟我毫不相干！你觉得你有什么权利说你是明娜的监管人啊，至少我不这么认为。”

“你觉得这跟我没关系？这一点儿也不重要。我的确有权利以我的方式为明娜选择一条正确的道路，免得日后她会后悔。我之前那么对明娜的行为，是我此次匆忙前来的原因，这也是我的责任，我真不明白，你那讥讽的微笑是什么意思。”

“我想说的是这些‘责任’应该是你看不惯的那个世界共有的一个偏见而已。”

“恰恰不是这样，这些偏见我都可以接受。还有一个理由对我影响更大：因为我爱她——我爱她！”

他也跟着站了起来。一只小茶几把我们隔开，两双眼睛里都冒出了火星。我心里盘算着我会因为情绪失控而对他动手，这是理所当然的结果：我们就像野兽一样大打出手，而不是再去争论、喝酒，甚至在临别时还会问候对方一句“晚安”。这样的念头让我对现在的按兵不动很生气，我又开始恢复了情绪。“闹剧既然已经开始了，我们就这样演到底吧！”我在心里这样想着。我把桌子扔到身后，从那种被包围的环境里解脱了出来，我在屋子里来回踱着步子。隔壁的人们都还在兴致盎然地唱歌。

“那么，你到底想干什么？”我歇斯底里地吼叫着，“难道你以为你可以让我放弃她吗？”

“噢，一点也不，我从不做不可能的事。”

“说得很好！那么，你也知道那是不可能的事了？”

“当然，就像纽伦堡人是不能吊死人一样——假如要吊死人，他们也要先把那个人抓住才行。”

“我知道我已经抓住了明娜，就如同明娜也抓住了我那样。”

“你们这只是口头上的，而且还是一些老掉牙的套路。没有人能抓住另一个人或拥有一个人。难道你真的以为你们的订婚就能吓住我？好像我老早以前不可能跟她订婚似的。”

“你当时没有这样做，是因为你愚不可及！”

“或许你说得对。但我还是有机会，而她也还是要在我和你之间做一个选择。”

“她已经选择了。”

“没有，她并没有选择。她是在猜我不会跟她结婚的前提下才答应你的求婚的。你想一下，假如在你求婚前，我向她表明我对她的爱慕，并且告诉她我渴望娶她为妻，那么，她还会答应你么？……很好，但是她的猜想是错的，假如你是一个道德高尚的君子的话，那么你就不应该拿她在那种情况下做出的承诺来束缚她。”

“如果她不觉得这是束缚呢？而且这也不叫约束，我也不会拿她在任何情况下做出的承诺来束缚她。”

“哦！这就是重点。我坚信明娜就有这些令人可敬的偏见！这是柔弱女子的特征。说实话，我也对女人有点偏见，尽管我知道如果没有这些，生活的质量会更高一些。这些东西没有实际用途而且价值不菲，可我们又能怎样？现代人们的骨子里都填满了纠结……因此，明娜会把这次订婚当成一辈子的束缚。她有点小个性，却无法摆脱忠诚的天性。所以，你的权利不需要拿出来，也没有必要去束缚她，她就会因为虽有些狭小但又可爱的义务感而跟你结成统一战线，你没有握紧手里的缰绳，也可以轻松地驾驭它，因为她不会去主动解开它。所以我提醒你：该放手了。麻烦你不要小看我，我不是说要你把她‘放弃’，而是请你不要利用你的那些所谓的半个合法权利。我现在是把你当作绅士才这么说的，请你理解，这不是为了我自己——当然，你心里肯定在诅咒我应该被施以绞刑！这也是为了明娜好，你也不希望她是迫于你的束缚而继续跟着你吧——我想给明娜结婚承诺的人也不会这样做的——就算是精神上的逼迫也是不行的，因为这样她必将因为不能属于我而暗自悲痛。要是你发现了，或者察觉到了她有可能做出错误选择的话，你也该明白你的义务是不接受她的这种牺牲，而是有可能的话，你应该让她睁开眼，给她指明前行的方向，给予她自由，而这些是她自己不敢去做的。或许，你可以把我从她的心里驱逐出境，要是这样的话，所有的一切都会成为定局。或许，她同时爱着我们两个人，只是付出的感情不一样而已。这样一来，她得经过一番剧烈挣扎才会得到答案。但是，前提是她必须自己去解决矛盾，而我们不可以去逼她，把她向相反的方向拖，从而使她在选择的时候举步维艰……明娜得在我们两个人中间选择一个。目前，她还在犹豫中，这是无法避免的，她只能去面对。我的意思是，她得按照自己的意愿去自由抉择——我想要的就是这样。”

“在她选择的路上，我绝对不会设置任何的阻碍，我会一直支持她，会尊重她所做的任何决定， 也不会否定她做出的任何决定。我相信你也会如此的……我之所以会跟你继续说下去，是因为我想把这些话告诉你。好吧，我们就此告别吧，我们已经是公开的情敌了。”

“情敌？你至少是诚信的情敌，没有使诈，我们旗鼓相当。”

我把帽子拿在手里，礼貌性地行了个礼，就离开了。台球屋的狂欢也结束了。有两个身着衬衫的人，相互搀扶着，宣誓他们“绝对的友情和无限的尊重”。那位嗓子非常有磁性的歌手在台球屋的一边坐着唱道：“我们的堡垒是神。”我想，从他们的言谈举止中，不难看出他们都已经烂醉了，夜色越来越深。

很幸运，我终于找到了那个体态偏胖的服务生，把自己的酒钱付了。

4

我，一夜无眠。

十字教堂里传来的每一声钟鸣，都令我难以入睡。我迷迷糊糊地感到好像就要睡着时，一股股扑进来的热浪令我从昏昏欲睡中清醒过来。沉重的绝望感占据了我的心，所有的一切看似都毫无希望，泪水毫不顾忌地汩汩往外窜。

看似不可能发生的厄运，一旦在它以可能的面貌出现时，就会令人感觉到很快就会成为现实，因为它既然可以跨越那条宽阔的深渊，就一定可以跨过那条窄小的沟渠。既然它已经从无变成了有，那么又怎么会不能将有变成全部呢？现实存在的东西是毫无争议可言的，如果它出现争议的话，它就会因为争议的出现而灰飞烟灭，也正是因为如此，它们内在的本质好像也随着那无可争辩性一起消失了。

有什么事比一个忠诚的女人那份真挚的爱情更具拥有感，更远离危险的？我明白明娜是爱着我的，这是她的天性，正如斯提芬逊所说，那种忠诚的天性。

可是，那如复仇女神似的可怕事实是：这种忠诚自己咬住自己的尾巴了，正是她对过去那段感情的忠诚激起了旧感情和我们之间的新感情的战争。

我以前陶醉在我的幸福里，多么安心地歇息着！可目前，一个陌生人出现了，一个要夺走它的陌生人，但是我是怎么面对的呢？我是把他当作一个可怜的傻瓜去嘲笑他或者是逃避他呢？我竟然愚蠢地和他吵了起来，好像我的幸福真的需要我捍卫似的。可是，更加不幸的是，我们之间竟然达成了一个口头协议，这表明我承认，他的确有不少的胜算；这也表明我承认我不再拥有这段悬着的幸福，我需要自己去重新赢取。

敌意，不是我幻想出来的，它是客观存在的；我被它支配着，被它压得喘不过气来，我只能卑微地苟延残喘，就像在做噩梦那般。

我以前陶醉在我的幸福里，放心地歇息着！可是现在，我发现，我一直在为那个危险的到来而忧心忡忡，就像在碧空之上总是悬挂着一朵乌云那般。我想起来了，在我的初吻之后，那些不正常的信件就开始扰乱了我的幸福。一瞬间，我想起在许安道，我得知明娜的信件被投进邮箱的那一刻我就感受到了一种莫名的恐惧。我去拜访她的母亲时，忌妒的怒火莫名地燃烧起来，现在想起来，仍旧心有余悸。起初，我喜欢与她相见，是因为她的那种忧伤。可是，他发过来的责备的回信，更是让我感到愚昧的忌妒，或者是愚昧的恐慌。我也多次劝说她不要再回复他的信件，可是她每次都带着一种宿命论的态度说，“我就是要回复”，她的语气非常坚定，以至于我也只能听从。第二天，她把写好的信给我看了，我们在“大花园”的小丘上坐着，望着远处的百合岩石的时候，那郁闷的影子慢慢地裹住了我们的心，就像我们在回忆那消失的快乐时光。

就这样，敌意自然是在我们刚一见面的时候就产生了，并且一直在威胁着逼近，到现在为止——就像斯提芬逊说的那样——“敲在我们存在的门上。”而且它一定会得到通行证，因为强者从来都不是只做做威胁的样子而已。

我不记得宿命降临的时候，就是说我们有能力去接受它的时候，要是有必要的话，就将它扔下楼梯；不然的话，别的东西会毫不费力地戴着宿命的面具，冲着我们最薄弱的地方袭来。

这些混乱的想法不断地冲击着我的大脑，我的身体也感到疲惫不堪，之后，我感到一种恐惧感，这种恐惧令我从痛苦的折磨中突然坐了起来。第六感告诉我，有种强大的却没有形状的灰色不明物体，从黑暗中慢慢地一步步地向我扑过来。这样的描述也无法把我内心的感受描绘出来，这样幻想出来的东西是无法用语言去描述的，没错儿，就像是一个宇宙黑洞那般无法勘测；它无孔不入，想从我潜意识里钻出来，概念和想象根本约束不了它，如同史前时代的一种庞然怪物，出现在了现在的社会上一般。

过了一会儿，我终于从这种困境中走了出来，披上大衣就出去了。

那个早晨有点寒冷，空气中还弥漫着雨雾。没有一家咖啡厅开门。我的脑子很乱，一夜无眠令我异常疲惫、头晕目眩，我还不得不饿着肚子在街上走了一个钟头。

好不容易等到了一家咖啡厅开门。我坐在一个角落里，服务生走来，还没有等我开口，便建议我来一杯苏打水。

“来咖啡吧！”我的语气很重，更像是命令。

但是他们刚开门，火还没有生好，我只能坐着等。我有一种身处旅途中的感觉，但却开心不起来，此刻的我就像周转在各个旅店之间，匆忙地追赶着早晨的火车时的那种繁忙和困倦。是的，我想我需要去旅行，去别的地方！这也是明娜最先提出来的。那时，我在劝她不要那样想，但是现在，要是我们出发了，要是她就依偎在我的身旁，催着车夫匆忙往火车站赶，这样的话，我岂不是为了她可以抛弃整个世界吗？我们该去哪里呢？不管了，去哪儿都好，只要不在这里！

但是现在不可能了，现在我就是有钱，也走不了了。因为斯提芬逊的那番话早就让我无法再继续前进——尽管他并不知道我们有离开这里的打算，却已经让我失去了前行动力。要是我悄悄离开，斯提芬逊必然大做文章，我才不会让他得逞。事实上，要我留下的仅仅是我的自尊，那倒也无所谓，但是我害怕的是以欺骗的手段去得到她；更严重的是，我担心这样会使得明娜觉得不公平而感到委屈。就我个人而言，逃跑意味着是她在几经思量之后，仍旧是喜欢斯提芬逊的。要是这样，就算是得到她的同意，也没有什么用处，我根本没有阻止她做选择的权利。

要是以后她想起来了，觉得当时的离开只是一时的冲动；要是她以后后悔了，那样的话，她怎么去面对？不行！我们还是不走了，无论发生什么事情都不走。可是我的心还是在说："你们走吧，她肯定会同意的。"

最后，我在想着这一天的时间该怎么打发。我是不是应该早一点过去看看她？

我既想见到她，又害怕见到她，我的理智在命令我："你不该这么早去打扰她！会吓到她的，她会不知所措，她不需要这样。还有，那样的话只会显得我已经失去了分寸；会让自己失去理智，显得不可信赖！要是我不去的话，他就有可能捷足先登；可是……这也是我无能为力的事情啊，所以，去还是不去都没有什么不一样……好吧，就让他们聊聊吧，该死，我居然要替他来这样打算。就这样，我们要么私奔，要么就不用扮演百眼巨人的角色。"

最后，我还是跟以前一样，去了理工学院，吃过晚餐后才去看望她。

5

我径直走向那个小房间，远远地就看见明娜坐在窗前。她看了我一眼，我从她的眼神里立刻判断出在我来之前，她已经哭了很久。

“是不是他来过了？”我一边问，一边握住了她还在颤抖的双手。

“是的。”

她从我的手里抽出左手来，拿着手绢紧紧地贴着胸口，好像是在承受着莫大的痛苦似的。

“亲爱的，他到底跟你说了些什么，昨晚我跟他见过之后，我心里就猜到了……那个家伙——实在是——你说得没错，来这里不单单只为了画画……非常不幸……可能，我这样说他又有点出于私心……”

我已经语无伦次了，到嘴边的话都乱了套，像有一颗结了冰的麦芽糖卡在喉咙一样。她的脸都变形了，我等着她说话。她紧紧地握了一下我的手后，又抽了回去，躺在椅子里面，用双手捧起脸来痛苦地哭着。这撕心裂肺的哭泣声，这柔弱的身躯在痛苦里猛烈地抽动着，一瞬间我也被感染了，忘记了所有。我在她的身边跪了下来，把她紧紧地揽在怀里，一遍遍地呼唤着她的名字，说了很多愚蠢的话求她别再哭了，要爱惜自己的身体。没多久，我也跟着她一起哭了起来。慢慢地，泪水不再泛滥，她疲倦地笑了笑，用自己那条被泪水泡湿的手绢为我拭泪；她温柔地握着我的手，紧紧地，一遍遍地重复着说——

“我最亲爱的朋友。”

“明娜，我在这儿，不管发生什么事，我都是你最亲爱的朋友……答应我，别再难过了，好吗？因为有我在，我会让你幸福的……为了让你幸福，我宁可失去你，就让我一个人来承受这些吧。他也不例外，我很清楚……我们不能那么愚昧，你要坚强起来……你不需要担心我的……你只要问自己，你真正需要的是什么，这也是我们都需要的。你去做你喜欢做的事情吧，最重要的就是按照你内心的想法去做……我们的幸福建立你的快乐之上。”

“我——不，我才是最后一个值得考虑的……假如我同时放弃你们可以令你们得到幸福，我觉得——是的，我能够为了你们而去牺牲我自己，我不能让你们其中一个伤心透顶……只是，现在，我只能选择一个，让另一个承受着痛苦，我怎么会开心？这是不行的。”

“我最亲爱的，这才是重点。我能够理解，一开始你会很难过，你必须在我们之间选择一个，这必定会深深地伤害另外一个。但是，时间可以抚平一切伤痕，你可以花一生的时间去抚平它……如果你选择了最想要的，你就不会再伤心了；那个没有得到你的他是没有权利说你就是他的——他会立即承认这个事实的。要是你选错了的话，会抱憾终身，这样一来我们三个都不会快乐。”

“这太让人心寒了，谁可以来帮我做决定呢，要不，就直接告诉我该怎么做吧，做与不做都会错，而且还会一错到底……”

“亲爱的，别把这些弄得太复杂化了。”

“亲爱的！”她叫道，目不转睛地望着我的眼睛，“换作是你，你能为我做一个决定吗？你有那个勇气吗？别生气，我只是想问问，你可以问心无愧地跟我说：‘你要做的就是跟着我走，因为你已经做出了承诺，我不会同意你收回的，我可以肯定地告诉你，你不这样做就会毁掉自己。’你可以吗？”

我的身体里窜过一道兴奋的电流，因为我发现我们的命运就掌握在我的手里，我不放开就能够得到幸福，有了这样一个迹象，我感到很兴奋，这个让人兴奋的现象让我一时间忘记了责任的重要性。我正欲回答时，明娜示意我不要说话，她继续用焦虑的语气往下说着——

“但是，海拉德，你可别忘了，你虽然得到了真爱，而且你的爱远远超过了她所能付给你的——这个我知道——你娶的妻子，她却可能永远不能使你快乐，因为在她的心底还想着一个人，她的心底有一道难以愈合的、致命的创伤。我无法忘记那段真诚的初恋，因为我认为自己罪不可恕……我无法原谅自己，我们的快乐也无法将他从我的生命里赶走，而且是他唤起了我最初的独立意识，最初的思想，因为他是我的初恋，我最纯真的美好情感——甚至可以说，我的生命与情感都是属于他的。哦！他在我的生命里举足轻重，但是现在，他却像一只幽灵一样来责备我把这些送给了别人，而他还在安心地等我，而且为我们的未来而工作！不，不，我永远不会幸福，也永不会给你应得的幸福的！”

我惊呆了，一种撕心裂肺的疼痛在心底绽开，我终于知道我的暴躁不是没有由来的，这个善良的女孩必定忘不了她的初恋。我很清楚，她与生俱来的纯真，一定会对斯提芬逊的行为做出这样美好的解释。他用席勒的悲歌作为信件，她误以为那是他的忠贞。昨晚，我们见面的时候，我就知道，他会利用明娜的天真，让明娜在离开他之后的两年里还一直记着他的好，就像诗歌里所赞美的那样。这些，都是我通过剖析得来的，这些所谓的浪漫褪去了颜色后，她就会很快知道真相，看清楚他的为人。那样一来，那些如同鬼魅般的威胁对我来说都不值一提。可是，我不敢保证事情会按照我想的去发展，我承认，由于我对他的敌视，这些判断可能存在着某些偏执，我也只能做出假设而已……

我还在犹豫，但已经错过了最佳的时机。

“看看吧!你不敢，你还在犹豫不决中！”她说，“因为你考虑的也只是我们两个人。而第三个人呢，那个你会伤害到他的人，而他在你心里，也许只是个讨厌的陌生人，或许，用憎恶来形容更为贴切……你好好地想想看，我要做这样的选择是多么令人揪心啊，不管我最后选择谁，都会伤害到另一个爱我的人。”

“就是因为这样，我不能完全站在你的角度去考虑。我不懂……你说你爱我，我知道，我也从未怀疑过。可是，与此同时，你还爱斯提芬逊。哦，我的天啊！你对斯提芬逊的感情真的是爱么？那恐怕只是你曾经爱他的回忆吧。只是，这还不足以为你们构建一个幸福美满的家庭，还有就是，在我出现之后，这就更不可能了。”

明娜摇了摇头。

“那你……真的同时爱上了两个人？这也太不可思议了，不可能。”

“我不知道到底什么是可能的，什么又是不可能的，我亲爱的朋友，请你仔细想想你所知道的一切，然后，哪怕你不相信，也要承认我‘不得不’爱他吧！我没有对你有所隐瞒，你有权利知道这一切。我努力地告诉你他在我心中很重要，你也知道，我们在分开了那么长的时间后，我对他的爱丝毫未减。事实上，我知道哪怕他的感情已经不复当初了，我的爱亦未曾减弱。你曾看到的——就是你那时第一次看到我时——哪怕是那本小字典，也是我对他的思念，他叫我学习他们国家的语言，我满心期待着有一天可以用他们的语言跟他对话……可是，我怎么可能在一段时间内就对他冷淡了呢！假如我知道任何于他不利的消息，或者是他另有新欢了也罢——但是一点消息也没有！可他还是那样游弋在社会圈里，他受到的诱惑更多，却还守护着这份感情。上帝啊，我是多么卑鄙低贱啊！要是他看不上我也就算了！以前，我可不敢这么想，可是，我们都一样！他并没有因此而放弃我，只身前来，他这一辈子的幸福都像握在了我的手中——由我决定！天啊！这种深沉的爱竟然让一个人承受着巨大的痛苦。其实，爱本来应该是幸福的源泉。”

她转过身，我几乎可以看到她的眼泪在眼睛里打转。

“我最亲爱的明娜，”我面对着泪眼婆娑的她，“你说的没错，我现在已经在怀疑我们之间存在的也许不是男女之间的爱情，而只是一份单纯的友谊罢了。”

“你怎么能这样说？为什么，我为什么就不能同时爱上你们两个人？”她怒吼道，蓄满了泪水的眼睛直望着我说，“你们两个人，我都爱啊，只是我爱你们的方式不同而已——”

“哦！亲爱的！”

“我对他的爱是最深的。”她低垂着眼说。

我无力地将我伸出的手放下，如同被当头棒喝。我是如此忌妒那个男人，我的妒忌慢慢地苏醒了，它在攻击着我，它想把我所有的希望都给毁灭，夺走我所有的胜利果实，这些力量源自于爱情，可是它变质了。但很快明娜又安抚似的抱着我，告诉我：

“不，不要相信我说的话，海拉德，我是个坏女人，我说的都是假的。天啊，我伤害了你！我不该这样对你！不要听我的话，我只是什么都随便说出来了，但是我表达得那么糟糕……一点也不像我所说的。我完全糊涂了，什么都不知道。我是想说，你们都是我生命的一部分，哦！我被分成了两半，天啊！我会得到一个什么样的结果呢？”

“我亲爱的姑娘，你需要用自己的力量去战胜这些挣扎和困惑，这样才会成长为一个健康、真实的女人……上帝知道，我是多么愿意去帮助你的，可是我不能这样。这个只有你自己才可以做到，即便是宠爱你的赫兹夫人也是爱莫能助。我想说服你向她坦白这一切，可是这些都还不重要。你不该去向别人求助。可能你觉得有些不可思议，感觉很突然，可是你一旦做出了决定……关键是，斯提芬逊和我都不会再打扰你了，不会再这样出现在你的面前，不像今天这样，轮番出现让你更加混乱，可能还会让你草率地做出决定，你会受不了。结果像刚才那样，现在我们都已经单独跟你见过了，也各自做了陈述。从现在起……”

“你说一下你的理由啊！”明娜大声地说，脸上开满了率真的鲜花，“亲爱的海拉德，你好像一句这样的话也没有说过。”

“难道我没有说过吗？”我羞涩地问，“你觉得我很安静吗？”

“当然不是，亲爱的，我知道，你是如此善良，并且为我着想，你想让我免于你原本可以施加我的责备，哦！也就是因为这样，我会更加的自责！”

“明娜，你不需要这样！真的没有必要这样……你没有什么可以值得我去责备的，我们的相遇就算不能得到好的结果，却也是我生命里的瑰宝！你能够体会到我的爱，我非常感激你——”

“哦！亲爱的，请千万不要说出这种话来——”

“如果这伤害到你了，我保证今后绝不提及。我不愿意因为这件事让你受到恐吓，要来的终究会来，你放心吧，我会努力让自己适应的，我答应你我会努力去克制它——而且——尽管我无法去试着忘记你——也不会——”我的嘴唇抽搐着，泪水盈眶。“不，不是，不是，”我继续说，“我想告诉你的是，你的心会给你真实的答案，我建议在你正式做出决定之前，我和他都应该消失一段时间，给你思考的时间，让你独自去想一想，如果你这个时候能离开这里，比如去哪个乡下的亲戚那里走一趟，也许会更好一些的。”

“我的一个表姐就住在梅森那里。她和她的丈夫有一座农场，我去他们那里住一阵子。夏天的时候，他们曾邀请过我去住几天，我现在就可以过去，都无需再打招呼。”

“嗯，这样最好了，你明天就走吧？”

“嗯，就明天吧。”

“那好吧，赶紧去吧，不要再犹豫了，你做好了决定就去做吧！你可以给我们写信的。”

她点点头，坐到窗户边上，凝视着庭院。

我拿起桌上的帽子在手上转着圈儿，明娜此时回过头来，我赶紧慌张地放下，走到她的身后，轻轻地触摸她的肩膀，她转过头来，迷离的泪眼惊奇地看着我，我将本想触碰她的手收回，感觉尴尬极了。

“怎么？你不去了吗？”

“没错儿，明娜，我得……我……我想说，你明天就要走了，你会有很多行李要整理的。”

“我又不是远赴西伯利亚。”

“尽管不是很远，但是我还是得走了，因为——”

“你这样说不对，海拉德！你现在可以走，虽然我不喜欢独自待着，但我觉得我可以慢慢习惯下来……你还会来吗？”

“不，我不来了。”

她突然跳了起来。

“你不会来了？你这样说是什么意思啊？难道今晚你也不打算陪我了吗？”

“当然，目前我们的关系并不适合这样做。我们现在已经不再有婚约了。”

“什么？可是我认为我们还是有的，至少直到……不管怎样，我们还没有发生什么事啊。”

“‘继续保持’，或许一直到你‘和我分手’。我不会让你主动来做这些，因为我知道你不忍心，我想给你自由。你这辈子都不需要做出这个决定的。不管你之后的决定是什么，你将会得到新的结合机会。是我解除我们的婚姻关系，你一直都是自由的。”

“海拉德，这样真的让人伤心欲绝，我们当初交换戒指时，我可从来没有想过会有这样的一刻。”

她把头低下来，凝视着手指上的戒指，她双手紧握的时候，戒指还在发光。

“是的，我似乎忘记了戒指。”我充满英雄气概一样地扭动指关节，打算将手上的戒指取下来。

“不，不要这样做好吗？”她哭喊道，把手按在我的手上，阻止我那样做，“哦，不要把戒指退还我，我也不要退还你的！我们为什么要这样残忍地彼此对待呢？”

我感叹着，淡淡地笑了，轻轻地握住她的双手，亲吻着，为她内心所做出的正确选择，而让我们不再痛苦表示感谢，可能那才是我们最痛苦的一种。因为一旦跟这种像魔术一样的象征性的东西接触，订婚誓言的意义都呈现出来了。骑士接受了他的头衔被解除的那一刻所体会到的恐慌和行刑者将他们的盾牌打破又相差多少呢？

“你不会再来了吗？海拉德，不论有没有婚约，我们还是和原来一样。”

“亲爱的，你想想看，我是费了多大的力气才下定决心不来的！我无法想象自己会怎样来承受，特别是当我意识到这极有可能是我们相处的最后一个夜晚了。”

我被情感所淹没，我抿了抿嘴唇，想要逃避她的眼神，我把头扭开，眼睛却望见了灰色的壁纸，看到了那些像靴子形状的污点。那些点没有什么不好，可是一个让人非常恐惧的想法闪过：“或许，今后我再也看不到了。”对我的悲伤，她无能为力，我一心盯着那些点，可是她的表情我却是可以感觉到的。过了一两分钟后，我才接着往下说。

“可这是最好的选择了。是啊，我还是会一如既往地爱你，只是我们会比之前多一些痛苦。还有就是，我们现在做的这个决定也是对的——我的意思是，这样就不会对斯提芬逊不公平了。”

“但是万一他今晚来了呢？”

“他说了他会来吗？”

“那倒没有，我想，他也许会来的，为了不让我们单独在一起，我想他肯定会像以往那样出现的。”

“你说得不错，不管怎样我是不会就此罢休的。他要是来了，你就叫人去找我，我住得不远，你应该来得及叫人给我送信的……好吧，这笔记本是我的，我把它留下。你叫人把它给我送过去，我就知道他已经来了。你得让他知道，我是你请来的，不是不速之客……再见了！我所爱的人……没有人能禁止我这样叫你。”

我把手伸给她，她一把就握住了，她的笑容里充满了疑问和惊慌，深深地印入了我的脑海。她的脸离我很近，可能她自己都不知道。我把她揽入胸膛拥吻了好一阵子，好像我们彼此要把对方的生命都吸收一样，为了让它更安全更牢固。慢慢地，我感觉到她往后面退了一步，她的腰还被我搂在手臂里，这时我才发现，她已经几乎站不稳了，她的头压在肩膀上，颤抖着，呼吸都变得非常急促。我小心翼翼地把她扶到沙发上，把她放在上面后给她找来一个靠垫让她枕着。

我打开门去叫她的母亲，她马上就从昏暗的厨房出来，我告诉她，明娜有点不舒服，她立即就过去拿水。然后，她惊慌失措地往房间跑去，跟以前一样，动作很敏捷，但是把腰弓着，很像剧院里的侏儒。她的惊慌失措使她那原本就不细致的五官显得更加怪异了，而对明娜的深厚母爱使她呈现一种心灵美。看到她正在照顾她那处于意识模糊的女儿后，我就悄悄走了。我知道，只要有我在，明娜的内心就无法平静下来。

6

我房间里的桌子上放着两封信件，一封盖的是英格兰邮戳，另一封盖的是德国邮戳。信中的字迹我一眼就可以认出是谁的，于是我很快打开舅舅的那封信。

他用那惯用的简单短小而又公式化的语言书写道，因为厂里人员的调动，我应该最好在四个星期以内赶到伦敦，所以工艺学校的课和毕业考试我都不得不放弃，提前通过考试，不过这不会妨碍我的工作，而我一定不能放弃此次实际工作的机遇。几天以内，他会把我购置衣装和旅行物品所需的资金寄给我，而且还让我立刻回信——为了让他确定他的信件早已送到了我的手上。这样的通知，也可以说是命令，让我陷入非常躁动的情绪里。

很明显，假如出现最坏的结果，假如我和明娜真的分手了，那它就是最理想的事情了——假如在这样的状况下仍有什么所谓的希望。这种计划能够让我逃离这充满悲伤的地方，假如我没有离开此地，或许仍会有一些时间和她见面；但是在陌生的地方，我一定会将我全部的精力投入到工作中。不过我的期望当然不可能沉浸在这种设想中，因为那是以悲伤作为基础的。另外，假如她决定和我在一起，那么在她不久前刚经历感情的危险后，她比任何时候都需要忠诚的感情支撑；而且她正强烈而慢慢清晰地感受到：她正沉浸在爱的海洋里，她倾注全部生命的情感，对她的人生幸福有着重要价值的情感，是不可能抛弃她的。这个时候和她分开是非常困难的，将她一个人留在这儿，可能一留就是很多年，留给她的也许仅仅是信件，还有一本丹麦字典！这是多么令人害怕的事情啊！尽管我也许能得到比想象中更快的允许提前结婚的岗位，但是这也不能弥补因分别带来的痛苦。

可是，我不了解我这个舅舅，我和他的交流仅仅限于书信。在这种情形下，我没有一点勇气去改变他的想法，甚至也没有办法将实情告诉他。

假如我被深深地伤害，这封信就是一贴英格兰的橡皮膏药；但是假如我胜利了，那么它就是一个强制的命令，让我不能够品味我胜利的喜悦。与没有看信时相比，我感觉更加纠结了。

房子外面下着暴雨，狭小的巷子令室内的光线很暗，因此在我打开另一封信件的时候，我一定要到窗户边才能看清。这是我远在莱比锡的朋友伊曼努尔·赫兹（他名字来源于康德，哲学家康德名字的全称是“伊曼努尔·康德”）寄来的。

他首先恭祝我订婚愉快（他希望我谅解他晚到的祝福，由于“太多的事”要忙），而后讲到了他亲爱的父亲的病情。他是从母亲寄给他的信件中了解到的，可是他害怕他的母亲因怕打扰他而没有完全对他讲实话。因此他心里很不安，希望我能够坦诚相告。

不过我过于沉浸在自己的忧伤之中，没有办法思考赫兹的咳嗽是否存在去世的危险。所以，对于这些问题我并没有过多地思考，但是对于他的祝贺词我却使用了专家的思绪来研究，而且设想着那是强迫着自己讲出来的。真诚的伊曼努尔·赫兹变成了我极有兴趣的目标。我想起明娜经常是怎样避免提起他，并且昨天夜里斯提芬逊拿他做例子，来说明娜的婚姻，尽管看似巧合，后面却暗含着某些事情，所有的一切都向着同一个方向；而且，我认为，和明娜熟悉与爱恋明娜事实上是没有办法分离的，因此我的设想不断地被肯定。

而且，他曾经也受过创伤，他是怎样度过的呢？他肯定不是个简简单单就能够应对情感问题的人，不过他的控制力可能远超过他热烈的情感，所以他的伤痛根本不会达到那种无药可救的地步。新的环境与劳累的工作一定成了他的良药。

我想到自己或许同样需要他这样的良药，因此感到非常厌恶，但我还是慢慢沉浸在英格兰的希望之中。在这种希望里，我觉得尤为重要的便是我的那份工作，那个没必要去讨论，我认为它是自然而然的。我开始设想着，过个两三年，我早已随着华丽贵重的马车队行走在海德公园(我设想着那犹如“大花园”)，在舞会上优雅地跳舞，并且那舞会随处都闪烁着“奢靡生活”的华贵富丽；或者，我凭借客人的身份出入藏在树林鹿园深处的乡间老别墅；随处都能受到爱戴，一位尊贵的客人，网球冠军，骑猎强手，等待晚餐的钟声——就像拜伦讲的那样，“灵魂的钟声”发出声响时，身穿晚礼服现身。是的，海德公园中，舞会和乡间别墅里，我被年轻女人围着，她们全都是真正的绝佳美女，且是百万财产的继承人。即使是内心已经破碎的男人，也会因为这美丽和魅力而赞美……但是在这种情形里，明娜的身影会突然清晰地显现出来，她纯净的美就像是艺术家在非常华贵的画纸上所描绘的纯洁画像——因此，这些想象立刻都不见了。不是因为这样的想象不会成为现实，而是因为和我纯洁而又柔和的梦想来比，这所有的一切就算是事实也一定是无比寂寞的。在我如此纯洁而又柔和的梦想跟前，这些没有任何价值，我体内所有崇高的成分似乎全部显现在了表面，而我性格里那些较低的成分和庸俗都坠入灵魂的无意识深渊中。

我对于此刻的不忠诚和自己随意被这种虚幻的想象引入歧途觉得很羞耻，我将它们作为祭品，奉献在明娜的祭坛上。我将所有高贵的想象（瓷器厂的年轻工人一定会想的这些）全部抛弃，然后沉浸于得到她时的快乐或是得不到她的悲哀之中。

渴望见她的想法强烈地填满了我的内心，我真的无法想象怎么去忍受一个没有她的夜晚，虽然我明明知道在步行几分钟的路程之外她同样是单独一人。已是黄昏，我想她是不会来叫我了。此时我非常清楚，一直以来，我依靠一个信念支撑着自己，那就是—— 一旦“他”去了杰格曼的住处，那么我也肯定会出现在那里的。

最终我将灯点亮，为了回信给舅舅。就在此时，门铃突然响了。

我将灯罩搁置在桌上——或者是说搁置在桌子的边缘——跑去打开门，在开门的刹那间听见它被摔碎了。暗淡的光亮里，当看见是一个搬煤工来烦扰我时，我感到既气愤也很失望，正打算将门用力地带上时，恰好听见一个孩子用稚嫩的话语和仆人讲话，话语里好像是提到了我的名字。

我屏住呼吸。小脚步渐渐近了，我听见了温柔的敲门声。

我再次打开门，站在我眼前的是一个大约七岁的女孩子，脸颊上还带着泪痕。这个女孩和杰格曼家住在同一幢楼里，杰格曼夫人非常喜爱她与她的小姐妹们。

“小朋友，你是来找我吗？”

她低着头，不停地啜泣。

“你要和我讲什么，或者是带什么物品来了？”

这时她开始大哭起来，一只手揉着润湿的眼睛，一只手放入裹着东西的手帕中。我把她叫进来。

“为什么这样？你是不是要将小本子拿给我，是吗？”

她大哭了起来。

“天啊，这是怎么回事？”我想着，既失望又厌烦地不知道该怎么办才好。

她最终说道：“这不是我的错，我——我——明娜姐姐给了我一个小本子，杰格曼太太给了我一块蛋糕，要我边走边吃，可是后来却被——”

我冲过去拿起我的帽子。小女孩的左手从手帕中拿出沾着泥的小本子，把它递给我。

“我没有办法，全都是因为那坏男孩推了我一下，小本子就掉进——掉进泥坑中了——可恶！是在狄伯斯韦德广场——真是可恶！”

我迅速掏出一块银币，急忙塞到她既小又湿的手中，穿过仆人和搬煤工边，跑出门去。他们的笑声伴随着我下楼的脚步声，在楼道内回荡着。

几分钟——这几分钟是多么的珍贵——我到了制绳巷。

7

明娜帮我打开了门，她坚定地抓住我的手，低声说：“谢谢你能来。”

我立刻走进卧室，手上还拿着帽子。灯已经点亮。斯提芬逊和杰格曼夫人正在坐着聊天，她身着亚麻羊毛交织料的礼服，戴的帽子是最好的那种。很明显，这位死缠烂打的追求者是带着拜访这一家人的中立旗帜来的。而杰格曼太太正在拿房客的话题接待着他：“很不错，斯提芬逊先生！真的，我们经常想你会回到这儿。可是，天啊，只是现在没什么好说的了。他同样是一个画家，只不过方向不一样……他的方向是画装饰类的，你了解的。”

他已经从座位上离开。我们出于礼貌相互问候了几句，并且我还命令自己去和他握手。因为，明娜是爱他的，并且她的爱对他应该具有防护的功能，所以我不能对他太过讨厌。他精致而细长的手很凉——按老话讲，他的心也许更热了。

我握了握杰格曼夫人那既柔软又厚实的手掌，看了下四周的摆设，我给明娜讲——

“我想我的小本子落在这里了，所以——”

“但是刚才我们已经让人送给你了呀，”她母亲大声讲道，“我们觉得你肯定在找。”

“那太好了！那就让房东太太先帮我留着吧！”

斯提芬逊稍微带着嘲弄地笑了一下，好像说：“你们大费周章的不就是因为我吗？”

“你会留下来吧？”明娜边讲着，边低头看她的乐谱。

“肯定，芬格先生会留下的。我们能够很愉快地度过今晚。”

我道了谢，坐在窗户的旁边。

窗户边上摆放着种植蕨类的长盒子。在这样的烦恼中，明娜还在细心地看护这些植物，让它不至于干涸。我们一同挖掘的那株单叶蕨类矗立在中间，纤细的茎晃动着，好像是在点头。房内的光把房外刺槐的几片叶子与几根弯着的樱树枝照得很亮。外边密集的雨声犹如窃窃私语，有一根水管的咕噜声在一旁应和着，好像一组混音合唱。在昏暗的映衬下，玻璃窗上显现出没有规律的雨点，而楼梯就像是被拦断的光柱。我注视着外面，忽然感到一种异样的感觉—— 一种对于人类生活中的哀伤和无趣的沮丧感涌上心头。那么多的亮点，每一个都有其特殊的含义，并且任何一处存在极少有相同的地方——除了朴素的环境、绝望、寂寞、无趣又悲惨的命运之外，就像那沉闷单调的黑暗，并且这黑暗不仅让光亮孤独，也让他们聚集。“可是，”我想，“窗外的所有房子中，有哪个地方会有像此处那么奇怪的聚会呢？”

“愉快”不能准确地形容我这个时候的心情。明娜三心二意地弹着几个和弦，她似乎根本不愿意弹奏，只是希望打破这种令人窒息的安静。她母亲此时也是无话可说，只能深深地叹气——这是她做出的贡献，我觉得我一定要说点什么了，可是斯提芬逊却比我先开了口。

“梅森附近的景色优美吗？”他问道，他的目的很明显，就是想让我明白他早已知道那个计划。

“啊，不，算不上优美。它与南方不一样；越往南方走，萨克森尼亚的美丽就会略胜一筹。有一首好诗你们知道吗——

“Derm gleich hinter Meissen–
Pfui Spinnel!–kommt Breissen[1]”

她说这句话时，有点小紧张，但看起来是如此俏皮可爱，因此我们都笑了出来，特别是她的母亲。

“啊，确实是的，”她边擦拭着脸颊上的泪水边抽泣着说，“怎么会忽然就想着要去看望威廉尼雅呢？……整个暑假你都在外边啊！乡村的空气你也该吸够了吧！实话说，我觉得你们对于清新空气过于看重了。”

对于明娜的旅行做出这样天真的解释，让大家感觉到一丝轻松。虽然我觉得杰格曼夫人有特意避重就轻的嫌疑。假如我们所有

①萨克森语，意思是“刚过梅森——哈！——便是普鲁森”。

人对这件事都很清楚，那如此隐晦的讲话就过于折磨人了，反而是直说还好一些。那个好女人的在场，使我们全都处在了约定俗成的地位上，令我们真实的感情得到较好的掩盖。

“天黑之后，我们可以享受这自由美好的夜晚！”杰格曼夫人继续说道，“例如，我们或许可以玩牌。你还有印象吗，斯提芬逊先生？啊，那时你住在这里，我们经常把这个作为娱乐啊！那时候我的丈夫也还在世，天呀，那时是那么愉快，一家人聚在一起，嗯，能够这样讲……真的，我总是被我的搭档批评。”

“我希望，不会是被我。”斯提芬逊和善地笑着说。

“啊，当然不会是您，您是多么善良，技艺又那么高超！而我老公却总是一副坏脾气，他一不顺心就会暴躁起来。不骗您，对天起誓，他……啊，天呀！我那让人怜爱的杰格曼只要遇到手气坏时脾气就很暴躁了。”

“我记忆中他玩牌玩得很不错啊！”

“没错，我也这样觉得。事实上，无论他做什么都可以做得好，让人怜爱的杰格曼……可是玩牌确实与做别的不同，牌运太差了，又能怎么办呢？”

有可能是搭档玩得不怎么样，我猜。

“哦，天呀，是的，我的好老公原本不至于只能做个公立学校教师的，可是没办法啊，好家伙，斯提芬逊先生！啊，是的，还得看运气，你了解的——有时运气不好。”

斯提芬逊试着装出一副同情的模样。我的眼神则一直看着明娜。她依旧在钢琴旁坐着，侧身对着我们。那样的话很明显令她恼怒：她嘴唇周围的微笑显得越加讽刺，还不时地耸耸肩。

“我觉得你帮杰格曼画的这幅画完全抓住了他的特点。”我对斯提芬逊讲道。

“啊，是的，里面融入了老‘鞑靼’式的特征，但是他本人看上去要更亲切点。”

“我认为那幅画将父亲画得惟妙惟肖。”明娜说。

“哦！是的，的确如此！”

“有时我使用铅笔画得还不错，可是明娜这幅蜡笔画，尽管我已经很努力了，但依旧不好。我真不应该答应您将它挂在此处。”

“不可以那样讲，斯提芬逊先生。你怎么可以那样讲啊？那幅已经很不错了呢！当时我们连一幅彩画都没有，原本有一幅孩子们在小船上坐着的画，我是打心眼里喜欢它，可是明娜却不同意挂在这儿，因此我只能把它摆放在房内了……对了，还要谢谢你邮寄了一幅现在挂在沙发上方的那幅画……而明娜的那幅画，不行，你绝对不能讲那些话，别人一眼就能辨认出那是谁来……”

“但只能模模糊糊地认出来。”明娜说。

“呵呵，真是个顽皮的家伙！”

斯提芬逊笑了。

“你说得对！那幅画要不就不要了。我可以重新画一幅，比如一幅铅笔速写。”

“那你今天去画过画吗，斯提芬逊先生？”我问道。

“天色太暗了，光线不好……在这种状况下画画只会浪费材料，画出来的东西明天都不能看。”

“难道画画的人都会用这种贬义词来形容自己的艺术吗？”明娜问，“似乎从没有听到你讲其他的，每一次都是‘浪费’‘乱画’最多是‘乱涂’之类的话。”

“不错，”斯提芬逊笑着回应道，“这属于时兴的艺术家的艺术调。里面有点批判自己的意思，不过最重要的是装装样子和满足自己内心的扭曲。我会设法摆脱这种行为的。对了，和刚刚你将演奏说成是‘乱弹’是同样的道理。”

“啊，你不可以这样对比！”明娜大声讲道，替斯提芬逊的作品打抱不平，“你如此讲是打算令我出丑吗？”

这个时候我们俩一起请求她用心演奏。她立刻转身翻开乐谱，演奏一曲肖邦的《前奏曲》。斯提芬逊走到门厅里，拿来一个速写本。我认为他要画的是演奏时的明娜——尽管他的方位一点都不好。可是很快我就发觉到他是在画我，我感到很气愤，因为他没征求我的意见就画我，但他只是一笑。不可否认，他的笑容有一些迷人的地方——他拿铅笔指了指明娜。“他是为了帮她才画的我？”我想，“真是个奇怪的想法，不过确实是个好想法。”我犹如老鼠一样安静地坐着，听着乐曲。

《前奏曲》一曲接着一曲。明娜三心二意地弹奏着，水平与她平时的表现差别很大。其实我早就想到了，但我仍感觉有点难过。我为她感到非常自豪，希望看到她能好好表现一番——即使是在斯提芬逊面前。可是他呢，根本就没有用心听，因为他忙着画画，一会儿俯下身，为了可以瞧得更加清晰，一会儿又把铅笔放在半空中，为了测量一下。

明娜演奏了大概半小时，面对着我们说：“听够了吗？你们。”还没等到回应，就蹦起喊道，“你在做什么事呢？”

“啊，真好，”她由斯提芬逊的肩上往下看着画像，“真的很像！”

“是吗？有那么好吗？”

“啊！很好看！”她母亲也喊道。

“我觉得，假如——”明娜说。

“怎样？”斯提芬逊边问边将头仰起。

“没怎样，要是我来发表意见，就太没礼貌了。”

“没任何的问题！你作为旁观者更能指出里面的缺陷，并且你对他的样貌也更为熟悉些。”

“我觉得下巴你画得太小了。”

“确定？”斯提芬逊测量了一下，拿橡皮擦掉，然后改正，腰向前弯，又改了下。“不错，真的，愈加像了，我觉得或许应该要再大一些。你看得很准，明娜！”

“还有就是我觉得你应该让他的喉结愈加凸显一点，那是他的一大特点。这样会不会更加像？”

我起身，瞧瞧那幅画到底是不是与自己有关。整幅画虽然只是简单的几笔勾勒，但线条坚毅而神似。因为对于自己的轮廓有点陌生，所以不敢认定它是否相像。不过明娜觉得很好，因为收尾的几笔吸纳了她的建议，我暗自开心。斯提芬逊的微笑表现出艺术家作出好的作品时那如孩子般的开心。他将名签好，写上时间，拿铅笔刀将它从画本上割下，交给明娜。

“谢谢！”她开心地说，对此没有流露出一丝惊讶，“我很开心！与照片相比还是它好得多——英俊得多。我也不知道这是为什么，这让我想起以前的日子，那个时候不是所有人都有成堆的照片来送给亲人与朋友，但是假如他们可以获得一幅他们亲人的画像，就会很开心。”

“这个我原来倒是不曾想过，”斯提芬逊说，“我还是比较容易关注它本身的艺术价值，不过你刚才的话说得一点儿没错。”

“没错。”我补充道，“画像是通过将已有的相似之处收集画出的一种形式，它不仅拥有很多先人所拥有的高贵气质，还去除了让人厌恶的大众的视角，不至于让所有人都可以持有我们珍爱的人的照片。”

“啊，天呀，没错！”杰格曼太太大声讲道，“这个世界和我青年时期相比进步了很多！照相技术确实是神奇的发明，比什么画像都显得更加真实。”

明娜朝着杰格曼夫人笑了起来，杰格曼夫人似乎没有想到自己的话语对她打算要赞成的观点没有一点帮助。

“对，你的话不错，”斯提芬逊使用他一贯的温和语调讲道，“照相技术中存有一种称为修饰的方法，能够出现奇特的效果。”

“你画过自己吗？”明娜问道。

“从来没有，令人不解的是，到现在为止，佛罗伦萨的乌费滋画廊仍旧没有让我递交过自画像，加入它那种特别的自画像队伍。”

“如果我现在要你这样做呢？”

“那我就在独处时的深夜一个人试试看，如果酒店的镜子将我照得不太变形……不过我一定要抓住这个机会给你画一幅。”

“一定要让我摆姿势吗？我觉得没有哪一件事情比这更糟糕的了。”

“我好长时间没有请求过你了。”斯提芬逊温和地说道，语气里带着一点奇特的哀伤。这是我原来从没有察觉到的，那声音显然是讲："不知道未来还会不会有这样的机会。"

明娜没有再推辞，就坐了下去。按照他的要求明娜改换了两下坐姿，他就开始画了。由于光线问题，他没多长时间就停了下来。我将灯拿到适合的地方。这时我发现那个破了洞的旧灯罩变成新的灯罩了，看起来像是为他准备的。可是如此照顾他艺术家美感的到底是明娜还是她的母亲，我就不得而知了。是明娜的可能性很小，因为她要思考的事情更加要紧，并且杰格曼夫人不仅对于"画家斯提芬逊先生"深深敬仰，还在他曾经是这儿的住户时就对他产生了那种母性感情。有时她看向他的眼神会充满喜悦，边织毛衣，边微微摇头，就好像在给自己讲："啊，天呀，没错，他又一次坐在这儿了！不错，一点儿也不错！他为何不早点来呢？"

假如让她挑选，我一点也没有机会，只能立即离开。尽管我相信明娜不可能接受她的建议，不过明天她就不会受到她一丝的干扰了，但是我依旧有种失望的悲伤。

不同的是，明娜竟然使用了自然而然的态度把她的善良与我俩平分。她自然而然的表现让我吃惊，犹如在我俩拥有平等权利得到她的过程中，对于她来说游刃有余。斯提芬逊将我的画像交给她时，她并没有表现出多么开心，并且她还让斯提芬逊给她画一幅自画像，从这里能够看得出，她不愿意看到我们一方的得到要用另一方的失去来换取。虽然在这种公正里她使用了一些艺术和想法，可是最重要的是她自然的情感和本能的技巧。她和我们两个讲话——谈的话题是德国的戏剧和它的艺术性——不过因为她的侧面正在被画着，所以很少能够看向斯提芬逊，就连她回应他时，她的眼神和精神好像全部放到了我身上。他很努力地画画，可是他喜欢明娜讲话，这能让她看上去神采奕奕。

在他描绘嘴唇附近的重要部位时，她必须安静地坐着，不过这时明娜就会让她的母亲讲一些以前的戏剧。虽然杰格曼夫人不是经常去剧院，但是她同样迷上了德夫利安。遗憾的是，杰格曼夫人瞧见德夫利安的时候，大多数是在他父亲的旅馆里，很少是在台上看到的。她把从带有艺术观点的人口中听到的话和自己零星的回忆一起混合在迷迷糊糊的脑袋中，导致她好像自己原来在泰利亚和梅尔波曼尼的宫殿中生活过似的。

“哦，天呀，其实在我们那个年代确实存在着艺术家！斯提芬逊先生，你应该瞧瞧我们那时的剧院！你肯定知道著名的戴维森，你知道他当时设计的别墅吧，就在波希米亚火车站对面。那在当时可是极其罕见的，但是此时的别墅却都很普遍了。是的，他因此赚了很多钱， 不过花钱去看他也是值得的。演梅菲斯特，可真是令人害怕！现在让我过去看，我仍然没有勇气。不过后来他还是疯掉了，这你应该知道。还有艾丝尔 · 德夫利安，那就大不同的了，典雅、完美，还有扮演《华伦斯坦》里的马克斯，让人情不自禁地喜欢，现在的这些人是不能够理解。让人怜爱的杰格曼同样说过——他不愿再去剧院。你肯定想得到，在你每次赞颂你在此处瞧见的事物时，他就会说：‘不，你确实需要看看哪些哪些。’但是，‘他’的意中人竟然是修洛德 · 德夫利安夫人；事实上，我也知道她。杰格曼说她是位非常有才的悲剧家，颇具创造力，‘古典的创造力’。只要有她的演出，杰格曼从来没有漏掉任何一晚。那些是在我们步入婚姻之前，她离开剧院时是五十岁。哦，天呀，没错，那样的艺术家……那的确是一个辉煌的年代。”

“但是在哪里都一样，杰格曼夫人。在丹麦，老一辈人说他们再也不能够忍受现代戏剧，但是我们这样让人同情的人一辈子都没有欣赏到真正的戏剧。”

“不错，确实，时代不一样了，斯提芬逊先生……不，那时在德勒斯登居住确实很舒服。根本看不到那些令人厌恶的普鲁士士兵，我们也不会缴那么多的税。哦，有什么是买不到的！但是现在的物价涨了三分之一……啊，天呀！啊，天呀！”

她晃动着脑袋，起身走向门口。

明娜笑起来，背诵着——

真爱，真理和宗教，
隐居远离尘嚣，
咖啡何其贵啊！
黄金何其少！

“是啊，原来你还记得你最爱的席勒。”斯提芬逊说。

“一直记得。”她热情地喊道。

由于我考虑着斯提芬逊将会怎样显摆他对席勒的熟悉，所以我想此刻我大概显露出了怨恨。明娜好像觉察出了；就深呼了一口气。斯提芬逊将画本搁置在桌上，两只手放到后边握着站立起来。

我认为我们都因忽然返回到现实的环境中而惊讶，我们觉察到想要脱离它是没有办法的。

杰格曼夫人回到这里时带了一块桌布，明娜起身帮忙把桌子铺好。可是晚餐时我们的沉静远大于食欲。

画还没有画完，在我们从晚餐桌旁起身时，斯提芬逊迅速拿起笔。

大概过了一小时，他说："可以了，总算是结束了，天已经黑了，明娜因为要出远门，明天必须起早。"

我走到旁边，情不自禁地表示赞赏。线条和我那幅坚毅又果敢的不同，可是就算是那明显的优柔寡断都让它带着迷人的典雅。尽管同样是速写的勾画，神态却生动传神。假如时间再多一些的话，这幅画像估计会更美。

"也许会更好些的，不过就算是时间充裕，我也不敢再去改动它了。"

他再次拿铅笔刀将它裁掉。

"这幅谁要呢？"明娜问。

斯提芬逊递给她："给你，明娜，你将来再给予我俩之间更加需要的那个人。"

他语气里带有沉重又哀伤的真切，那极具同情的声音在微微颤抖。这是整晚唯一一个提示明娜做出决定的提示，整个晚上，没有人可以比斯提芬逊更加周全地让谈话维持在和平的轨迹上。但这突如其来的坦白令人惊呆了——可能他自己也一样，不过最起码我是为之开心的，因为我们终于没有在整个夜晚都欺骗自己，终于能够直面它了，这样的话就像是良心的安慰。我或许有点由于斯提芬逊所表现出来的道德力量而对他显露出一种感激之情。可是说实话，我的心里随即就渗透进来一种悲伤：因为我感觉到他的优越性。我能够肯定，假如这句话是我讲的，我一定会讲得很笨拙而不自然，结果一定是悲伤的情景，而不是如释重负的感叹。就好比昨天天黑之前在台地上，昨晚在旅店中，他将所有的一切都成功地保持在中立的位置上，今晚他又是如此。但是此时，他竟然走出这中间位置，用这勇敢的方式触及我们自己认为“忌讳”的事情，而这种成功的背后肯定是自信在支撑着，而我所暗自钦佩的正是这种自信。对于情敌来说，这是最悲哀的认可了——认可他比我更有“男子汉的胸襟”。不过，我也用这种思想来慰藉自己：他的“男子汉的胸襟”仅仅是徒有其表，仅仅是说明了他的社会经历比我丰富。但是，就算是这样，仍然令我很惊恐和自愧不如。

明娜没有接话，垂着眼睛默默地接过那幅画，将它放进纸夹里，和我的放在一起——这两幅画的亲近距离让我觉得是个好的征兆。

我仍旧在寻思着找壁纸上靴子形状的污点——在昏暗的灯光之下没那么容易找到——为了打消它能够成为我内心里坏征兆的可能性。（由于之前我和明娜道别时我偶然瞧见过靴子形状的点时想道：“也许你不会再次瞧见它了。”）假如我没有重新见到它，那么这种坏征兆的力量不会消失！那时的我迷信得好像一个老巫师，因我所拥有的水晶球还在，因此所有事情都一定隐含着什么。

杰格曼太太在座椅中坐着，眯着眼打瞌睡。我们内心里激荡的复杂情感她一点儿也不知道，仅仅是呆呆地念叨着——

“真好啊——啊，天啊，很好，确实是天才。”

我们又继续聊了一刻钟——说了一大堆无关紧要的话，目的仅仅是推迟要道别的时间。最终我们还是不得不道别。

明娜拿着灯把我俩送到楼道口。前门依旧开着。

我礼让他先，因为他早一步走出去。但是他回过身，举起帽子，把右手伸向我，示意我先。

“你昨晚讲，芬格先生，我们用情敌的身份道别。但是此时你瞧，我们和平地度过了今晚。实际上，我们没有必要相互恨对方，因为不管哪一位是幸运者，另外一位肯定会期望他幸福——目的是都希望明娜可以过得更好。”

“你没有说错，斯提芬逊先生。不过我们不是同路人。再见！”

于是我们分别了。

雨已经停了。昏暗的房顶上，一颗颗星星洒落在零散的云里，湿漉漉的石块和走道远远地闪着空寂而凄凉的微弱光芒。

8

次日，我和平常一样去了理工学院，不过是在给舅舅写好信后才去的。

吃完饭之后，我去拜访了赫兹夫妻——为了能够对我的朋友说明他父亲的身体情况。老人在床上躺着，不断地咳着，有点发烧。

赫兹询问了明娜的情况，问她怎么不来。

“我们以为你们形影不离的。”赫兹夫人接着说道。

如果不是黄颜色的软百叶窗被拉下，他们一定会瞧出我听到此话时所流露出的悲伤。我察觉到自己的变化，一阵突然出现的悲伤让我呼吸不畅。我竭力保持淡然的语气讲明她去了何地，还讲述了明娜托我带来的问候。

这对夫妻好像对于她的不辞而别很是惊讶。“她在前天一点儿也没说要远行啊！”

“昨晚她刚拿到信，”我回答道，“她的表姐很想她即刻就去，她有点不舒服——我觉得一定是不开心了。”

“噢，这样的话她就一定要去了，”赫兹夫人说道，“明娜对病人是最细致贴心的。”

“真是有点遗憾，太不巧了，”赫兹埋怨道，“我还期待着她能过来为我演奏呢。卧室的房门不用关，她演奏得那样好听。”

我赶忙绕开这种危险的话题，向他们讲述了我舅舅的来信，让我到伦敦——和我预料的时间相比有点提前了。

“或许在这个月之内就会离开吧！”赫兹感叹道，“唉，德勒斯登仅仅是个旅馆，来一个，走一个。在这住着的也仅仅剩下我们这样的老人，最终到某一天我们也会回归尘土。去年的画家霍因搬到了柏林，两年前，博识的康德学家格林教授也去了汉堡……好吧，你还这么年轻，参加工作是早晚的事。”

“不过对于某个人而言，德勒斯登就占了举足轻重的地位。”赫兹夫人说道。

“是的，令人怜爱的明娜……”赫兹由于不断地咳嗽而没有说完。

“我还没有和她讲，考虑到要与她分开，我就非常难过。我仍然不能肯定我是否能够打消舅舅现在就让我过去的想法。”

“不可以，不可以的，亲爱的芬格，”老人诚恳地讲道，将一只手抬起——“不能如此决定。工作不会，不会被我们的喜怒掌控……责任是首要的，能早早地工作更好。男子喜欢工作——女子喜爱家庭。”

“少说些话吧，你会疲惫的，”赫兹夫人说道，“不过现实就是这样，我们俩原来同样经历过这样的情况，原来……不用那么不安。明娜这个孩子明白事理，她有着忠贞的灵魂，她会相信你的……她肯定会比你设想的更快地度完等候的日子。”

“我期望如此，亲爱的赫兹夫人。但是我更认为你比明娜更加沉稳与平静，所以你青年时由于分别所遭受的痛苦或许没有很多。”

“对，事实如此。”赫兹太太讲道，“对于明娜来说，可能会更痛苦些……可是我们任何一个人都一定要拼搏，任何一个人都要有责任心，并且这样最终会对大家都好。”

“最起码我们不会因为放弃而后悔，”赫兹夫人欣慰地说道，“我更加觉得人不需要害怕受伤害，因为我们一定会克服困境。有一件事你大可以放心，我们一定会尽我们的能力看护好她的，只要我们还在，她就不会没有朋友的。”

“我不再希望她可以寻找到更好的朋友了，在这里她找到了她的第二个家，这给我了很大的慰藉。在这个地方，她任何时候都能够得到理解，并且我们美好的记忆同样能够在这个地方保留。”

我起身，将手伸向赫兹。

“目前你的休养是非常必要的，安静会儿吧！我多么期望我可以帮你演奏一曲。我一回去就回信告诉伊曼努尔关于你的状况。”

“嗯，顺便带上我的祝福，给他讲让他放心。我说的是，他是个如此关心我们的好儿子，不过你能够察觉得出，我没什么要紧的。”

赫兹夫人点了下头，面带她一贯平和的微笑。

“你打算马上给伊曼努尔回信真是太好了。但是你俩这么长时间没见面了，他还是那么喜欢你。你走时必须顺道去看看他。”

“这我早已决定了……再见！”

在这次聊天中，我有些时候甚至忘了我的爱情正处在危险的边缘。但是，此时这种意识再次出现，现在感觉到的危机好像没那么严重了，我对于未来的看法更加明确。这两个慈爱的菲利蒙和包茜斯①，与我们田园诗一般的爱情那么紧密交叉，竟然仅仅是如此简单的拜访，就足够让它充满艳丽的色彩，赐予了它生机勃勃的光芒，赶走那些即将发生的悲剧色彩。我为他们是我真诚的朋友而激动，当我们的幸福早已到了危险的边缘时，他们依旧义无反顾地相信着它；我更加珍惜这种信任，因为这是毫不知情的，我认为它的价值愈高——只是依赖于一个在别人眼里认为它的价值已经失去的事实。不过我想要的就是这种仍没有察觉到变动的鼓励。“他们的信仰不一定要承受绝望，”我自顾自地讲道，“全部都会朝着好的方向发展——赫兹先生会好的，并且明娜也依旧属于我。”

这结果不是那么符合逻辑。但是，就算到了这个地步，在我此次看望病人的路上，我想的不是自己的命运，只是感到非常不安，我害怕有一个强大的声音——所有声音中最强大的——用令人害怕的语气告诉我“以大局为重”。

9

给伊曼努尔写完回信之后，我便到外面散了一会儿步。经过

①希腊神话里的老夫妻，用自己所有的能力接待私访的宙斯和赫梅丝而得到好报。

昨天大雨的洗礼，今天的天气已经有了变化。云朵飘浮在空中，寒风刺入骨髓，好像是到了11月。我走在别墅区，路过公园——公园中随处都能看见身着滑稽衣服的肥胖保姆手推育儿车——穿过“大花园”，我一直在我与明娜一起散过步的通道和小路上漫无目的地瞎逛。后来，我在赫丘利斯街旁边的小山上坐了好长时间。那个时候恰逢太阳落山了，就好像十四天以前的黄昏，可是所有令人沉醉的美景全都不见了，远方的萨克森—瑞士的群山也不见了。我脑袋昏昏沉沉，很难思索，拜访赫兹夫妻出现的愉快的心情早已消失不见，可是之前觉得失去一切的所有悲伤情感也没有再度袭来。一种怪异令人沮丧的感觉扰得我心绪不宁。

进入房内，我在那令人不舒服的沙发上躺下。沙发很短，因此我必须将腿搁置在套着脏布的把手上。我没有将灯点亮，照进来的路灯光足够让我看清四周，也让我不因黑夜而困扰。我既不愿意睡觉，也不愿意做其他的事情。在我这样连续几个小时躺着发愣时，我将近几日的事一桩桩回忆起。我记起昨天晚上在杰格曼家里的情况，想到我和明娜以及斯提芬逊的谈话，我无法再往后想了。材料充足，我回忆起所有的话，以及说这些话时的语气、面容神态、姿势和动作，犹如我特意要那样做一样，或者是我身后的某个地方坐着个秘书，他为我口头讲述这一切。后来，在我躺到床上时，这记忆的火车开动以后，就没有办法停止了。不过它们不以发生时的顺序显现，而是会在恰当的地方转个弯，让那个场景更加清晰，要么就是变为簇拥的一群，或者悖逆地胡乱冲撞，每一个记忆都争着要解放自己，让它先发言，靠后的能够跑到最前面。最终，我的头脑一片混乱，已经分不清记忆的前后顺序了。就如米斯瑞达提斯之王的全部士兵都一起冲到他跟前，朝着他那出名的好记忆力高呼，匆忙慌乱地逮到他，询问他："你对'我'有印象吗？我叫什么？我是什么地方的人？我立功的地方在哪里？我这个疤痕是怎么来的？"这样的话，这个记忆力超群的国王遭受的状况就和此刻的我一样，已经不受控制了。就这样，那些想法令我一夜未眠，一直到黎明。

快到中午时我才睡醒，脑袋感觉很不舒服。我不用到理工学院去了，最后几星期的课程不是很要紧，而且，昨天的讲座我几乎没记住一个字。我离开住所，希望借此缓解一下头痛，我在外城的周围散步，还进入了剧院。可是我没有在这个时刻和明娜来这个小镇玩耍的习惯，所以周围的一切都显得枯燥陌生，眼前的这一切让我感到厌烦。假如以我现在的心情，让我去柏林或是哥本哈根，最终也一定是这样相同的感觉。

一个剧院张贴的海报上写着：《海尔布龙的小凯蒂》。原本今天晚上我们要来观看这场戏的！

没过多久，我返回了住所，这种孤苦伶仃的感觉让我对周边的环境没有一点舒适的感觉，我觉得自己被孤立在一个空荡荡的屋内很无助。在这样的房内，我躺在床上——沙发过于柔软——我接着回想那一桩桩密切相关的事件，犹如临死前的亚历山大在与他的每一个士兵道别。整个下午，它们就像冤魂一样纠缠着我，如同送葬的队伍，在每一个街道和胡同都会有新的人群加入，最终我安睡在守丧者旗子的阴影下。

次日清晨我着装时，考虑到有如此多的痛苦等候着我，但是我却没办法清除时，便觉得浑身乏力、无精打采。

我此时仅有的期望就是摆脱这种魔咒。

“在这样的等待中煎熬，”我想着，“有能够躲避自我与逃避自己所有思想的方法吗？” 我记得在莱森等候的时候，不管怎样仍有一本不薄的小说伴随着我。我立刻来到图书馆，打算借《三个火枪手》，因为我觉得它现在非常适合我。在工作人员去寻找的时候，我翻开桌子上的一本不薄的书。在我双眸瞧见“明娜”两个字时，心犹如被刀捅了一下。“明娜无人可比的美和高尚的心灵打败了他所有的迟疑”——我依旧没有忘记此话的任何一个字。我将这本书来回地翻看——并且每一处都有“明娜”，明娜独自坐着小船游历在月色映衬下的山中的河水上——明娜专为舞会而盛装打扮——明娜抽泣着，最终脸带娇羞地钻进她母亲的怀抱里。

“这本书可以外借吗？”我询问那个帮我将《三个火枪手》找出来的工作人员。他回答说可以，我就将两本书全带走了。作者是谁我都没有看——书名与作者姓名此时我全不记得。要说文章与文采，与莱森的那本来比不能称为佳作，假如女主人公的姓名与明娜无关，我在看完前20页的时候就会丢掉它，但是此时我竟然精读着，看到书中出现的名字不仅让我高兴，还让我觉得得到了一丝恩惠，并且与其他人物有关时的那一会儿烦琐、一会儿难以相信的内容恰好可以让我不用思索。

午后，我暂时摆脱那种自我麻痹的影响，为了去拜访赫兹夫妻。

“赫兹先生依旧没有下床？”我向开门的老女仆问道。

“嗯，他现在还躺在床上，”这个老女仆晃着脑袋回应道，“请到客厅来，芬格先生。我去和夫人说！她知道你来到肯定会很开心的！”

客厅让人产生两种印象：非常有条理但是又带些凌乱，只有那些好些天没人住的房间才会给人这种印象。座椅都在原地，可是有一把座椅上竟搁着一个没有人记起的拂炉。桌角附近放着几份报纸，犹如才送来时那般整齐地折着。有一扇窗没有关，风吹进来将一封拆开过的信件吹落到地上。不论这一切看起来是多么自然，都让那个老女仆不安的举动让人感到更加难受了。街道转角处各种车行过的噪声让我心烦意乱。

过了几分钟，在赫兹夫人走进来的时候，我依旧拿着帽子站着。她的眼神疲惫，泪痕可能还没有干，而她的笑容好像定格在了嘴角。

“我丈夫睡着呢，亲爱的朋友，”她说着的同时把手伸向我，“他没一点好转的迹象。”

“病情越来越严重了吗？”

“是的，比之前烧得更厉害了，干咳的同时肺部也疼，一侧出现了炎症。”

“天啊！应该没有危险吧？”

我由于害怕而变得浑身冷飕飕的，最重要的根本不是因为那个亲爱的老人的日子不长了，而是由于我那个坚固的信念，觉得他身体的强健与我的明娜的去留相关。

“天呀，”我思考着，“假如他最终去世了，我最终也得不到明娜，应该怎样？”

赫兹夫人根本不能猜想到我有这样的想法，她将我的不安当作是对她老公的关爱和忧伤；她感激地看着我，回应道：

“年纪这样大还一直虚弱的人得了此病，会有很大的危险。我不得不做最坏的打算。”

她坐在沙发上，示意我也坐在她的身旁。

“我知道你很好奇我为什么能讲得如此平静，如此直接……也许是性格的关系吧。可是我觉得青年人对于死亡比我们这种人生时间不多的人更加恐惧，想念的时间会很短。此时你的心中想着，‘假如我得不到明娜，那样我该何等悲伤，何等心碎啊！——明娜肯定是个狠心的女子’。”

我向下看，感觉房间好像都在转动。为何她有此种思想？为何这种话由她的口中说出，而且是用一种这样的方式，但我内心的想法确实是这样的，是感觉？是先知？或是说明我应该将我的事告诉她？我不能下决心，并且讲出的是心口不一的话：

“肯定不是。你为什么如此认为呢？我不会产生这样的思想！”

“瞧，你的眼泪都出来了！”她喊道，犹如母亲一样拍打着我。“你很敏感——非常敏感，不过不必因此而难为情，最起码不需要对我这种女人这样。你会是个好丈夫。我为何有这种想法？你有这种思想是很正常的。假如你与明娜终其一生生活在一起，你们会相爱着老去——因为人的爱情不会因为你老去而减少，信任我——那样你对死亡就会怀有很不一样的想法了。你会认为死亡仅仅是短暂的离别，是的，差不多连短暂都算不上……因为，我觉得你不是唯物论者吧，芬格？”

“唯物论者？不，我觉得这种称呼不能给我，可是……”

“可是对于今后的生活，你有困惑。也许是因为你没有想过死亡，这样也对。生命赋予你的时间还很多，有充裕的时间来考虑它……就我来说，我一直期望由我来将我丈夫的双眼闭上。假如我比他先去世，考虑到因我的离去而让他孤零零地度过他的晚年，我就会感到很不安。特别是一个一生被看护惯了的老人，这样是最坏的——相对来说，我们女人更加清楚该怎样看护自己。而且我还有伊曼努尔，感谢上帝！”

“这是属于你们的美好情意，赫兹夫人，不过你们俩肯定会长命百岁，并且你的期望最终也会成为现实。”

“但愿吧。明娜就要回来了吗？”

“我不是很清楚。”

“你仍然没有收到信？”

我开始慌乱了，我想到我的困惑一定令她察觉到发生了什么事，可是她却笑着说：“事实上她刚走两天，估计她不会来信！可能她早已了解了你上回看望赫兹的状况。”

“我也不清楚……我……因为我仍然没有跟她联络。”

“为什么会这样？你不是这样的啊，芬格。”

她盯着我，好像她忽然猜想到明娜此次的出行一定有问题。并且，如果她自己的忧伤没有那么沉重地充斥着她的内心的话，她一定早就感觉出我慌乱的背后隐藏着什么，因此会逼着我实话实说了。可是此时，她作为女人的本性不幸地让她变得愚钝了。她马上就不记得之前的想法了，眼睛跳过我，感叹道：

“我本打算今晚写的，在拜访你们之后就写。我一定会和她说你讲的话，可是你为什么不亲笔和她说呢。假如她可以收到你的信件，肯定会即刻回来的。”

“假如她可以来，我会很开心。可是让我把她叫回来，犹如道别，对于我来说是很残忍的——我‘害怕’。可能有点迷信，可是我们不应该让她来感受这种不幸的痛苦。”

“但是，我呢？我能够让她回来吗？”

我重拾期望，假如明娜来到这个住所以前还没有下决定，那么我就必定会胜利；此处的所有东西都能够帮助我，假如她不说话，那么它们就会沉默并执着维护我；假如她坦诚相对，那么它们就会辩论并包含着劝服力。在这个地方，斯提芬逊又算得了什么？虚弱并可能去世的老人的祝愿能够让她的生命和我的合为一体。良心不愿意我让她在陷入困境时请求这对老夫妻的帮助，可是一定赞成我借助这个契机，对于我，就好像是命运的指引。

“对了，亲爱的朋友，由你来写！不过你千万不能故意夸大危险，为了她好，那个亲爱的孩子！她会放在心上的！她能够决定自己要怎样做，因此不能过于催促她——可能她的表姐更加离不开她。”

“啊，我觉得她的表姐不会有何要紧的事情。”

“这样我就不能理解为何你会同意她去那里，你在德勒斯登也仅有几星期罢了，你是不是仍然没有和她说你会去英格兰？”

“我早已……我今晚一定写——不管怎么说我让她明天来也非常困难，可是此处的情况一定能够令她立即起身，也许后天就能来到……请告诉我，有什么我能够帮忙的事吗？去拿药品？不——不过我可能今天晚上还会来，帮你守夜。”

“超过一半的时间是由我自己照顾的，而且，有位夜里看护的人快要到了，是位修女。我看你同样也该休息了，你肯定是太努力了，亲爱的朋友！我觉得明娜离开后，你因为要驱赶空虚才这么努力的吧？可是你绝对不能如此，知道吗？再见吧！”

我因为要写信，便径直回到了住所。

我觉得给明娜写信是很幸福的一件事。

我很想一页接一页地往下写，可是我不得不强迫自己写得尽量简短。在信中，我仅仅和她说明赫兹的状况与我因为舅舅的安排要远离德勒斯登的事。不过我同意留下最后的这个消息，等她做好选择，假如她选择一生和我相伴，我会亲口和她说。可是在她去赫兹住所的时候还不知道这个信息的话就不好了。

尽管我觉得我有责任隐藏自己的感情，可还是有一点点奇特的语气潜伏到里面，揭示了我所有的失望和想念她的心。当我再次阅读时，它令我惊讶，可是也因为它而偷偷地开心。

我立即去邮寄，尽管夜里的邮班早已错过了，但是依旧不能阻止我将它放进邮箱里。可以和明娜联络并且还通过这样不受责怪的形式，让我的心很兴奋。

次日，我立即到赫兹的住所。

那晚赫兹先生的体温还在上升，不过清晨就有所下降了，这是很平常的状况。我只见到了仆人，赫兹夫人在休息。我讲好黄昏再来看他们。

每天我要么阅读小说，要么睡觉，但是过去的那些记忆还是会不断地闯入我的梦里。有时候我会一直思考这些情景：“此时她最起码也收到我写的信了……由梅森来这个地方仍有一列火车（我从房东夫人那借来了报纸，来确定时刻表）”——她仅仅坐半个小时的马车就能够到达火车站，也许——是啊——真的有可能——她一定会匆匆赶到……她的心情会慌乱，如母亲似的赫兹夫人能够像对订婚的女儿一样对待她，也许赫兹能够有意识，能够开心地见到我俩没有分离。夜深后，她要回自己的住所，我肯定会护送她——毫无疑问，这是情理之中的——并且所有的一切都会变好，就好像斯提芬逊从来没有来过一样。

每到在邮差到来的时间，我既担心，又兴奋，前两次都是这样，绝对没有哪个人比我更加希望得到自己爱人的信件。可是决定性的时刻一分一秒地流逝了，竟然一点音信都没有。当最后的一班邮差走了之后，我可以随意呼吸了。

在我打算要去赫兹的住处时，屋内已经暗得看不见了。

忽然，门被打开一点点："你的信件。"一个小女孩讲道，然后递给我一个白色信件。

顿时，我浑身由于害怕而动作僵住了。在此时？我告诉自己，那不可能！

信件不仅大，还很坚硬，它的重量让我的心情变得平和。肯定是文具店送来的，我想。

我即刻点燃一根火柴，但是随即下意识地惊叫出来。那是明娜的字迹。

卷　五

1

在我去点灯的时候，我的手剧烈地颤抖着，甚至差一点儿将灯罩打碎了。

毫无疑问，现在桌面上放着一个又大又神秘的信封，里面装着的是生或是死，甚至对我来说可能是比生死更加重要、更加可怕的东西。这一瞬间让我非常想逃离这里，接着，我像发了疯似的撕开了信封。

首先，映入我眼帘的是一张明娜的铅笔素描画像。

就如同在莎士比亚剧作《威尼斯商人》中，铅盒里摆放着女主角鲍西亚的画像，这揭示了巴萨尼奥幸福的选择，而现在这张明娜的画像却揭示了我不幸的命运。

我眼前的房屋似乎都晃动了起来，我坐在沙发上拿起了信。每一个字都在跳跃着，它们扩散、闪烁着，直到过了两三分钟之后我才能鼓起勇气看清内容：

我至亲至爱的朋友啊——如今一切都已经结束了！我终将是属于他的。虽然我也为此犹豫徘徊过，我也依旧愿意去思量，但是我知道我不可能有别的选择了。我已经再没有力气拒绝我年轻时的初恋，无法和亲爱的你携手开始一段新的感情。如果要我把我这么做的原因一一告诉你的话，那么简直可以写成一本书了。只是我觉得，既然我已经下定决心这么做了，那么理由如何都已经于事无补了，更何况你也全部知晓。可是，为了避免你对我的误会，有一件事情我还是不得不说的。

我做出这样的决定并不是因为我觉得和斯提芬逊在一起比和你在一起更加幸福，相反——不，也许很难用言语将我现在的心情解释清楚。但是，我想你是了解我的。我想说的是，我之所以这么做并不是为了我自己，相反——的确，我就是这么认为的——（所以我才用了“相反”这个词）如果没有之前的事情存在的话，我不会感觉到愧疚，换而言之，假若这是一个新的开端，那我一定会非常肯定地回答，和你在一起比和他要幸福得多。然而，难道你没有看出来吗？如今，在发生了种种事情之后，我已经不能够给你那种你想要的幸福了。我觉得我已经背叛了我的初恋。的确，这样的感觉也许有一天会停止；又或许会因为环境的影响变得发狂崩溃，而依你敦厚善良的天性，一定会因此受到莫大的伤痛的。

如果我说我害怕离开他之后自己会陷入强烈的自责之中的话，你一定会说我太为斯提芬逊着想了。这一点都不过分！我非常了解他，他是不会做出任何亏待自己的事情的，我甚至不敢说我能够让他感到不幸——即使我相信他是深爱我的。可是，即便如此，我们仍然可能给他带来无法弥补的伤害。像他这样的人总是很容易将自己暴露在危险之中。我很难将我所要表达的意思说明白；我很容易就虚荣自负地高估了自己的能力——可是你对我的评价却是相当客观公正的了，不过相反地却低估了他。我唯一能够说明的事情就是，他坚定地并且全心全意地相信，“只有”和我结婚，才能够让他的性格和艺术变得更加高贵（这样写真的让我觉得十分羞愧可耻，可这的确是他的原话）。曾经，我自己也有过与之相似的想法，我觉得婚姻和家庭生活会对艺术家的创作有帮助，让他更加接近人与社会，使他能将这种温情融于创作之中。我可能没有清楚地表达我自己的意思，但是希望你能够理解，在那样的一段日子里（我们曾经公开地探讨过，当时他住在这里，我希望他能够娶我）——可是在当时的日子里，他一直执着于他的想法，他认为艺术家是自由的，不应该受到这方面的束缚；在他的艺术事业上，还有许多事情等待着他去奋斗。可是如今，他又回到了我的身边，他告诉我，他已经想清楚了，他不能够没有我。他已经渐渐空洞了、麻木了，他的生命已经没有了寄托，他把手伸向我，那是最初扶我走出精神泥潭的一双手。我能够拒绝他吗？——不，当然不可以！——你是知道的，这是我的责任和宿命——对，这就是我的宿命！

多年以后，当时光冲淡了热情，但愿神灵能够保佑我们再次相遇。岁月是无法磨灭友情的，我知道我们不会彼此忘怀。不过我想，你应该会住在国外了。能够有你在身边做伴，我幸福无比。

再见了，我亲爱的朋友，再见！

明娜

我将信读了一遍又一遍。那充满爱意的口吻减轻了我内心的痛苦——的确，甚至有那么一刹那让我觉得甘愿放弃。可是反对的意见却立刻涌上了心头。

“不可以，我不能够就此放弃。这算是怎么一回事呢？她最爱的人是‘我’——‘是我啊’！可是我们之间的关系现在只剩下回忆和义务了——是的，这是‘宿命’！好一个宿命啊！她将自己新鲜温暖的生命死气沉沉地交给了他那因为厌倦而放浪的人生……可是，这当然是我自己的错了！为什么我不自己做出决定？我是一个多么愚蠢的呆子啊！那些什么谨慎、慷慨和顾虑都不足以成为我自己缺乏勇气的借口，我让自己被他唬住了。如同那天明娜说的那样，他是这样为自己‘辩护’的。‘他不能够没有她’——怎么会，我不相信；他和那么多轻佻的女子有过瓜葛，还曾经被富婆抛弃过，这样之后，他才想要回到那个‘最好的一个’身边去——只是因为他是她的初恋情人。可能原因也就不过如此了：他没法忍受别的人得到她，的确，这就是事实的真相了，我明白了。”

是啊！我真是一个懦弱的人，我是一个幼稚的傻子！一个真正的“男人”能够就这样放弃自己心爱的女人吗？

我就这样不停地责备自己——是的，我甚至埋怨自己为什么没有在许安道的那个夜晚到她的房间里去，这样她就只能是我的，而没有别的选择。可是我忘记了一件事，如果想要这件事真正地发生的话，那我们必须有完全不同的本性。因为，一件事情和它相反的一面越是接近的时候，那么分开它们的阻碍就会越大。

只是事到如今，我还能够做些什么呢？去找她，向她认错，收回我的话吗？给她想要的承诺，然后自己背负起包括过去和未来在内的责任？是的。可是我要到哪里去找她呢？也许她已经离开了梅森，至少，等我明天到达的时候她一定不在那边了。

我的脑袋快要裂开了，思绪乱作一团，发疯似的到处跳跃。我已经无法将我的心专注在某一件事情上了。此时的我，是多么需要别人给我提出一些意见啊，多么希望有比我成熟稳重的人给我一些忠告！我那位像母亲一样关怀我的朋友，赫兹太太此时成了我唯一的希望。

是的，我需要将这一切向她倾诉。

2

此时，门开了，伊曼努尔·赫兹走了进来。

他那张温和真诚的脸上带着非常焦虑而悲痛的神情。

“你回来了，赫兹！但愿你父亲不会——”

我父亲病得很严重……母亲拍了电报给我，我才勉强赶上了火车……父亲发着高烧，他已经认不出我来了。我害怕……他会死……去。”

如果是在其他任何时候，这样的一番话都会让我感觉到深深的悲痛，可是现在，这番话带给我的第一反应却是：如今，赫兹太太的丈夫已经躺在了临终的病床上了，那么，我也不能够去打扰她了。赫兹将要逝世了，在我看来似乎是自然而然的事情，可是在此时，我却觉得自己最后的一点希望也已经破灭了。即便如此，我还是习惯性地说了几句安慰的话。

“父亲现在已经睡着了，所以我来找你……和我一起回家去吧，芬格！有你陪同我们一起度过黑夜。我知道，父亲见到你一定会觉得很开心的——”

泪水在他的眼睛里打转。我随即抓起了帽子随他离去，在关上灯的一刹那，他看见了明娜的画像。

“天哪，真是可爱啊！请原谅在这种情绪之下，我忘记了祝福你。不过现在，我真心实意地祝贺你。我的确可以也‘能够’这么做，因为我的祝福可不仅仅是一个空洞的形式啊……明娜！这可真是一件幸运的事！”

他像一个大钳子似的死死抓住这件事情不放。

“非常感谢你，我亲爱的朋友！”我淡淡地回答道，将脸埋到了街灯照不到的角落里——“你在如此悲痛的心情之中还不忘祝福我，真的是太善良了。我能体会你现在的处境是多么的悲痛……”

我们顺着楼梯走下去了，可是他却一直在谈论着明娜。“唉，”我在心中默念，“你真是一个什么话都藏不住的人。”的确，我的吃惊是正确的，他是个直率的人，就以为别人和他一样。

“你现在真正有资格说自己是一个幸运的人了。明娜，多么好的女孩子啊！我可真的非常忌妒你啊——虽说忌妒不是很好，但是，的确是这样的啊……我想明娜也一定告诉过你，我十分喜欢她——超过了朋友的那种喜欢。”

“没有，她没有和我说过这方面的一些事情。我知道她是喜欢你的，不过她一直避免在我这里提到你。只是，今天既然你自己说起来了，我也不得不承认我的确这么猜想过……”

“你知道的，我从来没有告诉过她的。我曾经想向她求婚，她似乎也感觉到了。女人都是这样的。不，我将我的感情都藏在了心里。只是那个时候，我觉得她没有心情来应对我的求婚。她的父亲刚刚离世，再加上其他的一些事情，可能你比我更清楚……我对我的母亲坦白了一切……她总是把你看得清清楚楚，你的什么事情都逃不过她的眼睛，她简直就是一个人性的评判者。母亲的想法和我一致，虽然她也十分希望她能成为自己的儿媳妇。可是过不了多久，我就要去莱比锡了。我永远都无法忘记她！好了，现在你应该明白了，当我知道她跟你在一起，是多么令我开心了吧？”

我感到，如果我们继续这么谈论下去的话，我一定会疯掉的，我就要咆哮出来了。万幸的是，这时已经来到了赫兹家的街角，担忧的表情已经渐渐浮上了他的脸庞：“他看上去变得很憔悴了，脸都已经凹陷得很深了！”

刚刚已经派人出去请医生了。从赫兹太太的神情中可以看出——或者说是感觉到——她已经不抱任何希望了。赫兹的高烧温度高得吓人，躺在那里一动也不动。

不一会儿，伊曼努尔和我就来到了客厅里。我说起了一个瘦弱的老太太的故事：在整整几天的时间里，肺炎让她几乎丢掉了性命，可是她又奇迹般地挺了过来。我还说道，医生也曾经说过，犹太人的生命力是特别顽强的，所以即使年纪很大了，也能够抵抗病魔顺利康复的。显然，我说的这一番话让我乐观的朋友好受了很多。

他常常会去病人的房间里待上几分钟，而赫兹太太则始终守护在床边。偶尔，我也会随他一起来到房间里，但是大部分时间我都待在客厅，我蜷缩在椅子上，成了这阴郁气氛的牺牲品。我沉浸在这沉重的痛苦氛围之中，可是自己却没有能够意识到这种不幸，我不能够为自己的不幸而哭泣。夜色已深，明娜已经不可能来了，其他的一切对于我而言都已经毫无意义了。的确，我已经感到厌倦了，并且我清晰地感觉到这种情绪会一直持续下去，只会越来越严重，一直到我死了为止。我真的希望死神能让我去代替赫兹——假如说现在的我还有什么愿望的话。

直到午夜，我才被浓浓的睡意彻底征服，可是没过多久小赫兹就走了进来，说：

“他终于认出我了，我父亲的意识现在清醒了，请您进来一趟。”

当病人看到我的时候，他的脸上露出了一抹笑意，他说道：“亲爱的芬格！”没多久他又幽幽地喊出了一句：“明娜！”

“她明天就会过来的。”赫兹太太安慰道。

“她会过来为您弹奏的。”我补充道，尽管在我说这话的时候我觉得难以启齿。

“贝多芬。”老人低声嘟哝了一句，接着就闭上了眼睛。

赫兹太太帮他把枕头调到了一个合适的位置，然后又帮他量了体温，体温已经降到了106度[①]以下。没过多久，他又开始说：时间和空间只是一种知觉形式，可是灵魂却是一种“Ding an sich”（德文，自在之物）。是一种本质现象，是存在的“实体”，也是“可凭借智力理解的”——他将这几个词语反复说了好几遍。

因为听到了这些话而感到父亲命不久矣的儿子惊恐地握住了他父亲的手，说道——

“现在你就不要想那么多东西了，父亲，你需要休息。”

“明天库涅可能就会来了，到时候你就可以和他探讨哲学了。”赫兹太太说。

①此为华氏度，106℉≈41.11℃。

“明天！”他叹了一口气，用一种奇怪的语气回答道。

赫兹太太将头侧向一旁。

“的确，等他过来，他比我们都了解这些。”

“快点来。” 老人又说道。

“阿门！”修女忽然幽幽地念叨着，并在胸口画了十字。她以为那是某个圣人或者先知的名字。伊曼努尔和我都禁不住偷偷地笑了。到了现在我还能发现让我觉得好笑的事情，实在是令我自己都大吃一惊。

可是因这个偶然的错误而笑得最开心的莫过于赫兹本人了，现在的他对周围的一切事物都已经看淡了。

又过了很长的一段时间，赫兹没有发出任何声响，接着，他的心就开始四处飘荡。从他零碎的言语中我们可以猜测到，他的思绪似乎已经回到了斯堡和里加的时代。好多次我们听到他说：“不要敲钟。”——我觉得他一定是回忆起了交易市场的那件事情，那是他在不久之前告诉我们的。我似乎又看到了在一个阴雨天气里，出现一幕午后咖啡的场景，酒精灯闪烁着照耀着明娜可爱的脸庞，这张脸和我的距离如此之近，并且笑得这么温柔。赫兹太太发现了我脸上的泪水，赶紧抓紧了我的手，被我的同情而深深地感动。

天就快亮了，我和伊曼努尔还在客厅里打盹，老赫兹先生已经悄然离开了世间。然而一直守在床边不曾离去，甚至连眼神都不曾游离的赫兹太太竟然不清楚死神是什么时候将他带走的。

此时的护士已经酣睡了好几个小时了。

3

三日之后，赫兹被葬在了“大公墓”。

我不清楚是不是德勒斯登的犹太人已经不需要那么严格地遵守摩西的葬礼仪式，还是这个本身就并非正统派的家庭早已和犹太人的集会脱离。总之，在那个时候我什么都没有去想——真的，我甚至没有注意其他任何事情——入葬的时候是否有人发表演说，主持仪式的是基督教教士还是犹太教长老，我统统不知道。甚至，假如有人说看到是苦行僧或者路德教教徒主持的，我都没有任何理由去辩驳。对于我而言，整个葬礼就像是一场混乱不堪的梦。我只依稀记得，巨大的意大利白杨树在风中窸窸窣窣，寒冷的阳光下有几只小鸟在鸣叫。我只记得在我的右前方，是身披黑色外衣的明娜。对我来说——可能对她来说也是如此——这次葬礼埋葬的不仅仅是那位可爱可敬的老人，更是我们短暂而快乐的时光——是我们之间的爱情。在墓园的栅栏门口，我们双手紧握——这也是这么多年来的最后一次了。

明娜将事情的经过都告诉了赫兹太太。

“你这样做很对，”第二天的时候老太太这样对我说，“可怜的明娜！不管怎样，她觉得自己尽力去做了，这样就足够了。虽然这样的结果让我很难过，她也是如此啊。”

我从赫兹太太那里听说，斯提芬逊先生要先回到丹麦做好准备，不久之后，明娜也会过去。而对于我——我唯一的想法就是离开。舅舅并没有反对我立刻离开，所以在老赫兹去世之后的一个星期，我就准备起程离开。

赫兹太太将席勒的那首小诗的原稿送给我作为临别的礼物。如今，它的苦涩又是多么适合我现在的心情啊！可是我依旧是那么珍惜它。我将它当作宝物一样珍藏着，这让那些千方百计想得到它的英国收藏家们去绝望吧！

我在毫不间断的工作中度过了一年又一年。最开始的时候，除了工人和雇员，我很少和其他人说话，而到了后来这种情况渐渐演变成了一种我喜欢的习惯。虽然我和舅舅之间的关系并不是十分亲密，但是我们相处得也算融洽。他为我的工作能力感到欣慰。又过了两三年，他因为害怕我把所有的精力都放在工作上，最终成为所谓的“事业型单身汉”，所以他开始说服我去参加一些社交活动：拥有像我这样的社会地位的人理应参加的社交活动。

对此我做出了让步，因而我的习惯也一点点地发生着改变。

虽然我没有听说过海德公园的骑马队，也没有在乡间的别墅里度过假，但是这并不妨碍我结识这些中产阶级家庭出身的人们，他们几乎全部出生在有钱的家庭。年轻的女士们虽然不是继承着百万英镑的富二代，但是这丝毫不会影响她们美丽的面容(当然这是说那些本来就很美的)，并且她们之中没有一个会徒手出嫁的。可是，我的心中却早已有了别的归宿，因而，我的冷淡常常会引起同伴们的愤怒，让他们觉得我是装模作样。

然而，最终，我还是结识了一位年轻的女孩。她在我的心中留下了颇为重要的印象，依我舅舅的话来说，她对我也并非没有感情，但是这一定是他为了满足我的虚荣心才说的。她的父亲是一个纺织厂的厂主，而她又是独生女，按照丹麦的标准，她们家的生活水平已经是富裕的标准了。她对我也特别好——虽然这仅仅体现在社交场合。我不能够确定，是否像我舅舅说的那样，我可以赢得她的手和她的心（赢得女孩子的手，意指给她戴上婚戒）。不过我觉得，还是有这种希望的。不管怎样，现在的我已经隐约有了想要得到她的愿望，那么我就要从“社交”关系上开始下手，让我们之间的关系更进一步。

圣诞节过后不久——这已经是我离开德勒斯登后度过的第四个圣诞节了。

在一个夜晚，音乐会结束之后，我通过朋友的介绍认识了一位来自德国的音乐家，看样子他比我大个一两岁，又或许更大一点。

他刚刚演奏了一曲抒情短曲。这场音乐会是半私人性质的，规模不大。他很少在大型的音乐会上演出，尽管我觉得他的才华是足够去那些场合的。他教授钢琴和小提琴科目，收入也颇为丰厚。可是他的表情里却带着某种不同寻常的高贵而厌倦的神色。

巧的是，我们正好一起步行回家。这位德国音乐家滔滔不绝地讲着，调侃英国人的音乐能力如何如何，他还说了几个颇为幽默的片段，其中一个是有一位年轻的富有的女士来找他，说想要在八天之内学会《月光奏鸣曲》的第一乐章——而在此之前她竟然从没有接触过钢琴！

我们走到了一家饭店吃晚餐，要了瓶麦芽酒。

“愿你身体健康！”我举杯向他敬酒，“好酒！”

“按照麦芽酒的标准，它的确是好酒，”那个德国人幽幽地说着，从嘴角抹掉了残留的麦芽酒，“但是，我却不得不说，我真希望我坐在‘三鸦’里面，我的面前摆着一大杯斯巴丹，然后像我以前那样，十分享受地喝下这一杯酒。”

“你也去过德勒斯登？”我激动地脱口而出。“三鸦”，这个词勾起了我曾经和斯提芬逊在一起的一幕幕往事。

德国人回应似的轻笑了一下。

“我觉得自己对那里还是比较熟悉的，不过我很吃惊原来你也去过那里。你待了多久？”

“差不多两年，那时我在那里念理工学院。不过距现在已经四年了。”

“唔。我在那里的时间比你早两年。那时我和劳特巴赫一起演奏……那段日子和伦敦的生活真的是不能够相比啊。多么好的歌剧！唉，真是的，真是的！”

他用手敲击着桌子，眼神朦胧地望向远方。

“服务生，约翰尼斯堡许洛斯酒！德国酒，德国回忆！”

“这是一个艺术家的生涯，是他年轻时的黄金时期！”我想，“他也对自己在德勒斯登的经历念念不忘！可是，唉，和我的原因相比，他的又算得了什么呢？”

酒送来了，他斟满了酒。“为我们在易北河的佛罗伦萨度过的那些时光干杯！”于是我举起酒杯，一饮而尽，然后久久地注视着前方。

“你也会经常去赛马吗？——我说的是‘三鸦’。”他随口问道。

“不是，我只去过一次。你是住在那附近吗？”

“是的，很近。”

“在哪里？”我激动地问道，心脏扑通扑通地加速跳着。

“不知道你是否记得那一条小街——绳厂街。”

“绳厂街？”我不由地重复了一遍，瞪大了眼睛盯着他。

他的脸上露出了微笑。

“难道你也住在那里吗？这是多么巧合的事情啊！”

“不是的，我不住在那里，可是我经常去那里。因为我的朋友一家住在那里。”

“我知道了！嗯……不过在那条小街上，我们之间都是相互认识的。也许你会听说过我的房东，他是一所公立中学的老师。”

“杰格曼？”我喊了出来。

音乐家刚刚将酒杯举到了嘴边，听到我的话激动地放了下来，金色的液体泼洒了出来，沾湿了他大衣的翻领。

“是的，我就住在他们家里。”他一边说，一边擦着领子上的酒渍。

现在我终于知道了他的一个新身份。他就是明娜最初的、半孩子式的初恋对象，就是斯提芬逊看见和她吻别的人。

“我的朋友就是这户人家，” 我说，“是这户人家的夫人和女儿——杰格曼已经去世了。”

“明娜——那个可爱的女孩！”

我们俩都盯着酒杯不说话，好像能从中间看到我们的过往，一如席勒的诗：

最显而易见的是，
我爱人的那张脸庞，
倒映在莱茵酒金色的沉淀中，
如同天使般的模样。

“那你是否知道她——明娜·杰格曼——她之后有没有结婚呢？”他问道。

我回答他，她现在嫁给了一个丹麦的画家，并且说了一下这个画家的地位和生活环境，并且告诉了他我得知的其他消息：她生了一个女儿，不过在一年前死了。

音乐家和我面对面坐着，我们都沉默着，偶尔端起酒杯一饮而尽，可是他却老是为我倒酒——接着他又要了一瓶酒，并端起一杯献给“美丽的杰格曼”。我也沉默了，就像舒曼说的那样，“我们尽情消耗着我们的沉默”。

那天晚上，我躺在床上，忽然意识到，我在精神极度疲倦的状态下差点做了一件愚蠢而令人鄙视的事情——虽然人们只将其称为聪明而无人认为可鄙。可是从那天以后，我再也没有去拜访过那位纺织厂厂主的家了。

舅舅总是责备我的不专一。我却告诉他，我想家了，我要回去拜访一下我的老朋友们。于是，一个星期以后，我回到了哥本哈根。

我在哥本哈根并没有许多熟人，并且他们当中没有一个人认识斯提芬逊。不过，多亏我们首都有着超高的消息流通度，我几经周折打听到了不少和他们相关的事情。打听一个在德勒斯登的德国熟人本来就没有什么值得奇怪的地方，就算有人猜测这其中有什么深层次的意义，我也并不在乎，我在乎的只是实际情况。

大多数的消息是，他们过得很幸福——这是一段有着爱情的婚姻，他们年轻的时候十分相爱，也许还是彼此的初恋。可是，有的人却说他和别的女人调情——有一个人甚至称那是“私通”——

还说这种事情是不可能逃过她的眼睛的，况且她还是一个热情刚烈的女子。不过也有人说她是温和而傻气的。“傻气！”还有人解释说，“她总是散发一些独特的思维，但是并不是所有人都喜欢她的这种特性的；她总是能够一眼看出别人的缺点。”“无论如何，她也是一个有趣的人。”有一个上了年纪的人这么说。“可是她自己却没有任何的兴趣爱好。”一位年轻的新闻记者补充说。但是据一个住在他们公寓楼上的女人所言，她是一个强烈的音乐爱好者，因为她经常弹琴，一弹就是半天。这件事情让其他人感到十分意外，因为在公众场合她从来不会去碰钢琴，甚至也很少会去听音乐会。不过，她的容貌却得到了大家的一致夸赞。

我来到哥本哈根已经快两个礼拜了，可是却未曾见到她。我究竟该不该去登门拜访呢？这个问题在我的脑海里琢磨了上百遍——只有上帝知道究竟是多少遍。终于，在某一个夜晚，当我走进了港口咖啡屋，打算在人少的外间找一个地方坐下来的时候，我听见了一个熟悉的声音，毫无疑问，那是斯提芬逊的声音，只不过他的大舌头比以前更严重了，声音也更甜腻了一些。我轻手轻脚地找了一个能够观察到邻座的位置坐了下来。

在这活跃的一群人之中，我认识的只有明娜。她离我不到六步之遥，正用侧面对着我。斯提芬逊应该是坐在墙角的沙发里，不过从我这个角度只能看见沙发的最末端。一个金发碧眼微笑的女郎，伸出了一只手依偎在沙发角，显然是在和他说话。她的脸上显露出某种艳俗，每说一句话她都会将脑袋往旁边一侧，让微微泛红的头发垂在自己裸露的肩膀上，那肩膀在黑色蕾丝花边中若隐若现。根据她看斯提芬逊的眼神来看，她现在正处在一种极为兴奋的状态之中。有一位男士喊了她的名字，这个名字正是在那些关于斯提芬逊的闲言碎语中出现过的名字。明娜靠在沙发上坐着，她的眼睛盯着自己的脚尖，但是很显然，她也在不时地注意着他们之间的谈话。

服务生走了过来，问我要点些什么。我感到很尴尬，因为我害怕我说话的声音会被明娜听出来。于是，借着除明娜之外的那一伙人大笑的时候，我利用这一阵低俗的笑声作为掩护，小声而快速地告诉了服务生我要点的东西。他们之中的一位先生——假如不是因为我刚刚来到哥本哈根，那么我一定早就知道了他的大名——他对明娜的冷漠感到了不满。“你为什么要像一根木头似的杵在那儿一声不吭，斯提芬逊太太？放轻松一些吧，不要像个德国土包子……别忘了你正坐在一群艺术家中间……干了这杯酒。”“我只是觉得有点累了。”明娜回答道。“既然这样你就更应该喝了这杯。”——“但是我不喜欢喝香槟。”“哦，哈！这酒太偏向法国了是吧？味道太清淡了，不合您的胃口是吗？要是莱茵酒呢？那你一定会非常喜欢的吧？……是的，我想是这样的！好的！服务生！”话音刚落，服务生立刻飞奔了过来。“别，不要，不要这么胡闹，请您！”她说着，半逗半恼的样子。——“真的不喝吗？确定不要？”——“是的，谢谢您的好意了……您不用管我，我自己在这里坐一会儿就好了；我累了，头也有点疼。”“你不会是想回家了吧，我猜。”斯提芬逊的声音又一次响起了，只不过这一次充满了不悦。明娜并没有回答他的话，只是用手帕捂住嘴打了一个哈欠。她靠在椅背上，侧着脸望向下方。看起来，她是真的累了，但却不是这一次的疲惫，而是一种长年累月的倦乏。这个时候，我能够更加清楚地看清她的脸了——几乎没有什么变化，只不过脸颊比以前消瘦了许多。我发现她现在的丹麦话已经说得十分流利了，几乎听不出什么外国口音。

她周围的那些人的谈话也开始变得活跃了起来。他们讨论的主题是美学——如果可以这么说的话。他们提到了易卜生、左拉、陀思妥耶夫斯基、瓦格纳、柏辽兹、米雷、巴斯蒂昂·勒帕热之类的名字，就连达尔文、米勒这一类的科学家也挂在了嘴边，这些话题简直让人头昏脑涨。但是，我却并不因此感到吃惊，因为在我回来的这一段时期内，我早已听惯了这一类的话题。刚开始的时候，你一定会觉得特别佩服。天啊！这些人一定念过很多书！很有见识！他们拥有这么高端的爱好和修养，能提出这样的见解，并且拥有这么广泛的兴趣！可是，要不了多久就会开始批评了。我发现那些说得最多的反而是最无趣的，而那些谈论声音最大的人，他们对文学的了解程度连我都不如——我整天忙于事业，在文学和艺术上的修养早已经和时代脱节了，并且我当时在英格兰，我看的书和当时在丹麦流行的作品大都不相同。我甚至开始怀疑斯提芬逊——尽管他的话变得越来越多——但是他对文学的理解也非常肤浅，他很可能只是想在那个金发碧眼的女子面前显摆一下，而这一招对后者果然奏效，她很快就陷入了一种钦慕的状态。而那个为明娜点了一瓶莱茵酒的留着金色胡须的漂亮男人则在一旁不停地吹捧斯提芬逊，让他越来越忘乎所以，简直把那一群人当成了被愚弄的傻子。

斯提芬逊对文学的高谈阔论最终降格成为对未来艺术的胡编乱造。他的口中不停地说出一些惊人之句，什么“艺术的民主公式”，“对生活的科学性描绘和装饰性的奢侈品完全相反”，并且总结道，真正的艺术家要拿起手中的画笔为社会的病痛探查。

“不过，我建议艺术家们要先将画笔洗干净点。”那个漂亮的金胡子男人打岔道。

于是一阵哄笑掩盖住了讨论声，可是斯提芬逊空洞乏味的言论却仍旧像一块漂浮在上面的软木。这时明娜抬起了头看着他。“她也会被这胡言乱语所打动吗？”我想。我几乎没有看见她的眼神。但是没过多久她又将眼睛低了下去，将脑袋扭了回来，因此我看见了她大半个脸。一瞬间，我被她嘴角冷酷的笑容吓住了，她的眉宇之间透露着阴沉沉的恼怒之色。她刚刚就是用这种表情看着他的，之后又将头扭了回来，因为她觉得自己脸上的怒色太明显了。但是她却没有想到，此时有另一个人正将她脸上的言语看得清清楚楚，就仿佛那是他熟悉的母语一样，因为其他人最多只能看出几个字。她紧闭的双唇在说“没出息！”她宽阔的脑门在呼喊“骗子！”她清澈的眼睛，原本温柔可人的眼睛此刻却变得如此生硬，在呼喊“虚伪！”可是她的整张脸却在叹息：“‘他’就是我年轻时的恋人！”

“可是，拉菲尔！”那群人当中的一个年轻人反驳道，“你不能这么以偏概全——”

“呸，拉菲尔！‘距离产生美，’”那个留着漂亮金胡子的好脾气的男人大声说道，“这只是几百年的历史距离造成的。假如将斯提芬逊冷冻个两百年，你就会知道他是什么样的人物了。”

“是的，可是，” 那金发碧眼的嚷嚷道，“到了那个时候，我们的这一切……我们一切的艺术……是不是都会变成了文物，就像我们看待以前的那些东西一样？”

“哦。是的！”金胡子吼道，“你的名字叫作Simplicitas

profana[1]！是的，夫人！所有的事物都是相对的！就连我们伟大的斯提芬逊也不例外。你们可一定要小心啊，不要把他看得太au serieux[2]！”

“真是讽刺啊，”斯提芬逊辩驳道，“的确，一切都是相对的，不过我们……”

接着，他打住了，就算是他，听到这突如其来的笑声也怔住了，这一阵笑声将那一伙人统统冷冻了，这笑声令我永远无法忘记。笑声来源于明娜。她忽然站了起来，用手帕遮住了嘴巴，在她从那一伙人中转身的时候，又禁不住笑了起来。

“究竟是什么事情让你觉得这么好笑？”斯提芬逊的声音里透着恼怒。

“Nien, es ist zu drollig！[3]”明娜默默地说道。同时她的眼神在我身上一扫而过，假若说这眼神在我身上有停留，那也太短暂，这让我无法确定她究竟有没有看到或者认出我来。她不慌不忙地走到煤油灯已经熄灭的、空无一人的邻间。

“你要到哪儿去？”斯提芬逊问。

“我在这里快要窒息了。”她回答道，不一会儿，消失在了黑暗之中，接着我听到了她打开窗户的声音。

那个滔滔不绝的斯提芬逊又开始了他的高谈阔论。这时那个健壮的长着金胡须的男人却站了起来，走到了邻间。我也穿上了我的毛皮大衣准备离开，因为我觉得快要窒息了。在我结账的时候，我听见那个金胡须的男人的声音：“服务生，拿一杯开水来！”

---

①西班牙语，意思是：“天真的亵渎。”

②法语，意思是：“当真，严肃。”

③德语，意思是：“没有什么，我只是觉得太好笑了。”

接着金胡须就回到了那一伙人中间。

“好了，斯提芬逊，你的蠢话说得够多了。你太太不舒服，说实话，你的小太太比起你那些所谓的‘未来的艺术’要有价值得多！”

第二天，我就收到了舅舅寄来的信，他问我什么时候可以离开丹麦，他有一些业务上的朋友在斯德哥尔摩和圣彼得堡，他希望我能够去那里和他们认识一下。

的确，我已经能够舍弃丹麦了，我已经知道得太多了。可是我对这一切却无能为力。我可以从这个地方逃离，可是却无法抹去这里留给我的印象。它不分白天黑夜地侵袭着我，只有在波的尼亚海湾时产生的晕船战胜了这种痛苦的侵袭。我在圣彼得堡待了一个月的时间，每隔一晚就要去参加一次宴会，直到第二天的凌晨三点，或者在聂伯河沿岸坐三驾马车。我后悔我的心中有牵挂，不然的话，也许我可以俘获某位俄罗斯名媛的芳心。

当然，在回英格兰的沿途上我还参观了许多德国工厂。我准备起程去萨克森，可是德勒斯登却对我有着不可抵抗的吸引力。我以回去看看“工艺学校”作为借口，并且联系了校长，从而促成了这一趟旅行。

在途中我还去了趟莱比锡看望了伊曼努尔·赫兹。他已经娶了一位身强体壮的犹太女子，并且有了好几个孩子。他的性格里多了某些不安的成分，不过他还是和以前一样温柔。当我们提到他母亲的时候，他的眼中泛起了泪花——她和他们住在一起，只不过在半个月前已经去世了，这件事他在信中已经告知了我。她埋葬在德勒斯登，在她丈夫的身边。

“明娜呢？”他问，“母亲离世的时候，她曾经寄了一封信过来，后来就再也没有消息了。你见过她吗？”

“一次偶然的机会见到了，只是她没有发现我。”

“哦！她现在过得快乐吗？”

“我想算是吧，不过这之前也有过烦恼——她失去了一个孩子。”

“的确，那个时候她还给我的母亲写过信！唉，是啊，对于一个母亲而言，这是件多么可怕的事情啊！”接着，他又谈论到了一份自由主义的报纸，他是这报纸的半个股东。他还谈到了对俾斯麦的反对。

4

刚到德勒斯登，我就立刻前往了“绳厂街”。杰格曼夫人已经不住在这里了。而住在那里的人也都不知道她现在搬到了哪里。我满怀愁绪地看着小庭院中的凉亭，一切都已物是人非。接着我又来到了苏尔卡茨，这里也许能打听到寡妇杰格曼是否还在世。的确，这里的人知道得多一些：明娜的母亲在两年前就已经去世了。

我在城里四处走动，看看那些满载我们回忆的地点，对我而言这已是难得的享受。许多地方在岁月的雕琢下已经变了模样。台地上我们亲爱的小托尼亚蒙咖啡屋，和它淳朴的列柱一起被埋葬在了废墟之中。就是在那里，我产生了去莱森的念头，也是在那里，我们遇见了斯提芬逊。我们最后漫步的那几条街都已经不复存在了，拔地而起的新建筑物上很难再找到它们的踪迹。“大花园”和其他公园里的灌木丛的新芽都还历历在目——现在已是暮春三月了—— 一切都已经变得大不相同了。在树木的黑色枝条上却依旧可以看见那些树名的标签，多年以前，我们曾经一起研究过这些名称，这当中有一种树的名字很有异国风味，这个名字在毛利人或大溪地人的口中或许念得很顺口，但是明娜念起来的时候却做了很多的鬼脸。我在那里停留了很久，站在那些枯枝面前，静静地凝望着它们，看着上面小小的标签，它们就像一个个等待着被揭开的谜，可同时又拒绝被揭开。这一瞬间，我真的觉得我无法理解整件事情。我不明白为什么同样的一棵植物依旧在这里，它依旧叫着那个难以发音的名字，也不明白为什么今天我自己会站在了这里，而最让我无法理解的是——为什么明娜不在这里了，或者，为什么我无法回到“绳厂街”再去拥抱她。这一切我都不知道。

最后，当我转身离开的时候，看见离我不远的地方有几个孩子在一起对我指指点点的，他们笑着跑开了。很明显，他们觉得我疯掉了，可是谁知道是不是真的呢，至少孩子是不会撒谎的。

在回去的路上，我路过了那些风景优美的具有文艺复兴风格的别墅，我和明娜曾经将那里戏称为我们的别墅。这简直是一个新的谜！在当时，我们曾经理所当然得觉得我们要一起铸造一个家，铸造一个辉煌的家——在当时，这仅仅是我们一个可望而不可即的梦想。可是现在，我能够买下这栋房子了，而不是将明娜带到一个卑微的家中。真的难以理解！是不是我们都已经疯了？——在这件事情上，我猜根本就没有什么可以让你不能了解的，在头脑清楚的人看来，这一切本来都已经像阳光般清晰，既然事情“已经”如此了，那么一切都有“必然”如此的原因，然而我却难以理解这一切，这些事情对我而言都有一种“必不可能”这样的感觉——这是否能够说明我已经疯了？疯狂！去日光岩！我又为什么不能疯呢？“假如我居住在那里，”我想，“还是有好处的，那就是拿破仑无法将我从那里赶走。”

黄昏时分，信号炮打响了，这意味着易北河的河水将发生异常的涨潮。翌日清晨，当我还处在半梦半醒之间，就被第二声炮响吵醒了，这意味着将有洪水的危险。我立刻起身离开，我住在美景旅社，它离河很近。听房东说，从昨天晚上开始就不断有人涌到桥上去观潮，一夜都没有间断，而现在，桥的围栏边已经挤满了人。原本在柱子的支撑下高高俯视着河面的桥梁，现在也只剩下一个桥顶了，它的下面是湍急的泥浆，泥浆里面夹带着翻覆的小船、树干、木材、桶和各类灌木，它们在汹涌的河道中搅拌、翻滚。我挤到桥上。整个码头都已经被淹没了，新城前面的草地也没有了。在河岸上，河水击打着台地上的石壁。

“唉，我们可怜的小莱森，”我在心中默念，“不知道那边现在是什么样子了！我们一起度过了那么多美好时光的亲爱的小屋子不知道还在不在，或许它也被大水冲走了吧！”

我无法抑制住自己想要去看一看的愿望。几个小时之后，我坐火车来到了皮尔纳。在萨克森—瑞士，是没有办法横渡易北河的。过了桥，我扭过头看了看皮尔纳镇。打从我去莱森的那次旅行回来之后，我就再也没有这样看过它。当时我坐在船上，打开了客舱的窗户看着它，因为正是夏季下过雨的时分，所以小镇显得晶莹剔透，在日光岩的屋角上处处闪烁着美好未来的光芒。可是如今，这座小城和那个充满了精神病院气氛的阴郁的别墅都在阳光下，可是阳光冷冰冰的，毫无生气，看不出一点春天的气息。

我来到了乡城河湾，爬到了著名的泽尔台地，这原本是所有的游客必来之地，可是现在却寂静得荒无一人。那具有巴洛克风格的陡峭的萨克森山景色令我感动，但是——奇怪的是——它又让我感到愤怒。我希望，或者，至少我觉得我是这么想的，在那高高的悬崖上会掉下来一块石头来把我压死。大约四点钟的时候，我来到了巴斯特，我站在高高的台地上，看着脚下一片残败的景象。

台地上只能看见枫树的树梢伸出水面，在河面的边缘地带看上去就好像是一排排矮灌木，而对岸的玫瑰园已经完全被淹没了。在两岸的中间，洪水已经将往日里小溪的涓涓细流汇入其中的莱森山谷淹没了。在“玫瑰园”的残骸后面，是那三栋小房子，他们挤在巨大的岩石之间，任由洪水不停地撞击，显出一副破败的景象。第一栋房子有一半浸在水中。采石场场主的房子要略高一些，并且还有六英尺的地基，所以虽然也有点渗水，但是前门依旧可以打开进出。河水回流淹没了门前的台阶，就好像海里的暗礁。我们经常去玩耍的小凉亭已经被摧毁了。第三栋房子则被淹没得更深了。我用随身携带的望远镜将这一切看得清清楚楚。河岸对面平坦的河曲一块，就没有什么特别之处了，只不过因为河岸后退，已经没有了明确的河边，在水浅的地方零星冒着些草尖。

这是一片令人悲伤的情景，因为这种悲剧并不是那么来势汹涌。站在这个高地上向下望的时候，河水不但流动得十分缓慢，甚至可以说是停滞不前的，凡是能够看到的地方都像一个缓缓移动的巨大的浆团。在曾经的那段日子里，我们曾在这平静的河水边度过了我们诗一般的田园生活，河水中流淌着的是我们的快乐，是我们无拘无束的生活，河水仿佛也有着自己的生命，它忙碌着自己的事情。可是现在，它却冲毁了这一首美丽的田园诗，它毁灭了它，洗劫了它。

它的工作已经不再是带来美好而是摧毁一切，就像是——生命——亦如同命运!

忽然吹起了一阵冷风，原本已经乌云密布的天上，竟然飘起了雪花。这真是一片阴郁的景色啊，但是我却更希望是这样的，而不是美丽明媚的景色。因为在这种景色之下的莱森，让我感觉到安慰。没有和明娜一起同游这样的高地，也能够略微减轻我心中的痛苦。

但是，我却被另一件看似简单的事干扰了，这使我不能完全沉浸在这种悲歌式的情景里。我已经饿得不行了。可是等到吃过饭后，再去莱森就已经来不及了，所以我将时间延迟到了第二天。我沿着一条森林小径向易北河走去，这条小径上有通往莱森的岔路，牌子上面写着“禁止通行”。我的脑海里又出现了那个粗暴的森林管理员，我真希望可以遇到他。沿着这条小路就会来到我和明娜从采石场下来之后所走的那条路上。我的脸颊被刺骨的寒风无情地吹打着，风越来越大，使我没走多远就回来了。在高地的上方，很容易找到一个落脚的地方，但却难以找到一个令人满意的地方，我现在的心情已经从郁闷转为懊恼了：我很愚蠢地将这次行程安排在了日落以后，现在我必须回到屋子里面去了，可是屋子里面的风很大也很可怕。最终，我还是在这呼啸的松涛声中进入了梦乡。

我醒来的时候正好是春季最美好的早晨。景象依旧没有什么改变，可是潮水已经退去了。正当我准备离开的时候，一位孤单的客人从餐桌边站了起来，说：“哦！是你——教授先生！真是意外啊！”他是小学教师斯陶赫先生。看到他，我真不知道是该喜还是忧，当他打算像水蛭一样黏着我，和我一起的时候，我简直希望他沉到易北河底算了。因为洪水，所以他给学生们放了一天的假，独自来到了棱堡，进行了一番“鸟瞰”。现在，我除了勉强自己和他一起以外，没有其他的办法了。我已经没有时间可以耽误了，除非我打算再在棱堡待一夜。

“看来你的午餐时间有伴了，应该是满满一桌的饭菜。”当我们向桥那边走去的时候，他回过头指着一辆有篷马车叫喊道。拉马车的两匹马身上散发着汗气。“他们是从皮尔纳来的，我认得这辆车的。它的主人简直就是一条大鲨鱼，他会狠狠地吃你一顿的。”

这时，一位妇人从车窗里探出脑袋来，她长长的黑面纱飘到了一边去。

“唔，还有个女的！还挺年轻的，我觉得。有你想要的好处了啊！”

“好啦，快走吧！”我有些不悦地说，步履匆匆地往石桥走去。

开始的时候是一段下坡路，我们走得很快，但是当走到略微平坦的地方的时候，不出我所料，他开始谈论起了明娜，他假装不知道我们曾经订过婚——然而事实上他可能是真的不知道。

“你应该还记得明娜·杰格曼吧？你一定不会忘记她的。我那天亲眼看见你和她在树林中的小道上调情……嗯，的确如此。……可是，最终呢，她还是嫁给了那个我之前和你说过的画家，你的那个本国的同胞，你知道那可真是‘三人成虎’。我想你一定也没有忘记，我曾经告诉过你，她有一点……”

“是，的确，我没有忘记呢！”

“你有没有在丹麦见到过她？这个国家并不是很大的。”

“我这些年一直居住在英格兰。”

“噢，难怪！我总是觉得你身上有着英国的气息。”

我千方百计地想使他转移话题，让他谈谈洪水会给人们带来哪些灾难。可是他却说，最多会有两三家小旅社或者几户河边的房子遭殃。

当我们来到莱森的时候,我就和他道别了,我尽情地发挥我的“英国气息”，这使得这个诚实的德国人不好意思再勉强和我同行了。

虽然易北河的洪水并没有波及这么远的地方，可是小河的水也已经涨得很高了。但是万幸的是，河流上的木板桥并没有遭到损毁。我走过桥，来到了齐德利兹别墅——当然，别墅的大门紧闭着——又继续前进，穿过了桦树小巷，就来到了我此行的目的地——“苏菲行宫”。长椅已经被收了回去，我就坐在了石桌上。鸟儿在我的身边愉快地歌唱，灌木丛鼓起了腮帮呼吸春日里的空气，乔木的新芽在蓝天的映衬下，在阳光中泛着白光。

我又一次产生了那种奇怪的感觉：我既不能够理解为什么我会在这里，也不明白为什么她不在这里。那闪着光的小虫子又出现在我的脑海里，它们一夜夜地在石阶上等待着，发出讯号等待着自己的配偶。我似乎觉得，假如我坐在这里，我就可以集中我身上所有的能量来怀念我所爱的人，那么我就可以通过这种力量，将明娜吸引过来。

据说，人在临死之前能在一秒钟内回顾自己的一生，就好像他的意识已经升华到了时间秩序之上。此时此刻，虽然我拥有着年轻的生命，可是我的内心已经濒临死亡了，我快速地回顾了我的爱情历程，我在这一过程中所经历的一切事情，以及已经几乎被我遗忘了的细枝末节。我好像在这一刹那间看到了一切，就好像站在一个更高的角度俯视着它，亦如我站在棱堡台地俯视它最初诞生的地方。可是，在回忆这些往事的过程中，有一件事情令我感到了惊悚，那就是我们每一个人都始终受着外部力量的驱使，我们从不曾发自内心地说一句："这是我自己的意愿！"哪怕是斯提芬逊，他的举止看起来是我行我素的，可是本质上和别人也都是一样的。他败在了自己的忌妒之心上，逼着自己非要在事情发生到不可挽回的地步之前和她见上一面，并且喊道："让你们都瞧瞧我的厉害吧！谁知道！她最后会和谁走都还说不准呢！"

事到如今呢？事情已经发展到了无法改变的地步了？已经没有多余的时间让你走向其中，说一声"我愿意"了？婚姻已经不再是无法破除的物体了，况且他们之间的婚姻也是不幸福的。比起从她口中说出的那些话，我更能确定的是：她已经永久地丧失了所有的希望，而他早已被她看透了。而对于他而言呢，他已经厌倦了她。换言之，就像他自己吹嘘的那样，他是一个不被世俗偏见约束着的人，因此，他也应该不会苦苦维系着一段没有感情的婚姻，在妻子想要离开的时候，他也不会勉强她留下来。不过，自由主义者常常不愿意将这种自由主义的理论加到自己的身上。只是他的这种虚荣心会让他产生退却，假如明娜"愿意"，我也"愿意"的话，他能够一直反对下去吗？只是她会愿意吗？她已经去尝试了，并且都已经失败了。那么她为什么不放弃这一段婚姻去寻求可能的呢？她一定始终保留着对我的爱和信心，对于这一点，我深信不疑。

"我"愿意吗？是的，我愿意的！在我的有生之年我都会这么和她说的，并且是怀着欢乐的心情说。明天傍晚的时候我就会回到哥本哈根，到了后天我就可以这么告诉她了。

人生就是这么曲折离奇，具有戏剧性！曾经明娜在我身边的时候，我都不曾像现在这样兴高采烈——此时，我回想着我们在年轻时候的爱情，并且期盼着它能够在婚姻殿堂中开花结果，过去和未来就在我们的意愿之中合二为一！

这样一来，《失乐园》和《复乐园》的神话就会变得触手可及了！幸福就是回忆和希望的交织。

5

这时，发生了一件事，当时我觉得那是超乎寻常的一件事，就算是现在回想起来，我依旧觉得是那样。

砾石在我轻快的脚步下发出了清脆的响声。我猛地一惊。那情形让我想起了往常的日子——当我坐在这里，明娜正好走了过来。我很明白并且坚信这一定是个幻觉。真的，那声音和上次听到的是一模一样的啊——完全可以说是上次的复制。“如果一直持续这样的幻觉，”我想，“我就要与她相见了，那我接下来该怎么办呐？上帝啊！帮帮我吧，我真的是到了快要发疯的边缘了吗？就像我半开玩笑说的，可是就在昨天……”

“啊！”我惊叫着跳下桌子，明娜也被惊吓到了，跟着惊叫一声，停在山洞之前——是的，是明娜本人，这不是幻觉！

我们还没有从惊喜和惊吓的情绪中平复下来，就在这时斯提芬逊出现了，他缓慢地朝我们鞠了一躬，带着些吃惊和略有点嘲讽的笑容，很显然是在说：“啊，这真是一个巧合啊，巧得就像事先计划好了似的。”

我们用司空见惯的语调来扯开话题以掩饰我们的窘境：“啊，是你啊，你怎么在这里，海拉德？这真是太出乎意料了！”

“我还以为你在英格兰呢，芬格先生。”

“我也以为你在哥本哈根呢，斯提芬逊先生。”

在无意间看到自己所爱慕的人出现而产生的一种带有紧张的欣喜在慢慢平复之后，我突然感到一种无奈的绝望。原来这位太太在陪伴她丈夫一同快乐地旅行！这跟我刚才想象的他们之间的关系，还有那些激励我去做那些计划的情形相去甚远啊！

“让我想想，你们是打算去南方旅行，去意大利吗？”

“噢！不是的，我们只是在萨克森逛逛而已。”

“我估摸着你在德勒斯登有事情要办，是吧，海拉德？”

说来也奇怪，明娜明显是我们中第一个平复好情绪的。她只是呼吸还有点急促，有点不太规律。她的笑容与声音还有她的举动，无不表示她对这次偶遇感到异常兴奋。

“你一定是要去皮尔纳吧？太好了，和我们一起同车。”

“足够坐得下，”斯提芬逊说，“我们的车不是双座的。但是，我很乐意坐在车夫的座上。”

他强装着惯有的礼貌笑容，但他虽然这样说，可眼神却出卖了他。很明显他是恼羞成怒了。但明娜好像根本没注意到，也可能是根本不在乎。

“我们俩的谈话可能会让你感到厌烦。但是隔了这么多年没见，我们之间要说的话实在太多了。”她说。

我们立刻起程返回……校长在学校教室的窗口前，他探出整个上身，眼睛一直死死地盯着我们。

“嗬！我的表兄还在那儿呢！你还记不记得，他以前在森林的小路上遇到过我们？天知道他那时是怎么想的啊！我希望他不要惊讶得眼珠掉出来！”

她继续说笑着，但是，我觉得她的情绪异常激动。

“还有我们那个亲切的老磨坊，那个时候，我每天早晨总带着一群女孩子去那边喝鲜牛奶。你怎么老是不去那儿呢？哼，那个时候，你肯定睡得跟个木头一样——你们男人都是这样。”

“可你从来就没跟我说过你早上会去那里啊！”

“你是要什么东西都用勺子喂到你嘴边才好，是吧？”

“我可不是，我会喜欢用勺子吃固体的食物。”斯提芬逊不屑地说。

明娜故作吃惊地看着他，不过不是盯着他看，而是看着他位置的方向，就像她很惊讶那个方向竟然有人会说话。当我们开始爬上坡的时候，谈话立即停止了。上坡的路对明娜来说就是煎熬，毫无节奏的心跳和急促的呼吸使得她不得不时常停下脚步。斯提芬逊走在离我们几十步距离的前方。明娜紧紧地拽着我的胳膊，上半身紧紧靠在我胳膊上。

我们一起吃饭的时候，谈话就一直没有停止过，有很多话题可以谈。但是一上马车之后，明娜就自顾自地用她舒服的姿势倚靠在马车的一角，不紧不慢地说——

“现在可以啦，海拉德，你一定要把这几年的生活经历好好地讲给我听听。不管是好的还是坏的，都要讲给我听。”

我尽量听她的话。明娜一直不停地盯着我看，弄得我有点紧张不安起来。她一直冲我微笑着，但从她的表情里好像她在遐想着和我说的不一样的内容。有时她还想着想着就笑出声来——是这样的，她甚至拿一些英格兰美女和我开玩笑。

“哦，呵呵，”我故意带着点恼羞成怒的意思，“哎哟，要说美女，我迄今为止都还没看到过一个长得比你好看的。”

明娜高兴地向后仰，用手帕捂着嘴偷偷笑着。

“哟，瞧把你给乐的！”斯提芬逊嘲讽地说。

他坐在马车前座，大部分时间都是若有所思地看着窗外，一根接一根地抽着烟。每次当他冷不丁地插进一句话来，或有一句没一句地问关于伦敦的艺术时，明娜就会用既惊讶又冷漠的眼神看看他，那眼神就像在看一个没有礼貌，没有规矩，没有得到别人允许就插话进来的毛孩子一样。不过，斯提芬逊对于明娜这样的态度都保持了沉默。但这样的情形也让我感到了窘迫。我看到他们相亲相爱互相信任，心里当然也会不好受，但他们俩这相互之间闹矛盾不开心的样子已经不再掩饰了，这让我的心里更加难受，而且我不能理解，为什么她在我面前也会这样。

本来和德国音乐家相遇的事情我是不想说的，没想到一说到这段时期的生活时，就自然而然地脱口而出了。明娜听了却什么也没有说，只是静静地凝视着窗外。

“这个世界可真小啊！”斯提芬逊说，“每个人都会有一些有意无意的邂逅。”

“然后你就走了？”明娜突然迅速地转过身，如鸟儿般地转头看着我。

这突然的询问让我有点措手不及。

“嗯，是啊——后来我就离开那儿了。”我结结巴巴地说着，脸上因紧张一阵泛红。

斯提芬逊用强烈刺激的嘲讽表情看着我们，好像在说：“我看你们俩马上就要来一番‘公开声明’了吧。好啊，太好了，我是不会妨碍你们的，可别在意我。”

明娜快速地朝他瞥了一眼，斯提芬逊就立刻不再笑了。

“海拉德，告诉我，”她一只胳膊撑着椅垫，问，“那天晚上在咖啡屋你为什么不和我们一起？”

“什么咖啡屋啊？”

“嗯，你知道我说的呀——就是‘港口’……难道你以为我没看到你吗？不过是在最后我看到你了。你还记得吗——当时我刚好在嘲笑斯提芬逊和他周围的那群人。”

斯提芬逊故意摆出一副非常庄重严肃的表情来，自信地拍拍他领子与脖子之间的部分，这是他非常爱做的一个动作。明娜用一种略带揶揄的微笑看着我这边，却把目光转离他。

“我都不认识那里面的人——而且——更何况——”

“——更何况你也不希望在那些人之间和我相见吧。嗯，你是正确的。”

斯提芬逊现在的自我感觉非常好。

“我得说明一点，你在谈到跟我们在一起的这伙人的时候，口气有点怪。”

“等一下，是‘你’和他们来往，而不是我。我受够了。”

“对于这点我很抱歉，我也没办法！但他们几个可都是个个学识渊博啊！”

“无所谓了，反正我和那群人走不到一起去，海拉德也一样。”

斯提芬逊咬着嘴唇，凶狠地朝她斜眼看去。

“你自己心里清楚你待在哪里会舒服自在些。”

明娜有点发抖，一只手紧紧压着胸口，仿佛忍受着巨大的痛楚。我估摸着这句话隐藏着另外的意思。我突然间联想到， 我在这里就像是一个教士，正在陪着一个死刑犯上断头台，而我对面坐的是警官。

我的难受不知如何形容，但是我觉得不管怎么样都必须换个能够令人欢快点的话题。皮尔纳就在眼前了，我问他们打算在哪里过夜，是不是直接前往德勒斯登。

“不，我们在这儿过夜，或许我们可能会到波希米亚待几天。”斯提芬逊回答。明娜把几乎整个都探在窗外的身子收了回来，转过身来面向我。那一刻她面无血色，满脸愁容。

“你会在德勒斯登继续停留几天吗？”她说这句话时带着一种乞求的眼神。

我并没有立即做出回答。我要不要利用这个机会表达一点我的意愿？要是我真想做的话，是没有时间再耽搁的。

其实我真心想说：“当你看到我坐在‘苏菲行宫’的石桌上休息时，我刚决定今晚去哥本哈根。”

最后这一句让斯提芬逊稍稍不安地移动了一下位置，然后坐直了身子，摆出一副不以为然的样子。看来，这一箭是射中靶心了。虽然我的眼睛一直没有离开过明娜看我的眼睛，但是却也仍看到了斯提芬逊的这一切举动。我发现，在明娜那棕绿色眼瞳的奥妙深处，看到了越来越亮的金色光芒。

她说：“我……我明白。”她说这话声音小得几乎可以说是呼气呼出来的，嘴唇都没怎么动。

“现在我当然是要改变我的计划了。我这几年的工作经验已经足够让我可以在德勒斯登住上一两周的了。要是必需的话，我再多住几个星期都没问题。”

“我非常高兴。”明娜说道。

斯提芬逊又用他惯用的手势来逃避明娜的回答——他把手指沿着领边和脖子之间抚弄——而且好像想说一两句尖酸的话，类似“我没什么必要为了‘别人’而改变我的原计划，但是他又咽了回去”。

这之后，我们再没有说过一句话。

我本来已经跟明娜说过我住在美景旅舍，因此明娜什么时候想跟我联系我都能迅速地知道。她也会这样做，这一点我没有任何怀疑。但令我深感不安的是他们为什么要进行这趟奇怪的旅行。“他们来这儿要干什么？”我暗自思忖着，“他们明显不会去波希米亚的。”至于为什么我认为“明显”，我也说不出为什么……

马蹄声声，将那结实的桥梁撼动，
溪流潺潺，水声载着哀怨；
我再次放下欢欣，
我曾是那么狂爱你的温柔之心。

我们一起过了桥之后，斯提芬逊立即停下了马车。

然后，我和明娜紧紧握手，向斯提芬逊鞠躬告别，接着我匆匆赶往火车站。

6

当我到达德勒斯登之后，我始终无法下决心离开波希米亚车站，我猜想，他两个有一个人会从皮尔纳返回。

火车隆隆进站，我在一节车厢的窗口看到了斯提芬逊的脸庞，他下车出来了——但是只有他一个人。我赶紧朝他冲过去。

“明娜在哪儿？”

斯提芬逊冷冷地看我，意思叫我识趣点，收回自己这个愚蠢和不该问的问题。但一瞬间他又改变了主意。

“问得好，芬格先生，你应该知道。她在日光岩。”

“日光岩！”我一下子无语了，好像没有听明白他说什么似的。然后我一阵眩晕，四周人潮涌动，蜂拥而来的旅客和搬运工人让我感到反胃。“日光岩！这是什么意思？”我一把抓住他的外套，一个原因是这样能让我不致摔倒，另外就是防止他跑了，“你难道说，明娜……她……”

“是的，你别这么大惊小怪！”斯提芬逊像是善意地提醒我，“她也不能算是神经病或者发疯，她只是非常抑郁，并且有点狂躁，这也是你亲眼看到的。总而言之，让医生来为她治疗是很好的选择。这算得了什么啊？在我们这个精神高度紧张的年代，这能有什么特别的……她很喜欢日光岩，因为她非常想念家乡，当然，也同时能避免听到哥本哈根的一些闲言碎语。现在我对外是说她回家探亲，虽然我一向认为，在我们这个时代，这种事是非常平常的，所有受过教育的人都已经对这类事不再有什么偏见了——”

在他解释了以后，我那模糊的怀疑在这种情形下突然变成了绝对清醒的愤怒。

“这一切都是你造成的，是你，是你！”

我歇斯底里的叫喊声哽咽了。我朝着他举起拳头，不停地晃动着。他努力想从我抓住他衣领的手中挣脱出来，就在这时，一个警察跑了过来。

斯提芬逊和他低声说了几句，然后朝我耸耸肩，消失在滚滚人流中。我独自靠着一根柱子。旅客还在不断地蜂拥而过，站务员在喊叫，火车的汽笛排汽声不停歇地响着。

待我的情绪略为平复之后，我赶紧询问站务员还有没有开往皮尔纳的火车。结果我得等明天最早的车了。

第二天一大早我就坐第一班车到了皮尔纳，我一刻不停地赶到日光岩，幸运的是我刚好见到了教授。我自称是斯提芬逊太太和她丈夫的朋友，我昨晚遇到了斯提芬逊，并答应他会经常向他报告他太太最新的情况，因为我会在德勒斯登住上一段时期。由于我也非常为我自己的朋友担心，并且我只跟斯提芬逊先生说了几句话，他就匆匆离开了，现在我迫切地想知道整个情况。

那教授安慰我说暂时不要太担心，因为目前她还至于有生命危险。这种病平常是不会来找医生看的，而精神病院的作用主要是让患者避免受到外界一些东西对她们精神的干扰。具体的情况需要进一步观察，也许要一周后才能告诉我，那时他会很乐意见到我。

八天以后，我再去拜访他，他说明娜的精神确实有点衰弱，但还不至于发疯——不过不管怎么样，在良好的医院环境中和正确的治疗下是不会更严重的，她必须在这里住着直到她恢复精神平衡为止。她现在神经异常，非常兴奋。不过真正危及她生命的是心脏病，病因可能在好几年前就早已落下。这个病可能会伴着她直至终老，她可能会猝死。最重要的是她必须控制好自己的情绪，在住院以前她的情绪一直不稳定。

“请全部告诉我吧，” 他突然说，“你作为她和她丈夫的朋友，那他们一起生活得快乐吗？”

我思考了一下我是否有权告知这一切。“不是很快乐，”我回答道，“可以说他们一点都不快乐。”

“那就对了！这个可能就是主要因素。她最好不要再和她丈夫一起生活了。我的意思是，离开她丈夫，她会过得好一些。她的丈夫，好像过于冷静。你觉得呢？”

“我和你的想法一样。”

我的情绪起伏很明显，有经验的人一眼就能看出来。他微笑着，皱着眉头盯着我：

“不过这需要经过很长时间……我已经告诉她你在这儿，她让我问候你。你打算在德勒斯登住一段时间吗？这很好。我很高兴你能每周来一趟，但在我允许你和她见面之前，还是需要一段时间的。”

我心情愉快地回到了旅馆，决心一生都要好好照顾明娜，不论是娶她还是不娶她，我都会尽我所能让她生活得更健康与幸福。要是她不会再有快乐，（不过，为什么她不会再有呢？)那么我如果能减少她的悲伤我也就很知足了，我也不管这对我的事业是否有阻碍。其实她住在自己的家乡是最合适的，那么我会尝试着在德勒斯登找个工作。如果她需要住在温暖的南方，那我也会设法陪着她，在南方谋生。不过，这样看起来是不可能的。是的，可能最适合的就是去英格兰，那里的环境对于她来说是全新的，也会最适合让她保持平静的心境。不过这些我都没有必要太操心。让我不寒而栗的是悬在她头顶的达摩克利斯之剑。现在，那把剑该不会已经落下来了吧？而且就算医生同意让她出院，那把剑也会一直悬在头上。的确，就算已经取下，我仍会想象它还存在着……但我发誓，这种惶恐只会让我的爱更强烈，让我的温情永存。在她离婚之后，我怎么可能会在她正处于生气或者不快的时候离她而去呢？——因为我的心也同时告诉我，当我回来再次抓住她的手的时候，让她感受到爱，但是她的手已经冷了，眼睛也已经呆滞无光了！

我舅舅不得不同意我的假，给了我一年的时间。我像往常一样，租了一间最简陋的房子，埋头钻研陶瓷，我希望这将来会有利于我们的工厂。而在这方面，不论是实际操作还是文献资料，德勒斯登都能提供充分的生意机会。

7

5月3日下午，庭院和公园中的草木萌发新芽，我和往常一样在大花园里散步。

在“城堡草地”的前端，我被一幅挂在古董店窗口的人像画吸引住了。我冲了进去：没错，这的确是斯提芬逊那时为明娜画的那幅蜡笔像。但是现在却已经变得很可怕了！上面的粉蜡已经大片脱落，特别是头发部分。还有前额与脸上也是同样的情况，而且有一只眼睛毫无光彩，帆布也已经透了光。画框被虫蛀了，相框则是庸俗的洛可可式风格。画框下还贴着一张纸签：“逸名大师，18世纪中期。”

我走进那间幽暗又陈旧、连转身都很困难的破屋棚。那古玩商想必已从我的德语发音中听出我是外国人，甚至还觉得带着点英国语调，就向我开了一个天价。说那幅画像在现在已经很少见了，是真正的上乘画作之一，很可能就是曼斯①的真迹。我很快就打破了他的幻想，但还是用了远远超过那幅画价值的钱买了下来。

我其实不想抱着这么一大幅画在大花园里走动，但我需要锻炼一下，因此就去了约翰尼斯街逛一下。我买这幅画可不是为了得到它，只是我无法忍受它被挂在那里当“存货”卖，而且日后又会出现在一个陌生人的房间里——被人当作一张“曼斯”的画作。

我想回到住的地方把它烧掉。

但是，我发现自己正在亚尔伯桥上，这时突然涌出一个念头：“为什么不把它丢进易北河中呢？”这样我就不用再打开它，也再看不到它了。

这时桥上没有什么人。我来到桥中央，正对着河水。河水还在涨潮。我扫了一眼两边的人，看没人在旁边，于是我松开手，让它消失在水中，我听到了它撞在桥墩上的声音。

我神情沮丧地回到住处。

桌子上放着一封教授的来信。

明娜在当天早晨去世了，实在太出乎我的意料了，她是因心脏病突发去世的。

---

①曼斯（1728—1779），德国历史人物与人像画家。

8

第二天上午，我收到一个小包裹，是明娜亲笔写的收信人姓名和地址，上面盖着医院的封印。打开包裹，最上面有六张信纸，两面的字密密麻麻。但最后一张只写满了一面，第二面只写了几行就停笔了。

日光岩，4月17日

致我最亲爱的朋友，——医生说你来过这儿，他还代你转达你对我的问候。他也答应我等你下次来的时候，代我问候你。当我知道你就在我附近的时候，我感到莫大的欣慰。

我想要给你写信，但只能断断续续地写一点，因为每写一次都会让我感叹不已，而医生反复向我强调，我必须避免一切令我产生情绪激动的事，这个，我是一一遵守的，但有一件事例外。那就是我必须给你写信，因为只有这样才能让我逃离惶恐。因为我感觉我有可能会突然死去。每次我和医生这样说时，他总是会笑我，但我好像也看出了他也是这样想的。但是，也有可能是因为我比较虚弱。我知道假如发生什么意外，可以让你知道，这让我感到很安心。

我心中有很多的事情堵着，我必须向你倾诉。我已经把你的信件和一些小物件放在一起，我不希望它们落到别人手中的。我把它们放在一个小包里面，在上面写上了你的姓名和地址。我现在写的这些封信，每写一段，我就装进一些在包里。

也许有一天，我们会在一起笑我的举动。

但愿神能赐予我们这个机会。

今晚我已经不能再写了，因为我的身体已经超负荷了。

晚安，我亲爱的朋友。

4月18日

你知道在我被关进精神病院之前，我为什么会回莱森一趟吗？（顺便说一句，这一趟对我来说真的很艰难。）为什么我还会到那个山洞里去呢？除了那个同样驱使你去的原因之外，还有就是，我觉得在那里会发生一些奇怪的事情。不过，我想到的事情并不是遇到你，而是比这个更加有趣的事情。不，我觉得我一到了那个地方，心情就非常激动，几乎让我的心脏不堪负荷——要么把我折磨死，要么把我逼疯，不过就算是疯了，我还是愿意处在当时的精神状态。

但是能在那里遇到你，这真的是天赐的幸福啊，海拉德！我看得出来，你还是当年的你，你也觉得我对你同样未曾改变，但是对"他"，我肯定不如以前了。

我心里很明白，我对他的愤怒已经无须再掩饰，这只会让你更加痛苦，也让我不能控制自己。我已经变成恶人了，心境太苦闷了，是这样的，我已经非常愤怒了。

这些也许是你很难知道的。

憎恨自己曾经爱过的人，这让我如何办得到？或者说，可以这样问（因为前面那种问法很可能是你很难了解的）："一个人和另一个人长期相处后，了解到那个人真正的性格，而且已经到了极其鄙视他的程度，她还怎么能够爱他呢？"我这里说的不是爱情的偶尔低落，而是因为我确实对他了解得足够多。

这一点，我认为是至关重要的，为了让你能更了解我的想法，我必须告诉你我是如何看待他的。

像斯提芬逊这种性格的人，在最开始的时候，他生命中毕竟还是多多少少地存在一些高贵的因子（否则我想他也不可能成为艺术家，即使是他现在这个水平的艺术家）。在他年轻又还很上进的时候，他爱上了一个年轻女子，于是他开始让自己历练得更高尚、更高贵一些，尽管那女孩所知道的和所爱的，是一个和原来爱上的那个人完全不同的人。不过，这也不是欺骗。因为她所知道的和所爱的人正是这个已经转换了的另一个他。而那女孩也表现出相应的变化，她也成长了，性格越发刚强，视野越发宽广。

这一切都美丽而真实。

但随着时间的变化，不同的性格也发生了不同的变化：那些高贵因子很强烈的人，就会朝着真正的理想之人发展，并且在这些理想中变得坚强，而其他的一些人就不能继续维持那种被抬高的身份，反而沉降了下来。

4 月 20 日

前两天我写的这段话让我感到很吃力并且对我影响很大。一想到这儿，我就感到十分悲痛，而且我也难将我的意思表达清楚。昨天，我一个字也没写。我不想再纠缠在这些想法上了，尽管你知道这一点对我非常重要，因为这是我唯一可以推卸责任的地方，但是你肯定已经了解。我不敢说它适合每件事，但却适合我。

我想将我在丹麦的一些事情告诉你。

我不知道你是否记得齐格林德谈到她和汉凳格的生活时所说的——

“直至如今，无一称心，
没有朋友，孤傲无依；
凡靠近之人，
皆视我古怪无名。”

然而，这并不是因为我是一个“外国人”这个身份——或许这也有点影响。况且，你也很明白，德国人的性格和艺术中，除了古典作品的艺术造诣之外，有很多我是不苟同的。

最初，我的确发现一切都很美好：自由开放的思维、教育以及诸如此类的美好的事。

可是没过多久我就发现它的中心太空虚了。仔细看看，你会发现斯提芬逊就是这种空虚的最佳范本，导致我很难立马就看清他的真面目。我跟我丈夫那些名义上的朋友混在一个朋友圈里，这并不奇怪。不过，还是有少数几个我觉得比较有共同语言，但是没一个能和你一样。偶尔，当我遇到一个有话聊的人时，他肯定是另一个圈子的，只是因为偶然的机会让我们接触到了，过不了多久，还是会远离的。然而，每次我们这伙人在一起的时候，他们肯定会说，我们是丹麦最高的才智，是最神圣的分子，也是最受人尊敬的。因为其他圈子的人有的智商不高，同时也有一些宣扬的是真理与正义的敌人。啊，这些要写的话那可是很多啊，因为我记忆力很好，而且我也听过很多次精彩的演说！

也曾有一段时间，我努力试着向他们妥协、屈服，融入其中。斯提芬逊说，我本来就应该那样。我想，他们大概是对的，而我错了，也许是我很另类，有点太离谱了。我跟别人一样，对那些在心里认为是高贵的东西都嗤之以鼻，反而极力去赞扬那些我内心很反感的东西。我假装相信美德的本质其实是虚伪的，而“美德”这两个字本身就是个谬论，对，就如斯提芬逊的一个朋友所说，那是“猥亵”。总之，我试图和我生活的圈子里的狼群一起嚎叫（你们丹麦也有狼，不是吗？你还记得你是怎么跟我开玩笑的吗？但是没有狮子）。我并没有强行使自己妥协，也许应该是你的错，不过这是我最感谢你的地方。

4 月 26 日

我们有很多的应酬，因为斯提芬逊非常酷爱娱乐消遣，而这种应酬往往会持续到深更半夜。我是个拥有德国老习惯的人，我习惯早起，我也是个非常勤劳的主妇，同时还要去计算收支平衡，但这对我的心脏健康有很大的损害。

很多时候我一点都不想去应酬，这让斯提芬逊非常气恼。本来我以为我总有一天会离他而去，但是忌妒阻止了我。

我无法跟你说因为忌妒而忍受的痛苦，我也不相信有任何男人会明白，尽管大家都知道奥赛罗出自你们男人中间。

一般情况下人们总是觉得，一个妻子对她的丈夫已经没有了爱，没有了尊敬，他们之间的关系就会很难维持下去，她对他追求别的女人也会无所谓了。可对于我来说，却完全相反。我对他越冷淡，我就觉得我自己越忌妒。作为一个画家的太太，我还有一种特殊的敌人——模特儿。当他请一些模特儿回家来作画时，我竟然会躲在门口偷听。我会在我无法忍受的聚会中强制自己不要打瞌睡，就是为了监视他。

这些努力，不幸地得到了可怕的结果。很久以来，我就怀疑那次你在港口咖啡屋看到的金发碧眼女郎。那天以后不久，我发现他以给模特儿作画为借口，跟她锁在画室里。我如此坚持要他给个理由，以致他坦白了。一旦话吐露出来之后，他承认的要比我猜疑的多得多。他的不忠原来可以远溯至结婚之初，甚至还能追溯到当他最——

不行，我不想再写了。

我真是太恨他了！

4 月 30 日

孩子夭折的那段时间，我的悲伤难以言喻，但不到一年，我觉得那是一种幸运。我已经和你讲过了很多关于我父亲的事，你知道我很害怕重蹈我母亲的覆辙。因为我感觉到我心里也在进行同样的钝化过程，我小时候就已经知道那种感觉，长大了有了进一步的了解。

孩子夭折以后，没有任何义务会牵绊我的内心了。我唯一的生活乐趣就是读那些伟大的诗和学习音乐……特别是贝多芬与瓦格纳。我还有他们的乐谱。那是我心灵世界的归宿，这和我接触的痛苦心境截然不同。

你知道我是如此热爱音乐，但弹奏多了又会非常影响我的神经。有一次我曾开玩笑地对你说，如果要磨灭我的理性，我可以用弹钢琴来磨灭。也许我真的曾想用这崇高的毒药来结束我的生命。

要是我当时可以看到一点希望，要是我当时能知道我现在看到的事情，我肯定会让自己轻松一些。

5月2日

我希望我能知道你对死亡的真正看法。你相信在天国能重聚吗?要相信这种观念真的很困难。但是,我无法相信灵魂会彻底消失。我经常会想起老赫兹,我以前好几次都听到他谈到灵魂不灭和永生的故事。因为那是他所喜欢的学者康德的学说(可能我以为是的),我不能全部理解,因为我的学识并不高。但当时他说的那些话确实存留在我脑海里,以至于在日后,在许多孤独的时刻,那神秘的话语会在我脑海中不断地浮现。其中有一句话,非常适合做这整个思想的重点,几乎每个字都记在我的脑子里,因为只要一有机会,赫兹就会把它宣读一遍。当然,每次都会有所不同,但它的基本意思差不多:"我们所说的'自己'其实并不是真实的自己(只不过'真实'这两个字他用了很特别的短语来代替,我想是'事物本体'吧),它只存在于我们的自我意识中。"好吧,关于这句话的意思,我用我愚钝的方式反复思考了很久,因为我很想知道真正的自己到底是什么样子,希望这个真正的自己比我所知道的自己要好一些。我常幻想,我所不知道的那个"真正的自己"(因为它不会呈现在我既小又模糊不清的晦暗的镜中)和你所不知道的"那个自己"(缘由可能是相同的),事实上,就算是完全不相同的,至少也是密切相关的,它们密不可分,所以直到有一天我们会发现我们是无法分开的。而如果我们以为能够被分开的话,这就像是一个疯狂的噩梦。

人们也许会说这些想法很奇怪。但它们却有安慰我内心的作用。

也许你不会认为它们奇怪,也不会觉得它们非常陌生。因为你以前和我说过,你父亲曾是叔本华的信徒,他也常常和你说他的信仰和观念。不过,我从来没有拜读过叔本华的著作,但我记得赫兹经常提起他，因为他是康德学派的伟大思想家，尽管赫兹也不是很喜欢他的著作，认为过于神秘。这样看来，我刚才说的话也有点神秘的意思。

不过我真的很欣慰我的文具盒是有密码锁的，可以安全地把这几张信纸锁在里面。因为我很害怕如果被教授看到我这些奇怪的想法，他会立刻把我关到那些病入膏肓的人的大城堡中。

我拿着这些信纸沉默了很久。令人惋惜的是，只剩下一张了，而且是那张只写满了一面的纸。我不必急于去看，或许只有最后一张纸上的东西才最有价值。

就这样，我终日沉溺在这些“奇怪的想法”上，它们深深牵动着我的思绪。明娜是正确的：这些想法勾起我对我亲爱的父亲的回忆，想起我多次与他闲暇时漫步于大森林，他边走边思考形而上的东西。比如，树木与动物生命中展现出的“自然意志”。又想起，在我和明娜订婚的那几天，我没能把明娜带给父亲看是多么遗憾，因为父亲肯定会与明娜相处融洽，肯定就像一对父女一样相处。他们俩的性格都很沉稳，并且又都是独具创新精神的人，他们很多地方都很相像——他们都非常喜欢植物和动物，热爱着自然界的一切美丽事物！而且，他们两个人都有一种忧郁的气质，都有一种金色的幽默。而现在，他们或许已经相遇了。他们已经属于另一个世界，只有我被孤独地留在这个世界上——唉，这是一种彻底的孤独！

但在末尾的部分，明娜写得很生动，我不敢相信她已经去了我无法触及的世界。她那细微的幽默，像泉水般从炽热和悲伤中流淌出来，还拿教授开玩笑，但实际上她早就了解那教授在科学观念上独到先进，早就脱离了封建思想——她巧妙的幽默属于她那宝贵的态度，我似乎可以看到她嘴唇上甜美的微笑，而现在却已经……却……

如今，只剩下最后一张手迹了！

最终，我终于还是强忍着悲痛看完。

可是今天我为什么想到死亡和下辈子的事呢？说来也奇怪，因为我已经有很久没有像今天这样充满信心。

天气多么美好。整个上午我都坐在教授的院子里缝衣服。教授是个非常难得的好人。

明天我要多告诉你一些我是怎么在这里度过每一天的。今晚暂时不写了。我要开始念席勒的诗了。一天，在我看到最后一册时，我非常想读《关于崇高》。教授怕我难以承受，就推荐我读席勒的《三十年战争史》，但是这实在令我感到非常厌倦。就如我曾经在学校厌倦一切和历史相关的东西一样。

晚安，海拉德！

她的日记使我感到如此深沉和庄严，以至于我无法用眼泪来宣泄自己。自从她过世之后，我还没有哭过。

最后，我拿出了小包裹里的所有其他东西，我看到了一封被折得皱巴巴的信——那是她藏在胸口的信。我把信深深地印在唇上，像个孩子似的放声大哭。

我翻看着已经读过的那几页。我为什么会写这样愚蠢的字句——

“我曾经后悔过吗？直至今日，已经过了五年，我还是回答不了这个问题。”

就像我会为了世界上任何其他的东西而放弃我的爱情，放弃明娜，放弃我对明娜的思念，就好像任何幸福都要比我的痛苦珍贵！

我擅自做主，独自为明娜操办了葬礼。令我欣慰的是——是的，对我来说那真是一种欣慰！——我在“大墓园”中选中了一块墓地，在一株巨大的杨树底下，紧挨着赫兹夫妇安息的地方。

我选了一块精致的萨克森蛇纹岩做墓碑，上面仅仅镌刻一个名字：

“明娜”。

附录一　耶勒鲁普年表

1857 年　6 月 2 日，耶勒鲁普生于一个乡村牧师家中，父亲是传教牧师，家族是丹麦路德派教士世家。

1859 年　父亲去世。耶勒鲁普被过继给他母亲的堂兄费比杰，费比杰是著名的诗人、学者，不仅将他抚养长大，而且对他心智的成长具有决定性的影响。

1874 年　耶勒鲁普完成中学教育，继而研读神学。受到乔治·布朗底斯的启发，对《圣经》的可信性产生怀疑。在文学上，则受到歌德、康德、席勒的影响。

1878 年　耶勒鲁普完成第一部著作《一个观念论者》。

1880 年　耶勒鲁普与布朗底斯的表妹尤金妮娅·班迪兹结识。

1882 年　耶勒鲁普出版小说《条顿的学徒》，在文学创作上逐渐受到斯拉夫写实主义心理学的影响。

1883 年　耶勒鲁普完成了两部短篇小说《G 大调》和《罗慕鲁斯》。

1884 年　耶勒鲁普完成小说《古典的一月》及诗剧《布琳喜德》。

1885 年　耶勒鲁普夏季一直住在德勒斯登，并完成小说《漂泊一年》。

这一年，他与布朗底斯一派决裂。

1887 年 耶勒鲁普完成戏剧抒情诗《泰米瑞斯》。这首诗加上《布琳喜德》，为他赢得了国家终身俸禄，给继续写作提供了经济支持。10 月，耶勒鲁普举行第二次婚礼，新娘是尤金妮娅·班迪兹。

1888 年 耶勒鲁普完成抒情悲剧《哈根巴德与西妮》。

1889 年 耶勒鲁普完成小说《明娜》、诗集《我的爱情之卷》。

1891 年 耶勒鲁普完成悲剧《赫尔曼·樊德尔》。

1892 年 耶勒鲁普偕家属迁回德勒斯登。

1893 年 耶勒鲁普创作的戏剧《乌桑》在达格玛戏院上演一百多场。另一出悲剧《雅涅王》和韵文喜剧《毒素与抗毒素》亦在达格玛戏院上演。

1894 年 耶勒鲁普完成第一部用德文创作的奇情小说《穆尔斯牧师》。

1895 年 耶勒鲁普完成戏剧《大人》。

1896 年 耶勒鲁普完成德文小说《磨坊》，书中将写实主义与理想主义合二为一。

1903 年 耶勒鲁普完成戏剧《祭火》。

1906 年 耶勒鲁普完成小说《朝圣者卡曼尼塔》。

1907 年 耶勒鲁普完成小说《完善者之妻》。

1910 年 耶勒鲁普完成小说《世界旅人》。

1913 年 耶勒鲁普完成小说《已为生命而熟》。

1917 年 耶勒鲁普荣获诺贝尔文学奖。

1919 年 耶勒鲁普逝世于德国德勒斯登附近的克洛兹。

附录二　诺贝尔文学奖大系书目

1901 年　苏利·普吕多姆（法国）　《孤独与沉思》

1902 年　特奥多尔·蒙森（德国）　《罗马史》

1903 年　比昂斯滕·比昂松（挪威）　《挑战的手套》

1904 年　何塞·埃切加赖（西班牙）　《伟大的牵线人》

1904 年　弗雷德里克·米斯特拉尔（法国）　《米赫尔》

1905 年　亨利克·显克微支（波兰）　《你往何处去》

1906 年　乔苏埃·卡尔杜齐（意大利）　《青春的诗》

1907 年　拉迪亚德·吉卜林（英国）　《丛林故事》

1908 年　鲁道夫·奥伊肯（德国）　《人生的意义与价值》

1909 年　拉格洛夫（瑞典）　《尼尔斯骑鹅旅行记》

1910 年　保尔·海泽（德国）　《骄傲的姑娘》

1911 年　梅特林克（比利时）　《青鸟》

1912 年　霍普特曼（德国）　《织工》

1913 年　泰戈尔（印度）　《新月集·飞鸟集》

1915 年　罗曼·罗兰（法国）　《约翰·克利斯朵夫》

1916 年　海顿斯坦姆（瑞典）　《查理国王的人马》

1917 年　彭托皮丹（丹麦）　《天国》

1917 年　耶勒鲁普（丹麦）　《明娜》

1919 年　卡尔·施皮特勒（瑞士）　《伊玛果》

1920 年　汉姆生（挪威）　《大地的成长》

1921 年　法朗士（法国）　《泰绮思》

1922 年　贝纳文特（西班牙）　《不该爱的女人》

1923 年　叶芝（爱尔兰）　《当你老了》
1924 年　莱蒙特（波兰）　《农夫》
1925 年　萧伯纳（爱尔兰）　《圣女贞德》
1926 年　黛莱达（意大利）　《邪恶之路》
1927 年　亨利 · 柏格森（法国）　《创造进化论》
1928 年　温塞特（挪威）　《新娘 · 女主人 · 十字架》
1929 年　托马斯 · 曼（德国）　《布登勃洛克一家》
1930 年　辛克莱 · 刘易斯（美国）　《巴比特》
1931 年　埃里克 · 卡尔费尔德（瑞典）　《荒原与爱情》
1932 年　约翰 · 高尔斯华绥（英国）　《福尔赛世家》
1933 年　伊凡 · 亚历克塞维奇 · 蒲宁（俄罗斯）　《阿尔谢尼耶夫的一生》
1934 年　路易吉 · 皮兰德娄（意大利）　《六个寻找剧作家的角色》
1936 年　尤金 · 奥尼尔（美国）　《进入黑夜的漫长旅程》
1937 年　马丁 · 杜 · 加尔（法国）　《蒂博一家》
1944 年　约翰内斯 · 延森（丹麦）　《希默兰的故事》
1945 年　加夫列拉 · 米斯特拉尔（智利）　《葡萄压榨机》
1946 年　赫尔曼 · 黑塞（瑞士）　《荒原狼》
1947 年　安德烈 · 纪德（法国）　《窄门》
1949 年　威廉 · 福克纳（美国）　《喧哗与骚动》
1954 年　海明威（美国）　《永别了，武器》
1956 年　希梅内斯（西班牙）　《小毛驴与我》
1957 年　加缪（法国）　《局外人》
1958 年　帕斯捷尔纳克（苏联）　《日瓦戈医生》